T0048003

ALMA CLÁSICOS ILUSTRADOS

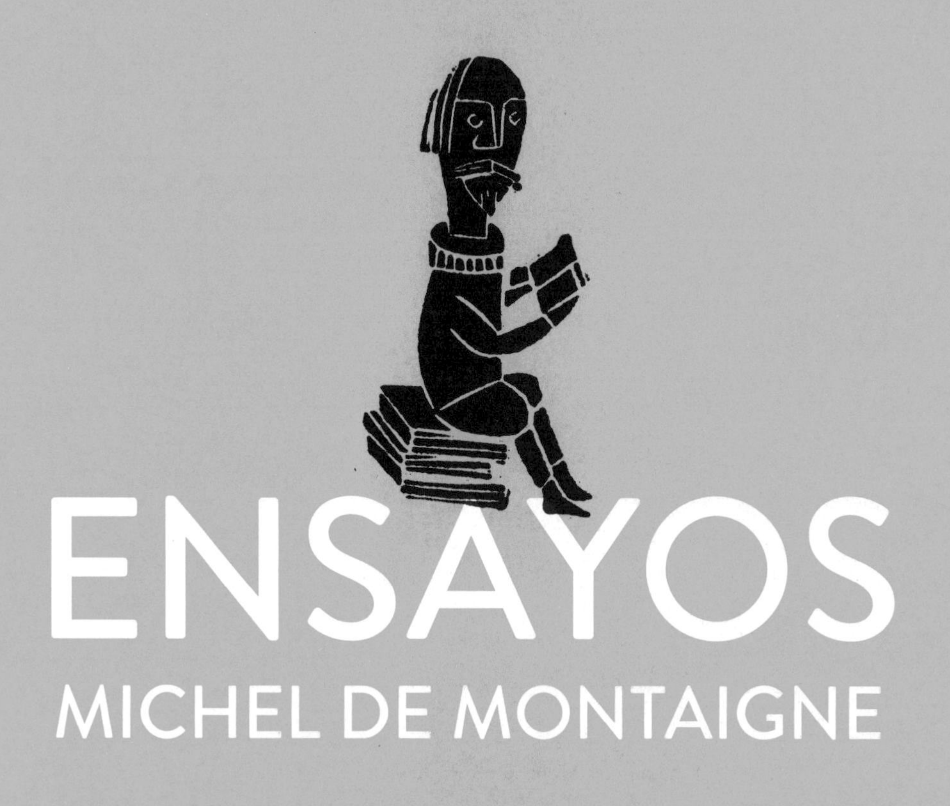

ENSAYOS

MICHEL DE MONTAIGNE

Ilustraciones de
Antonio Santos

Edición revisada y actualizada

Título original: *Essais*

© de esta edición:
Editorial Alma
Anders Producciones S.L., 2020
www.editorialalma.com

© Traducción: Enrique Azcoaga
La presente edición se ha publicado con la autorización de Editorial EDAF, S. L. U.

© Ilustraciones: Antonio Santos

Diseño de la colección: lookatcia.com
Diseño de cubierta: lookatcia.com
Maquetación y revisión: LocTeam, S.L.

ISBN: 978-84-18008-00-9
Depósito legal: B1297-2020

Impreso en España
Printed in Spain

El papel de este libro proviene de bosques gestionados de manera sostenible.

ÍNDICE

ENSAYOS
DE MONTAIGNE

DEL AUTOR AL LECTOR

Estás ante un libro de buena fe, lector. Desde su arranque debes comprender que con él no persigo otro fin que el privado y familiar. No trato de prestarte ningún servicio ni de aumentar mi gloria. Mis fuerzas no bastan para conseguir semejante propósito. Lo dedico a la comodidad particular de mis parientes y amigos, para que cuando me pierdan (suceso que ocurrirá pronto) puedan encontrar en él algunas muestras de mi condición y humor, y por este medio conserven más palpitante y más vivo el conocimiento que de mí tuvieron. Si mi objetivo hubiera sido buscar el aplauso del mundo, me hubiera valido de recursos ajenos. Pero trato de mostrarme de manera sencilla, natural y ordinaria, sin rebusques ni artificios, porque soy yo el motivo. Mis defectos se reflejarán a lo vivo: mis imperfecciones, mi manera de ser ingenua, tanto como la reverencia pública lo permita. Si yo perteneciera a esas naciones que se dice que viven todavía bajo la dulce libertad de las primitivas leyes de la naturaleza, te aseguro que me habría pintado muy complacido de cuerpo entero, al desnudo. Por tanto, lector, considera que yo mismo soy el contenido de mi libro, y que no merece la pena que emplees tu tiempo en un tema tan frívolo y tan vacío. Adiós, pues.

De Montaigne, 1 de marzo de 1580

CÓMO EL ALMA DESCARGA SUS PASIONES SOBRE LOS FALSOS OBJETOS CUANDO LE FALTAN LOS VERDADEROS

Un noble francés, extremadamente propenso a la gota, a quien los médicos habían prohibido toda clase de carnes saladas, se había acostumbrado a responder en broma: «Necesito encontrar a mano causas a las que achacar mis males; maldiciendo unas veces las salchichas y otras la lengua de vaca y el jamón, parezco sentirme más aliviado». Pero, si bien se mira, si cuando alzamos un brazo para sacudir cualquier golpe nos ocasiona dolor que no encuentre materia con que tropezar y se dé el golpe al aire, y así como para que la visión de un paisaje sea agradable es necesario que no esté perdido ni extraviado en la vaguedad del aire, sino que se encuentre situado en lugar conveniente:

Ventus ut amittit vires, nisi robore densae
Ocurrant silvae, spatio diffusus inani,[1]

de igual modo parece que el alma, quebrantada y conmovida, se extravía en sí misma si no tiene objeto en el que polarizarse, y es preciso en toda

1 «Como el viento pierde su fuerza y se disipa en el aire vano, cuando espesos bosques no le salen al paso.» Lucano, *Farsalia,* III, 362.

ocasión procurarle algún fin en el cual se ejercite. Plutarco dice, refiriéndose a los que son muy cariñosos con los perrillos y las monas, que la parte afectiva que hay en nosotros, falta de un objeto pertinente y antes de permanecer ociosa, se forja cualquiera por frívolo que sea. Vemos, por consiguiente, que nuestra alma, con tal de no permanecer ociosa, es capaz de engañarse a sí misma encaminándose a un objeto inventado o frívolo. Así, los animales, movidos por su furor, se revuelven contra la piedra o el hierro que los ha herido, y se vengan a dentelladas, sobre su propio cuerpo, del daño que recibieron:

Pannonis haud aliter post ictum saevior ursa,
Cui jaculum parva Libys amentavit habena,
Se rotat in vulnus, telumque irata receptum
Impetit, et secum fugientem circuit hastam.[2]

¿A cuántas cosas no echamos la culpa de los males que nos ocurren? ¿En qué no nos fundamos, con razón o sin ella, para chocar con algo concreto? No son las rubias trenzas que desgarras ni la blancura de ese pecho que despiadadamente golpeas los que han perdido al querido hermano a quien lloras; busca la causa en otra parte. Hablando Tito Livio del ejército romano que peleaba en España, después de la pérdida de dos hermanos, grandes capitanes, dice: *flere omnes repente, et offensare capita.*[3] Es una costumbre corriente.

El filósofo Bión se refiere a un rey al que la pena hizo arrancarse los cabellos. Y añade irónico: «Pensaba, acaso, que la calvicie alivia el dolor». ¿Quién no ha visto tragarse las cartas o los dados a muchos que perdieron su dinero en el juego? Jerjes azotó al mar del Helesponto y desafió con un cartel al monte Athos. Ciro dedicó todo un ejército durante varios días a vengarse del río Gindo, por el miedo que había experimentado al cruzarlo. Calígula

2 «La osa de Panonia, más feroz después de la herida, cuando el libio le arroja el venablo mediante una menuda correa, se revuelca sobre la herida, ataca airada el dardo que la ha herido y persigue a la redonda la lanza que huye con ella.» Lucano, VI, 220.

3 Los hermanos se llaman Publio y Cneo Escipión. «Cada cual comenzó de repente a llorar, golpeándose la cabeza.» Tito Livio, XXV, 37.

hizo desaparecer una bella residencia por el placer que su madre había disfrutado en ella.

El pueblo decía cuando yo era joven que el rey de una nación vecina, habiendo recibido de Dios una buena paliza, juró vengarse de tal ofensa; para ello dispuso que durante diez años ni se rezase ni se hablase del Creador, y si se respetaba verdaderamente su autoridad, que tampoco se creyese en él. Con todo ello se hacía evidente no tanto la estupidez como la gloria natural de la nación a que se achacaba el cuento; ambos son siempre pretextos que marchan parejos, aunque tales actos tienen quizá más de fanfarronería que de estupidez.

César Augusto, sorprendido en el mar por una tormenta, desafió al dios Neptuno, y en medio de la pompa de los juegos circenses hizo que quitaran su imagen del puesto que le correspondía entre los demás dioses para vengarse de sus iras, en lo cual es menos excusable que los primeros, y menos aún cuando, habiendo perdido una batalla bajo el mando de Quintilio Varo en Germania, golpeaba su cabeza contra la muralla, gritando con desesperación: «¡Varo, devuélveme mis legiones!»; puesto que sobrepasan toda locura, agregando a ella la impiedad, quienes se dirigen al propio Dios o a la fortuna como si éstos tuvieran oídos para escucharlos, a ejemplo de los tracios, que, cuando truena o relampaguea, arrojan flechas al cielo en titánica venganza para que Dios se vuelva razonable. O como dice este anciano poeta en un pasaje de Plutarco:

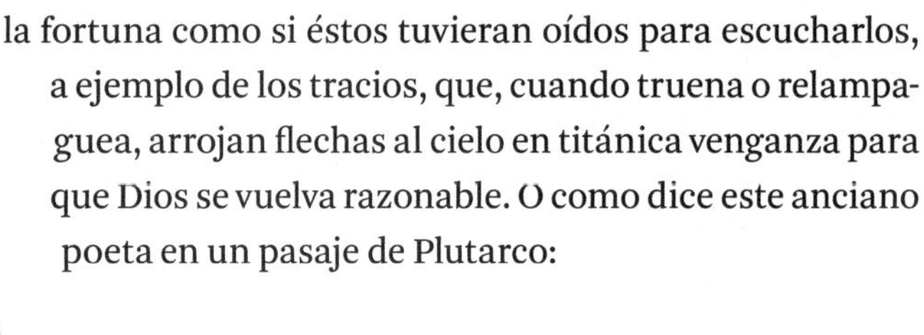

Point ne se faut courroucer aux affaires;
Il ne leur chaut de toutes nos choleres.[4]

No acabaríamos nunca de registrar injurias contra los desórdenes de nuestro espíritu.

4 «Jamás en nuestras cosas nos airemos, porque él de nuestro enojo no se cura.»

DE LA OCIOSIDAD

Lo mismo que vemos los terrenos baldíos, en caso de ser fecundos y fértiles, poblarse de mil clases de hierbas salvajes e inútiles, y que para que rindan lo suficiente es preciso cultivarlos y sembrarlos de determinadas semillas para nuestro servicio; y así como vemos a las mujeres producir, por sí solas, montones informes de carne y para que resulte una generación fecunda y natural es preciso depositar en ellas otra semilla; así ocurre con los espíritus. Si no se los emplea en labor determinada que los sujete y contraiga, se lanzan en desorden por el impreciso campo de las fantasías,

> *Sicut aquae tremulum labris ubi lumen ahenis,*
> *Sole repercussum, aut radiantis imagine lunae,*
> *Omnia pervolitat late loca jamque sub auras*
> *Erigitur, summique ferit laquearia tecti;*[5]

y no hay ensueño ni locura que no se produzcan en esta agitación:

5 «Como cuando la trémula luz del agua en un jarrón de bronce, reverberada por el sol o por la faz de la brillante luna, revolotea por todos los contornos, se alza ya en el aire y hiere el artesonado del techo.» Virgilio, *Eneida*, VIII, 22.

Velut aegri somnia, vanae
Finguntur species.[6]

El alma que no tiene un fin establecido se pierde; pues, como por lo general se dice, quien está en todas partes no está, por desgracia, en ninguna, como expresó Marcial:

Quisqui ubique habitat, Maxime, nusquam habitat.[7]

Yo, que últimamente he decidido recogerme en mi casa, dispuesto por lo que a mí se refiere a pasar con sosiego y solo la poca vida que me queda, creí no hacer favor más grande a mi espíritu que dejarlo en plena libertad, abandonado a sus propias fuerzas, que se detuviera donde le pareciese, con lo cual esperaba que adquiriría una mayor madurez; mas yo pienso que

Variam semper dant otia mentem,[8]

ocurre en realidad todo lo contrario. Cuando el caballo huye solo toma cien veces más impulso que cuando el jinete lo guía; mi espíritu ocioso engendra tantas quimeras, tantos monstruos fantásticos, sin orden ni concierto, que para contemplar a placer la ineptitud y singularidad de los mismos he comenzado a escribirlos, esperando con el tiempo que se avergüencen de su naturaleza.

---

6 «Forjándonos quimeras como delirios de enfermo.» Horacio, *Arte poética*, 7.

7 «Quien reside en todas partes, Máximo, no reside en ninguna.» Marcial, VII, 73.

8 «El espíritu se extravía en la ociosidad, engendrando mil ideas diferentes.» Lucano, IV, 704.

DEL MIEDO

Obstupui, steteruntque comae, et vox faucibus haesit.[9]

Yo no soy buen naturalista (según dicen) y desconozco a través de qué mecanismo obra el miedo en nosotros. El miedo, por lo pronto, me parece una pasión extraña, no habiendo otra más propicia, en el criterio de los médicos, para trastornar el juicio. En efecto, conozco muchas gentes a las que el miedo ha llevado a la insensatez, y aun en los de cabeza más firme, cuando tal pasión domina engendra graves alucinaciones.

Dejemos a un lado la opinión vulgar, para la que el miedo representa unas veces los bisabuelos que salen del sepulcro envueltos en sus sudarios, y otras, brujos en forma de lobos; en unas ocasiones duendes, y en otras quimeras. Detengámonos ante los soldados, a quienes el miedo parece que debería sorprender menos. ¡Cuántas veces se les ha convertido un rebaño de ovejas en un escuadrón de coraceros, rosales y cañaverales en caballeros y lanceros, amigos en enemigos, la cruz blanca en la cruz roja, y viceversa!

Cuando el condestable de Borbón conquistó Roma, un portaestandarte que estaba de centinela en el barrio de San Pedro fue acometido de tal

9 «Quedé estupefacto, se me erizó el cabello y la voz se me pegó a la garganta.» Virgilio, *Eneida*, II, 774.

horror que, a la primera señal de alarma, se arrojó a través del hueco de una muralla, con la bandera en la mano, fuera de la ciudad, yendo a dar directamente al sitio donde se concentraba el enemigo, pensando guarecerse dentro de la ciudad. Cuando vio las tropas del señor de Borbón, que se disponían en orden de batalla, creyendo que eran las de la plaza preparadas para salir, conoció su situación y volvió a entrar por donde se había lanzado, hasta internarse trescientos pasos dentro del campo. No fue tan afortunado el alférez del capitán Juille, cuando se apoderaron de la plaza de Saint Pol el conde de Bures y el señor de Reu, pues, dominado por un miedo desbordante, se arrojó fuera de la plaza por una cañonera y fue descuartizado por los sitiadores. En el cerco de la misma fue memorable el terror que invadió, sobrecogió y heló el corazón de un noble, que cayó en tierra muerto en la lid sin haber sido herido. Terror análogo se apodera frecuentemente de una multitud. En uno de los encuentros de Germánico con los alemanes, dos gruesas columnas de ejército partieron, a causa del horror que de ellas se adueñó, por dos caminos divergentes; una huía de donde salía la otra. El miedo tan pronto nos pone alas en los talones, como aconteció a los dos primeros, como nos deja clavados en la tierra y nos rodea de obstáculos, como se lee del emperador Teófilo, quien, en una batalla perdida contra los agarenos, quedó tan aturdido y temeroso que se vio incapacitado para huir: *Adeo pavor etiam auxilia formidat;*[10] hasta que Manuel, uno de los principales jefes de su ejército, lo zarandeó fuertemente como si lo despertara un sueño profundo, y le dijo: «Si no me seguís, os mataré; pues vale más que perdáis la vida que no que caigáis prisionero y perdáis el imperio».

Expresa el miedo su último poder cuando nos empuja hacia los actos esforzados, que antes no acometimos faltando a nuestro deber y a nuestro honor. En la primera batalla importante que los romanos perdieron contra Aníbal, bajo el consulado de Sempronio, un ejército de cien mil infantes, de quien se adueñó el espanto, no viendo lugar por dónde escapar cobardemente, se arrojó a través del grueso de las columnas enemigas, las

10 «El miedo se horroriza de todo, hasta de aquello que pudiera socorrerle.» Quinto Curcio, III, 11.

cuales rompió en un supremo esfuerzo, causando innumerables bajas a los cartagineses. De esta manera compraron una vergonzosa fuga al precio, en el fondo, de una gloriosa victoria.

A nada tengo tanto miedo como al miedo; de tal modo supera en consecuencias terribles a todos los demás accidentes. ¿Qué aflicción pudo ser más intensa ni más justa que la de los amigos de Pompeyo, quienes por encontrarse en su navío fueron testigos de tan horrible matanza? El pánico a las naves egipcias, que comenzaban a aproximárseles, ahogó, sin embargo, de tal forma el impulso natural de sus almas que pudo advertirse que no hicieron más que incitar a los marineros para que a fuerza de remos huyeran a toda velocidad, hasta que libres de todo temor, una vez llegados a Tiro, amoldaron su pensamiento a la pérdida experimentada y dieron rienda suelta a lamentaciones y lágrimas, que la otra pasión, más fuerte todavía, había contenido.

Tum pavor sapientiam omnem mihi ex animo expectorat.[11]

Incluso a quienes sufrieron buen número de heridas en algún encuentro de guerra, ensangrentados todavía, es posible obligarlos a coger las armas al día siguiente; mas los que cogieron miedo al enemigo, ni siquiera vuelven a mirarlo a la cara. Los que viven en continuo sobresalto por temor de perder sus bienes y ser desterrados o subyugados viven siempre en constante angustia, sin comer ni beber en reposo; mientras que los pobres, los desterrados y los siervos suelen vivir con mucha mayor alegría. El número de personas a las que el miedo ha hecho ahorcarse, ahogarse y cometer otros actos desesperados demuestra que es más insoportable e importuno que la propia muerte.

Los griegos reconocían otra especie de miedo, que no se originaba por el error del entendimiento, sino que según ellos procedía sin causa aparente de un impulso celeste. Pueblos y ejércitos enteros veíanse con frecuencia influidos por él. Tal fue el que provocó en Cartago una desolación absoluta.

11 «El miedo arroja de mi alma toda prudencia.» Ennio, en Cicerón, *Tuscul. quaest.*, VI, 8.

Se oían voces y gritos de espanto, veíase a los habitantes de la ciudad salir de sus casas, poseídos por la alarma, atacarse, herirse y matarse entre sí como enemigos que trataran de apoderarse de la ciudad. Todo fue un grave tumulto y terror hasta el momento en que, por medio de oraciones y sacrificios, se calmó la ira de los dioses. A este miedo fue al que los antiguos llamaron *terror pánico.*

QUE FILOSOFAR ES PREPARARSE A MORIR

Según Cicerón, filosofar no es otra cosa que prepararse para la muerte. Tan verdadera es la afirmación transcrita que el estudio y la contemplación parece que alejan nuestra alma de nosotros y le dan una tarea independiente de la materia, adquiriendo en cierto modo un aprendizaje y semejanza de la muerte; o dicho de otra forma: toda la sabiduría y razonamiento del mundo confluyen en un punto, el que nos enseña a no preocuparnos por el hecho de morir. En verdad, o nuestra razón se burla o no debe encaminarse más que a nuestro contentamiento, y todo su trabajo tender, en definitiva, a guiarnos al buen vivir y a nuestra íntima satisfacción, como dicen las Sagradas Escrituras. Todas las opiniones convienen en que el placer es nuestro fin, aunque las demostraciones que lo prueban vayan por diferentes caminos. Si de otra manera ocurriese, se las desdeñaría probablemente, pues ¿quién escucharía al que mantuviera que el designio que debemos perseguir es el dolor y la malandanza? Las disensiones entre las diversas escuelas de los filósofos en este punto son más bien aparentes; *transcurramus solertissimas nugas;*[12] hay en ellas más tesón y falta de buena fe de las que debe haber en

12 «Pasemos por alto tan sutiles bagatelas.» Séneca, *Epístolas,* 117.

una profesión tan santa. Mas, sea cual fuere el personaje que el hombre pinte, siempre se encontrarán en el retrato sus huellas personales.

Por encima de todas las ideas filosóficas, aun en lo referente a la virtud misma, el último fin de nuestra vida es el deleite. Me divierte hacer resonar en sus oídos esta palabra que se les figura algo tan desagradable, y que significa el placer supremo y excesivo contentamiento, cuya causa emana más bien del auxilio de la virtud que de ninguna otra ayuda. Tal voluptuosidad, por ser más rigurosa, nerviosa, robusta y viril, no deja de ser menos gravemente voluptuosa, y debemos darle el nombre de placer, que es más adecuado, dulce y natural, no el de vigor, de donde hemos sacado el nombre. La otra voluptuosidad, más baja, si mereciese aquel hermoso calificativo debiera concedérsele en concurrencia, no por privilegio. Yo la encuentro menos libre de incómodas dificultades que la virtud. Además, la satisfacción que proporciona es más momentánea, fluida y caduca. La acompañan vigilias y penas, el sudor y la sangre; pasiones en muchos aspectos más devastadoras, aparte de producir una saciedad tan pesada que equivale a penitencia. Nos equivocamos enormemente al pensar que semejantes incomodidades aguijonean y sirven de condimento a su dulzura, creyendo que, como ocurre en la naturaleza, lo contrario se estimula por su contrario; y también al asegurar, cuando volvemos a la virtud, que parecidos actos la hacen austera e inaccesible allí donde mucho más propiamente que a la voluptuosidad ennoblecen, aguijonean y realzan el placer divino y perfecto que nos procura. Es indigno de la virtud quien examina y contrapesa su precio según el fruto e ignora su uso y sus gracias. Los que nos instruyen diciéndonos que su adquisición es escabrosa y laboriosa y agradable su goce, ¿qué nos prueban con su consejo, sino que es siempre desagradable? Porque, ¿qué medio humano alcanza alguna vez su goce absoluto? Los más perfectos se satisfacen con aproximarse a la virtud sin poseerla. Pero se equivocan en atención a que, de todos los placeres que conocemos, el propio intento de alcanzarlos es agradable: la empresa participa de la calidad de la cosa que se persigue, parte decisiva del fin y consustancial con él. La beatitud y bienandanza que fulgen en la virtud iluminan todo cuanto a ella pertenece y lo que la rodea, desde la entrada primera a la más apartada barrera. Una de las principales ventajas que la virtud otorga es el menosprecio de la muerte, que además de conferir a nuestra vida una dulce tranquilidad nos proporciona un gusto puro y amable, sin el que cualquier otra voluptuosidad desaparece.

He aquí por qué todos los criterios convergen en este punto. Aunque nos lleven de común acuerdo a desdeñar el dolor, la pobreza y otras miserias a las que se siente sujeta la vida humana, esto no es tan importante como ser indiferentes a la muerte, lo mismo porque esos accidentes no pesan sobre todos (la mayoría de los hombres pasan su vida sin experimentar la pobreza, y otros sin ningún dolor ni enfermedad; tal Xenófilo, el músico, que vivió ciento seis años con perfecta salud), como porque la muerte puede ponerles fin cuando nos apetezca y cortar el hilo de todas nuestras desdichas. Por lo que se refiere a la muerte, es inevitable:

Omnes eodem cogimur, omnium
Versatur urna, serius, ocius,
Sors exitura, et nos in aeternum
Exilium impositura cymbae.[13]

Y, por tanto, si suscita miedo en nuestro pecho, es una causa continua de tormento, que de ningún modo puede aliviarse. No hay sitio de donde no nos venga; podemos volver la cabeza a cualquier lado como si nos halláramos en lugar sospechoso: *Quae quasi saxum Tantalo, semper impendet.*[14] De ordinario nuestros Parlamentos suelen mandar comparecer a los criminales en el lugar donde el crimen se cometió; de camino, hacedles pasar

13 «Todos estamos condenados a llegar al mismo término; nuestra suerte se encuentra en la urna para salir de ella tarde o temprano y hacernos saltar de la barca fatal al destierro eterno.» Horacio, *Odas*, II, 3, 25.

14 «Que pende siempre sobre nosotros, como la roca de Tántalo.» Cicerón, *De finibus*, I, 18.

ante hermosas casas, dispensadles todos los agasajos que estiméis convenientes, pero

> *non Siculae dapes*
> *Dulcem elaborabunt saporem;*
> *Non avium citharaeque cantus*
> *Somnum reducent.*[15]

¿Pensáis quizá que pueden recibir satisfacción, y que la intención última del viaje, fija en el pensamiento, no les ha trastornado el gusto de todas sus comodidades?

> *Audit iter, numeratque dies, spatioque viarum*
> *Metitur vitam: torquetur peste futura.*[16]

La muerte es el objeto de nuestra carrera, el fin necesario de nuestras miras; si nos causa horror, ¿cómo es posible dar siquiera un paso sin fiebre ni tormentos? El vulgo, generalmente, no piensa en ella. Mas ¿de qué brutal estupidez puede provenir tamaña ceguera...? Resulta preciso atar el asno por el rabo:

> *Qui capite ipse suo instituit vestigia retro.*[17]

No es extraño que con frecuencia sea atrapado en la red. Sólo nombrando la muerte se asusta a ciertas gentes, y la mayor parte se persignan como si se tratase del diablo. Por eso nadie dispone su testamento hasta que el médico lo desahucia; por lo que Dios solamente sabe, entre el horror y el dolor correspondientes, de qué juicio hacen uso los testadores.

---

15 «Ni los platos de Sicilia podrán despertar su paladar, ni los cánticos de las aves ni de la lira podrán devolverle el sueño.» Horacio, *Odas,* III, 1, 18.

16 «Preocúpase del camino, cuenta los días y mide su vida por la extensión recorrida, vive sin cesar obsesionado por la idea del suplicio que le amenaza.» Claudiano, en *Rufi.,* II, 137.

17 «Que, por su propia torpeza, dirige hacia atrás sus pisadas.» Lucrecio, IV, 474.

Como esta palabra hería rudamente sus oídos, considerándola de mal agüero, los romanos solían atemperarla y expresarla en perífrasis. En vez de *ha muerto,* decían *ha cesado de vivir, vivió.* Aunque la palabra vida se pronunciara de pasada, ya se consolaban. Por nuestra parte hemos tomado nuestro *difunto señor Juan* de aquella costumbre romana.

Según se dice usualmente, la palabreja vale dinero. Yo nací entre once y doce de la mañana, el postrer día de febrero de 1533, de acuerdo con el cómputo actual en virtud del cual comienza el año en enero. Hace quince días que cumplí los treinta y nueve años, y es posible que viva todavía otros tantos. Sin embargo, no pensar en cosa tan lejana supondría locura. ¿Acaso no sorprende la muerte a jóvenes y a viejos de la misma manera? A todos los encarcela como si acabaran de nacer. Por otro lado, no hay ningún hombre, por decrépito que sea, que, recordando a Matusalén, no piense cumplir veinte años más de los que tiene. Pero ¡pobre loco!, ¿has pensado alguna vez quién ha establecido los términos de tu vida? ¿Nos fundamos acaso, para creer que la nuestra sea larga, en el dictamen de los médicos? Más valiera fijarse en la experiencia cotidiana. A juzgar por el desarrollo normal de las cosas, vivimos por un favor extraordinario; hemos pasado los términos normales del vivir. Y para convencernos de que esto es verdad, conviene repasar nuestras amistades y ver cuántos han muerto antes de llegar a nuestra edad; muchos más de los que llegaron a ella probablemente. Y de los que han ennoblecido la vida con su renombre, tomemos nota y encontraremos que muchos murieron antes de los treinta y cinco años. Resulta además razonable y piadoso tomar ejemplo de la humanidad misma de Jesucristo, cuya vida concluyó a los treinta y tres. El hombre más grande, pero simplemente hombre, Alejandro, murió a esos mismos años. ¿Cuántas formas de sorprendernos tiene la muerte?

> *Quid quisque vitet, nunquam homini satis*
> *Cautum est in horas.*[18]

---

18 «El hombre no puede prever, por muy avispado que sea, lo que le amenaza a cada instante.» Horacio, *Odas,* II, 13, 13.

Dejemos a un lado las fiebres y pleuresías. ¿Quién hubiera pensado jamás que todo un duque de Bretaña hubiese de ser ahogado por la multitud como lo fue éste a la entrada en Lyon de mi vecino el papa Clemente? ¿No has visto perecer en un torneo a uno de nuestros reyes? Uno de sus antepasados, ¿no murió de un encontronazo con un cerdo? Sabedor Esquilo de que una casa se desplomaría sobre él, de nada le sirvió tomar toda clase de precauciones ni estar prevenido, pues pereció por culpa del golpe de una tortuga que se escapó de las garras de un águila en pleno vuelo. Otro halló la muerte por el grano de una pasa; un emperador falleció por el arañazo de un peine, mientras se peinaba; Emilio Lépido, por haber tropezado en el umbral de la puerta de su residencia; Aufidio dio por chocar, mientras entraba, contra la puerta de la cámara del Consejo; y entre los brazos de las mujeres, Cornelio Galo, pretor; Tigelino, capitán de la ronda en Roma; Ludovico, hijo de Guido de Gonzaga, marqués de Mantua. Más indigno es que concluyeran del mismo modo Espeusipo, filósofo platónico, y uno de nuestros pontífices. El pobre Bebio, juez, mientras concedía el plazo de ocho días en una causa, expiró repentinamente, habiendo terminado su plazo de vivir. Cayo Julio, médico, aplicando una untura en los ojos de un enfermo, sintió a la muerte cerrar los suyos, y si se me permite, en fin, citaré a un hermano mío, al capitán San Martín, de veintitrés años, que, a pesar de haber dado pruebas de su valor, recibió un golpe, jugando a la pelota, en la parte superior del oído derecho, y como lo dejó sin contusión aparente ni herida, no tomó las necesarias precauciones, y cinco o seis horas después murió a causa de una apoplejía que le ocasionó el accidente.

Con estos ejemplos tan frecuentes y ordinarios, que ocurren todos los días, ¿cómo es posible desligarse del pensamiento de la muerte y que a cada momento no nos sintamos como si nos agarrara por el cuello? ¿Qué importa?, me diréis, que ocurra lo que ocurra, con tal de no sufrir esperándola... En el fondo, yo también pienso lo mismo, y de cualquier manera que uno pueda ponerse al resguardo de los males, aunque sea dentro de la piel de una vaca, yo no repararía ni retrocedería, pues me basta vivir como quiera, y procuro darme la mejor vida posible, por poca gloria ni ejemplar conducta que con ello muestre:

Praetulerim deliras, inersque videri,
Dum mea delectent mala me, vel denique fallant,
Quam sapere et ringi.[19]

Pero tiene algo de insensato intentar por tal medio librarse de la idea de la muerte. Unos vienen, otros van, trotan éstos, danzan aquéllos, pero de la muerte nadie nos informa. Todo esto es muy hermoso. Pero cuando el momento llega, a propios y extraños, a sus mujeres, hijos y amigos, los sorprende y los coge de súbito y como al descubierto. ¡Y qué tormentos, qué gritos, qué rabia y qué desesperación se apodera de todos! ¿Visteis alguna vez nada tan decaído, cambiado o confuso? Es necesario, por tanto, andar prevenido porque, aunque tan bestial indiferencia pueda alojarse en la cabeza de un hombre con algún sentido, lo cual parece en principio imposible, bien cara resulta luego. Si se tratara de un enemigo combatible, yo aconsejaría hacer armas de la cobardía. Pero como no se puede, puesto que nos atrapa por igual al poltrón y huido que al hombre más honesto,

Nempe et fugacem persequitur virum,
Nec parcit imbellis juventae
Poplitibus, timidoque tergo,[20]

puesto que ninguna coraza nos resguarda,

Ille licet ferro cautus se condat et aere,
Mors tamen inclusum protrahet inde caput,[21]

sepamos esperarla a pie firme, sepamos luchar contra ella y, para comenzar a desposeerla de su principal ventaja contra nosotros, sigamos por el

19 «Preferiría pasar por loco o por inútil, siempre que mis faltas me sean gratas, o que me lo parezcan, mejor que ser advertido y padecer con mi sapiencia.» Horacio, *Epístolas,* II, 2, 126.

20 «Persigue al que huye y no perdona a las corvas ni a la tímida espalda de la juventud cobarde.» Horacio, *Epístola,* II, 2, 126.

21 «Aunque el hombre se defienda con cautela con el hierro y el bronce, la muerte sacará, sin embargo, la encerrada cabeza.» Propercio, III, 18, 25.

camino opuesto al normal. Quitémosle la extrañeza, habituémonos, acostumbrémonos a ella. No pensemos en nada con tanta frecuencia como en la muerte. Tengámosla viva en nuestra imaginación y veámosla en todas las fisonomías. Al ver tropezar un caballo, cuando se desprende una teja de lo alto, ante el más insignificante pinchazo de un alfiler, insistamos en pensar: «¿Será éste mi último momento?», procurando endurecernos y esforzarnos. En medio de las fiestas y alegrías, recordemos constantemente nuestra condición; no dejemos que el placer nos domine ni se adueñe de nosotros hasta el punto de olvidar de cuántas formas nuestra alegría se aproxima a la muerte y de qué diversas maneras nos amenaza. Recuérdese que los egipcios, en medio de sus festines y en el punto álgido de sus banquetes, contemplaban un esqueleto que servía de aviso a los convidados.

Omnem crede diem tibi diluxisse supremum;
Grata superveniet, quae non sperabitur, hora.[22]

Nunca sabemos dónde la muerte nos espera; esperémosla en todas partes. La premeditación de la muerte es premeditación de libertad. Quien ha aprendido a morir supera cualquier servidumbre. Saber morir nos libera de todo asimiento o coacción. No hay mal posible en la vida para aquel que ha comprendido que la privación de la misma no es un mal. Paulo Emilio respondió al emisario que le envió aquel miserable rey de Macedonia, reo suyo, para rogarle que no lo condujera en su cortejo triunfal: «Que se plantee la súplica a sí mismo».

Realmente, si la naturaleza no viene en ayuda de todas las cosas, es difícil que ni el arte ni el ingenio las hagan prosperar. Yo no soy melancólico, sino soñador. De nada me he preocupado tanto como de la muerte, aun en la época más licenciosa de mi vida:

Jucundum quum aetas florida ver ageret.[23]

22 «Imagina que cada día es para ti el último, y agradecerás el amanecer que no esperabas.» Horacio, *Epístolas*, I, 4, 13.

23 «Cuando mi edad florida gozaba su alegre primavera.» Catulo, LXVIII, 16.

Hallándome entre damas y juegos, algunos, viéndome apartado, creían que yo estaba devorado por celos o inciertas esperanzas, cuando en realidad me entregaba a pensar en no sé quién, sorprendido unos días antes por una fiebre ardiente, y en su fin, al salir de una fiesta semejante, llena la cabeza de ideas ociosas, de amor y de satisfacción, como yo, y en que igual que a él podía sucederme a mí.

Jam fuerit, nec post unquam, revocare licebit.[24]

Ni este ni ningún otro pensamiento me espantaban. Es imposible que al principio no sintamos ideas tristes. Pero repasando sobre ellas y volviendo a insistir, llega a domesticárselas. Por otra parte, y con respecto a lo que a mí se refiere, me encontraría constantemente horrorizado y frenético, pues jamás nadie sintió tan insegura su vida. Jamás hubo un hombre que tuviera menos seguridad de los límites de la suya. Ni la salud excelente que hasta hoy he gozado, casi nunca alterada, prolonga mi esperanza, ni las enfermedades la acortan. A cada minuto siento como si escapara de algo. Y sin cesar, insisto: «Lo que puede ocurrir un día, puede ocurrir dentro de un momento». Los peligros, riesgos y azares nos acercan poco o nada a nuestro final, y si consideramos de cuántas cosas podemos depender, además de todo lo que nos amenaza siempre con mayor insistencia, cuántos millones de otros accidentes pesan sobre nuestras cabezas, comprendemos que nos siguen lo mismo en el mar que en nuestra casa, en la batalla que en el reposo, estando frescos o enfebrecidos. Está cerca de nosotros en todas partes...

Nemo altero fragilior est; nemo in crastinum sui certior.[25]

Para realizar lo que tengo que hacer en *vida,* cualquier plazo se me antoja largo, hasta el breve plazo de una hora.

---

24 «Pronto no existirá el tiempo presente, ni podremos recordarlo.» Lucrecio, III, 928.

25 «Ningún hombre es más frágil que los demás; ninguno está más seguro que otro del día siguiente.» Séneca, *Epístolas,* 91.

Alguien, hojeando el otro día mis apuntes, encontró una nota de algo que yo quería que se realizara después de mi muerte. Yo le dije, porque era verdad, que, encontrándome cuando lo escribí a una legua de mi casa, sano y vigoroso, me había apresurado a escribirla, porque temía no llegar hasta ella. Hace mucho que en todo momento me encuentro dispuesto, y la llegada de la muerte no me enseñará ni me sorprenderá con nada. Es conveniente estar siempre calzado y dispuesto a partir por lo que de nosotros dependa, y particularmente guardar todas las fuerzas de la propia alma para el caso:

Quid brevi fortes jaculamur aevo multa?[26]

pues de todas necesitaremos en trance semejante. Uno se queja, más que de la muerte, porque le corta la marcha de una hermosa victoria; otro, porque le urgía retirarse antes de haber casado a su hija o terminada la educación de sus hijos; aquél lamenta la separación de su mujer; éste, la de su hijo, como razones de ser de su vida.

Tan preparado me encuentro, sin embargo, para la hora final que puedo partir cuando a Dios le plazca, sin dejar abandonados sentimientos terrenos. Procuro vivir desligado de todo, a todos he presentado mis adioses, salvo a mí mismo. Jamás hombre alguno se dispuso a abandonar la vida con mayor sosiego, ni se desprendió de todo lazo como yo quiero intentarlo. Los muertos más muertos son los más sanos:

26 «¿Por qué soñar tan vastos proyectos en una existencia tan corta...?» Horacio, *Odas*, II, 16, 17.

Miser o miser, aiunt, omnia ademit
Una dies infesta mihi tot praemia vitae.[27]

Y el constructor dice:

Manent opera interrumpta, minaeque
Murorum ingentes.[28]

Conviene no iniciar nada de larga duración o, de hacerlo, apresurarse y acabarlo. Hemos venido a la Tierra para trabajar:

Cum moriar, medium solvar et inter opus.[29]

Soy partidario de que se trabaje y de que se prolonguen los oficios de la vida humana tanto como resulte posible, y deseo que la muerte me encuentre plantando mis coles, pero sin temerla, y menos todavía me preocupa dejar mi jardín imperfecto. He visto morir a un hombre que en sus últimos momentos se quejaba sin cesar de que su destino cortase el hilo de la historia que tenía entre manos del quince o dieciséis de nuestros reyes.

Illud in his rebus non addunt, nec tibi earum
Iam desiderium rerum super insidet una.[30]

Es preciso liberarse de semejantes preocupaciones, por vulgares y superficiales. Así como los cementerios han sido colocados junto a las iglesias y los sitios más frecuentados de las ciudades, para acostumbrar al bajo pueblo, las mujeres y los niños, según Licurgo, a no asustarse cuando vean a un hombre muerto, y a fin de que el continuo espectáculo de los osarios,

27 «¡Ay infeliz de mí!, exclaman. Un solo día, un instante fatal me roba todas las recompensas de la vida.» Lucrecio, III, 911.

28 «Interrumpidas quedan mis obras, amenazando grave ruina los muros.» Virgilio. *Eneida*, IV, 88.

29 «Quiero que la muerte me sorprenda mientras trabajo.» Ovidio, *Amor.*, II, 10, 36.

30 «A estas palabras no agregan que tampoco conservarás el deseo de esas cosas.» Lucrecio, III, 913.

sepulcros y coches funerarios se conviertan en aviso permanente de nuestra condición:

Quin etiam exhilarare viris convivia caede
Mos olim, et miscere epulis spectacula dira
Certantem ferro, saepe et super ipsa caedentum
Pocula, respersis non parco sanguine mensis;[31]

y como los egipcios, al final de sus festines, presentaban a los invitados una imagen de la muerte mediante un grito que acompañaba a la siguientes palabras: «Bebe y... alégrate, pues cuando mueras te parecerás a esto», así tengo yo por costumbre tener no solamente en el pensamiento, sino también en la boca, la idea de la muerte. Y de nada me informo tanto como de la muerte de los hombres, de la palabra última que pronunciaron, del rostro que pusieron, de la actitud que presentaron, ni pasaje de los libros que disfrute con más atención, demostrando en la elección de los ejemplos mi gran predilección sobre el tema. Si yo escribiera un libro, ordenaría con diversos comentarios las distintas maneras que hay de morir. Quien enseñe a los hombres a morir, les enseñará también a vivir. Dicearco compuso una obra de título análogo, mas de distinto y nada útil propósito.

Se me dirá, probablemente, que el hecho desborda de tal forma la idea, que no hay nada que atenúe la gravedad de nuestro último paso. Pero a eso he de responder que la premeditación proporciona sin duda gran ventaja, al mismo tiempo que se me fuerza a preguntar: ¿no se considera suficientemente importante llegar al trance final con tranquilidad y sin fiebre...? Pero aún hay más. La propia naturaleza nos da la mano para animarnos. Cuando se trata de una muerte rápida y violenta, nos falta el tiempo para temerla; si es más larga, advierto que a medida que avanza la enfermedad,

31 «Antiguamente se solía alegrar con homicidios los festines, y brindar a los invitados combates violentos de gladiadores; a veces éstos caían en medio de las copas del banquete e inundaban las mesas con la sangre.» Silio Itálico, IX, 51.

desdeño más la vida. Encuentro que esta clase de pensamientos deben tenerse cuando nos sentimos llenos de salud, mejor que cuando nos domina la fiebre. En mí comienza ya a flaquear el amor a las comodidades y la práctica del placer, puesto que así veo la muerte con menos horror, y espero que cuanto más viejo sea, más me resignaré a no disfrutar la vida, haciéndome la correspondiente composición de lugar. En muchas circunstancias he tenido ocasión de experimentar lo dicho por César, cuando afirmaba que las cosas nos parecen más grandes de lejos que de cerca y, por tanto, en plena salud, he tenido más miedo a las enfermedades pensando en ellas que sufriéndolas. La alegría que me domina, el placer y la salud, me muestran lo contrario tan desproporcionado, que mi fantasía multiplica por lo menos el mal, el cual encuentro cosa más grave cuando me siento malo que cuando lo tengo sobre mis espaldas. Espero que lo propio me pasará con la muerte.

Estas mutaciones y declinaciones ordinarias nos muestran cómo la naturaleza nos hace apartar la vista de nuestra pérdida y empeoramiento. ¿Qué le queda a un viejo del vigor de su juventud y de su vida pasada?

Heu, senibus vitae portio quanta manet![32]

Un soldado de la guardia de César, que se hallaba rendido y destrozado, pidió al emperador permiso para darse la muerte. César, al contemplar su triste aspecto, le contestó con ingenio: «¿Acaso supones que estás vivo?». Semejante golpe yo no creo que fuésemos muchos los capaces de resistirlo. Mas guiados por su mano, por una suave y como insensible pendiente, poco a poco, y como por grados, nos acerca a aquella miserable situación y nos familiariza con ella, de tal modo que no advertimos ninguna transición violenta cuando nuestra juventud acaba; lo cual es en verdad una muerte más dura que la extinción de una vida que languidece, como es la muerte de la vejez. El salto del mal vivir al no vivir no es tan violento como el que se realiza de la edad dichosa a una situación penosa y rodeada de achaques. Del cuerpo encorvado faltan ya las fuerzas, y lo mismo ocurre con el alma, por

32 «¡Qué pequeña parte le queda a un anciano del festín de la vida!» Maximiano, *Pseudo-Galo,* I, 16.

lo que es preciso habituarlos a resistir los ataques de su adversario. Puesto que es imposible que permanezca en reposo mientras lo teme, si logra ganar la calma —cosa que desborda la humana condición—, de ello puede alabarse, pues es imposible que la inquietud, el tormento y el miedo, ni aun la menor molestia, se adueñen de ella.

Non vultus instantis tyranni
Mente quatit solida, neque Auster
Dux inquieti turbidus Adriae,
Nec fulminantis magna Jovis manus.[33]

Tórnase el alma dueña de sus concupiscencias y pasiones, dueña de la indigencia, de la vergüenza, de la pobreza y de todas las demás injurias de la fortuna. Gane de antemano quien pueda; tal es la verdadera y soberana libertad que nos proporciona la facultad de reírnos de la fuerza y de la injusticia, así como zafarnos de los grillos y de las cadenas.

in manicis et
Compedibus, saevo te sub custode tenebo.
Ipse deus, simul atque volam, me solvet: opinor,
Hoc sentit, moriar. Mors ultima linea rerum est.[34]

Nuestra religión no ha tenido más auténtico fundamento humano que el desprecio a la vida. No sólo la deducción natural lo trae a nuestra memoria, sino que es estúpido que lamentemos la pérdida de una cosa, la cual nos encontramos incapacitados de sentir más tarde. Y puesto que de tantísimas maneras nos sentimos amenazados por la muerte, ¿no es superior la pena que produce el mal de temerlas todas para liberarnos de una sola? ¿No vale más que aparezca cuando quiera, en vista de que resulta

33 «Ni el rostro amenazador del tirano, ni el Austro árbitro turbulento del inquieto Adriático, pueden alterar su firmeza, ni siquiera la mano terrible del tonante Júpiter.» Horacio, *Odas*, III, 3, 3.

34 «Te cargaré de cadenas en pies y manos, y te guardaré con cruel carcelero. El mismo dios me libertará en el momento que yo quiera. Creo que quiere decir: moriré; la muerte es la última línea de todas las cosas.» Horacio, *Epístolas*, I, 16, 76.

inevitable? Quien anunció a Sócrates que estaba condenado a muerte por treinta tiranos, escuchó al filósofo que la naturaleza los había condenado a ellos. ¡Qué equivocación apenarnos y afligirnos, cuando vamos a ser liberados de todo duelo!

Como el nacimiento nos sitúa ante el principio de todas las cosas, nuestra muerte produce también la muerte de todas ellas. ¿A qué cometer la locura de lamentar que dentro de cien años no viviremos, y no hacer lo mismo en vista de que hace cien años no vivíamos? La muerte es el origen de otra vida. Por eso lloramos y padecemos al entrar en la otra vida. Despojémonos de nuestros antiguos velos al entrar en ella. No debe ser considerado como doloroso lo que solamente ocurre una vez. ¿Es razonable siquiera emplear tiempo tan dilatado en cosa tan breve? El mucho vivir y el corto vivir son idénticos ante la muerte. Lo mucho y lo poco no pueden aplicarse a lo que no existe. Aristóteles dice que en el río Hípanis existen animalillos que no viven más que un día. Los que de ellos mueren por la mañana terminan jóvenes su vida, y los que mueren a las cinco de la tarde perecen de vejez. ¿Quién de nosotros no tomaría a broma la consideración de la desdicha o la dicha de un momento de tan corta duración? La de nuestra vida, si la comparamos con lo eterno, o con la de las montañas, ríos, estrellas, árboles y hasta la de ciertos animales, ¿no resulta algo ridícula?

Mas la misma naturaleza nos obliga a sucumbir. «Salid —nos dice— de este mundo como en él entrasteis. El mismo tránsito que hicisteis de la muerte a la vida, sin pasión y sin horror, rehacedlo de la vida a la muerte. Vuestra muerte es uno de los elementos del orden universal, uno de los elementos de la vida del mundo.»

Inter se mortales mutua vivunt.

....

Et quasi cursores, vitae lampara tradunt.[35]

---

35 «Los mortales se prestan entre ellos la vida y, como corredores, pasan de mano en mano la antorcha de la vida.» Lucrecio, II, 75, 78.

»¿Cambiaré yo por vosotros esta hermosa contextura de las cosas? La muerte es el fundamento esencial de vuestra naturaleza, es un pedazo de vosotros mismos; ¿pretendéis huir de vosotros mismos? La existencia de la que disfrutáis pertenece por partes iguales a la vida y a la muerte. Ya el primer día de vuestro nacimiento os encamina tanto al morir como al vivir,

> *Prima, quae vitam dedit, hora, carpsit.*[36]
> *Nascentes morimur; finisque ab origine pendet.*[37]

»Todo lo que vivís se lo arrebatáis a la vida: lo vivís a costa de ella. El continuo quehacer de vuestra existencia es edificar la muerte. Os encontráis en la muerte mientras estáis en la vida, o en otros términos: estáis muertos cuando ya no estáis en la vida; mas durante la vida estáis muriendo, y la muerte ataca con mayor violencia al moribundo que al muerto, más vivamente, más esencialmente. Si habéis aprovechado bien la vida, ya tenéis bastante; retiraos satisfechos.

> *Cur non ut plenus vitae conviva recedis?*[38]

»Si no habéis sabido usarla convenientemente, estimándola inútil, ¿qué os importa haberla perdido? ¿Para qué la queréis realmente?

> *Cur amplius addere quaeris,*
> *Rursum quot pereat male, et ingratum occidat omne?*[39]

»La vida no es, por sí, ni un bien ni un mal; es lo uno o lo otro, según lo que se haga de ella. Si habéis vivido un día, lo habéis visto todo. Un día

---

36 «La hora misma de nuestro nacimiento disminuye la duración de nuestra vida.» Séneca, *Hercul. fur.*, III, v. 874.

37 «Morimos al nacer; nuestro fin depende de nuestro principio.» Manilio, *Astronomica*, IV, 16.

38 «¿Por qué no te retiras del festín de la vida como un convidado harto?» Lucrecio, III, 951.

39 «¿Por qué pides un nuevo plazo, cuando es posible que lo pierdas y que caiga todo sin provecho?» Lucrecio, III, 954.

es igual a todos los días. No existe otra luz ni otra oscuridad. Ese sol, esa luna, esas estrellas, esa armonía de las estaciones, es idéntica a la que vuestros abuelos gozaron, y la misma que admirarán nuestros nietos y tataranietos.

Non alium videre patres, aliumve nepotes
Adspicient.[40]

»Y a lo sumo, la variedad y distribución de todos los actos de mi comedia se desarrollan solamente en un año. Si os habéis hecho problema del vaivén de mis cuatro estaciones, habréis observado que comprenden la infancia, la adolescencia, la virilidad y la vejez del mundo: con ello ha hecho su partida; después vuelve de nuevo, y siempre acontecerá lo mismo.

Versamur ibidem, atque insumus usque.[41]
Atque in se sua per vestigia volvitur annus.[42]

»No puedo permitirme la libertad de forjaros nuevos pasatiempos:

Nam tibi praeterea quod machiner, inveniamque
Quod placeat, nihil est; eadem sunt omnia semper.[43]

»Dejad el lugar a los que os reemplacen, como los demás os lo dejaron a vosotros. La igualdad es la primera condición de la equidad. ¿Quiénes pueden quejarse de un mal que todo el mundo sufre...? Es, pues, inútil que viváis; no rebajaréis nada del tiempo que tendréis que estar muertos; todo es inútil. Nada vale ni a nada conduce. Tanto tiempo habéis de

40 «No vieron otro distinto vuestros padres, ni contemplarán otro vuestros nietos.» Manilio, I, 529.

41 «El hombre gira constantemente por el círculo que lo encierra.» Lucrecio, III, 1093.

42 «El año gira sobre sí mismo, siguiendo sus propias huellas.» Virgilio, *Geórgicas*, II, 402.

43 «No puedo descubrir ni imaginar nada nuevo para complacerte: todo es siempre lo mismo.» Lucrecio, III, 957.

permanecer en ese estado que teméis como si hubierais muerto en brazos de vuestra nodriza.

Licet quod vis vivendo vincere secla,
Mors aeterna tamen nihilo.[44]

»Y si a tal estado de ánimo llegarais, es conveniente que no sintieseis ningún descontento:

In vera nescis nullum fore morte alium te,
Qui possit vivus tibi te lugere peremptum,
Stansque jacentem?[45]

»Ni deseaseis la vida que tanto añoráis:

Nec sibi enim quisquam tum se, vitamque requirit.
....
Nec desiderium nostri nos afficit ullum.[46]

»La muerte es menos temible que nada, si hubiera alguna cosa aún más insignificante que nada, según Lucrecio en sus versos escribe:

Multo mortem minus ad nos esse putandum.
Si minus esse potest, quam quod nihil esse videmus.

»La muerte no nos concierne ni muertos ni vivos; vivos, porque existimos; muertos, porque ya no perduramos. Nadie muere hasta que le llega su

44 «Aunque a gusto tuyo venzas los siglos viviendo, no por eso dejará de aguardarte la muerte eterna.» Lucrecio, III, 1103.

45 «¿No sabes que al morir definitivamente no habrá ningún otro yo tuyo viviente y de pie que llore por ti, muerto y yacente?» Lucrecio, III, 898.

46 «Entonces no nos preocupamos de la vida ni de nuestra persona... entonces no sentimos ningún deseo de la existencia.» Lucrecio, III, 932, 935.

hora; el tiempo que abandonáis era tan vuestro u os pertenecía tanto como el que transcurrió antes de que nacierais, y que tampoco os pertenece.

Respice enim quam nil ad nos anteacta vetustas
Temporis aeterni fuerit.[47]

»Allí donde vuestra vida acaba se resume toda la vida. La utilidad de vivir no reside en el tiempo, sino en la intensidad con que la vida se vive: hay quien vive lo suficiente viviendo pocos años. Pensadlo mientras permanecéis en el mundo: de vuestra voluntad depende el hecho de vivir bastante y no del número de años. ¿Pensáis acaso no llegar al horizonte hacia donde marcháis sin cesar? No conozco camino que no tenga su salida. Y para que os sirva de alivio, sabed que todo el mundo sigue el camino que vosotros seguís:

Omnia te, vita perfuncta sequentur.[48]

»Todo se estremece con vosotros. ¿Hay alguna cosa que no envejezca como vosotros envejecéis? Mil hombres, mil animales y mil otras criaturas mueren en el instante que vosotros morís.

Nam nox nulla diem, neque noctem aurora sequuta est,
Qua non audierit mixtos vagitibus aegris
Ploratus, mortis comites et funeris atri.[49]

»¿De qué os sirve retroceder, si para vosotros no vale el pasado? Bastantes habéis visto satisfechos de morir para concluir con sus miserias. Pero ¿habéis visto alguno mal hallado con la muerte? Gran torpeza me parece

47 «Considera que no fue nada para nosotros la antigüedad pasada del tiempo eterno.» Lucrecio, III, 985.

48 «Todo te seguirá en cuanto cumpla su vida.» Lucrecio, III, 981.

49 «Ni al día siguió noche alguna ni a la noche aurora que no escucharan, mezclado con lastimeros vagidos, el llanto, compañero de la muerte y del luto funeral.» Lucrecio, V, 579.

condenar algo que no habéis podido experimentar ni en vosotros ni en el prójimo. ¿Por qué te quejas de mí y del destino? ¿Te engañamos? ¿Se trata de que tú nos gobiernes, o de que te gobernemos nosotros a ti? Aunque tu tiempo no esté todavía acabado, tu vida sí lo está. Un hombre pequeño es algo tan completo como un hombre grande.

»Ni los hombres ni sus vidas se miden por varas. Quirón desprecia la inmortalidad, informado de las condiciones en que se le concede por el mismo dios del tiempo, por Saturno, su padre. Imaginad que una vida perdurable le resultaría más insoportable al hombre que la que yo le he dado. Si la muerte no apareciera al final de vuestros días, me maldeciríais sin cesar por haberos privado de ella. Con arreglo a este criterio he mezclado alguna amargura, para impediros, en vista de la comodidad de su uso, abrazarla con tanta avidez como indiscreción. Para que seáis más moderados, para que no huyáis de la vida ni tampoco de la muerte a que os obligo, he atemperado la una y la otra con gozos y tristezas. Enseñé a Tales, el primero de vuestros sabios, que el vivir y el morir eran cosas indiferentes; por eso, al que le preguntó por qué no moría, le respondió prudentísimamente: *porque da lo mismo.*

»La tierra, el agua, el aire, el fuego, y otros componentes de mi armazón, son igualmente instrumentos de tu vida como de tu muerte. ¿Por qué temes tu último día? Tu último día contribuye a tu muerte como cualquier otro. El último paso no produce la lasitud, sino que la confirma. Todos los días van a la muerte y el último llega.»

He aquí las sabias advertencias de nuestra madre naturaleza.

Con frecuencia he pensado por qué en las guerras el semblante de la muerte, lo mismo en nosotros que en otros, nos espanta mucho menos que en casa (si así no fuera, los ejércitos estarían integrados por una serie de médicos y llorones); y siendo la muerte igual para todos, he pensado también que la esperan con mayor resignación los campesinos y la gente de condición modesta que los demás. En verdad creo que todo depende del aparato de horror de que la rodeamos, el cual produce más sensación de miedo que ella misma: los gritos de las madres, de las mujeres y de los niños; la visita de gentes pasmadas y transidas; la presencia abundante de criados pálidos y llorosos; una habitación a oscuras; la luz de los blandones; la cabecera de nuestro lecho rodeada de médicos y de sacerdotes; en suma, todo es horror y espanto alrededor nuestro. Henos ya un poco bajo la tierra. Los niños tienen miedo de sus propios amigos enmascarados; a nosotros nos ocurre lo mismo. Resulta preciso quitar la máscara de las cosas y de las personas, aunque, una vez quitada, no encontremos a la hora de la muerte más que esa misma muerte que un criado o una simple camarera afrontaron sin temor últimamente. ¡Feliz muerte la que no deja como señal los aprestos de tal equipaje!

DE LA EDUCACIÓN DE LOS HIJOS

(A la señora Diana de Foix, condesa de Gurson)

Jamás vi padre, por enclenque, jorobado y achacoso que su hijo fuera, que reconociese sus defectos. Y no es porque no vea los mismos, a menos que el amor lo ciegue, sino precisamente por tratarse de un hijo suyo. De esta forma, yo veo mejor que nadie que estas páginas no son más que divagaciones de un hombre que sólo ha penetrado en lo más superficial de las ciencias, y eso en su infancia, no habiendo guardado de las mismas sino lo indispensable, nada en conclusión, a la francesa. Sé, en definitiva, que hay una ciencia llamada Medicina, otra Jurisprudencia, cuatro partes de Matemáticas, y muy someramente de lo que trataba cada una de ellas; conozco bastante, por otra parte, el servicio que dichas ciencias prestan a nuestra vida... Pero nada más. Ni mi cabeza se ha revuelto estudiando a Aristóteles, rey de la doctrina moderna, ni empeñado en el estudio de ninguna enseñanza concreta. No hay arte del que yo pueda trazar los primeros rudimentos. Cualquier muchacho de las clases elementales puede aventajarme. Y a tal punto es fatal mi insuficiencia, que ni siquiera me sentiría capaz de interrogarlo sobre la primera lección de su asignatura. Así que, si se me forzase a hacer tal o cual pregunta, mi incompetencia haría que le propusiera alguna cuestión general, por la cual podría juzgar su natural disposición: lección que le sería tan desconocida como a mí la suya.

Aparte de los de Séneca y Plutarco, de quienes me proveo, como las Danaides, llenándome y vaciándome perpetuamente, no he tenido relación con ningún otro libro. De los escritores citados algo quedará en este libro; poco en mi cabeza.

Me gustan la historia y la poesía, a la que amo particularmente. Y como Cleantes decía, de la misma manera que la voz encerrada en el estrecho tubo de una trompeta surge más agria y más fuerte, la sentencia, presionada por la poesía, brota más bruscamente y me conmueve con intensidad. Por lo que se refiere a mis facultades naturales, de las que este libro resulta buena prueba, soportan una pesada carga. Mis conceptos y mis juicios marchan a tropezones, tambaleándose, dando traspiés, y cuando pienso en aquello que mis fuerzas alcanzan ni siquiera me siento un poco satisfecho, veo cosas más allá, aunque con vista alterada y nebulosa difícilmente aclarable. Pretendiendo hablar de todo aquello que buenamente se ofrece a mi espíritu con la sola ayuda de mis naturales medios, descubro a veces, tratados por los buenos autores, los mismos temas en que me intereso, como en el capítulo de la capacidad de imaginación, tema tratado por Plutarco. Comparadas mis razones con las de aquellos maestros, me siento tan débil y mediocre, tan pesado y poco brillante, que no sólo me doy pena, sino que llego a menospreciarme; me alegr, en cambio, que muchas veces mis opiniones coincidan con las de los antiguos. Cuando esto ocurre, los sigo de lejos y reconozco lo que no todos reconocen: la extrema diferencia existente entre ellos y yo. Mas, a pesar de todo, dejo correr mis invenciones débiles y bajas, tales como salieron de mi pluma, sin corregir los defectos descubiertos a fuerza de comparaciones.

Mucha confianza hay que tener en las propias fuerzas para equipararse a tales autores. Los indiscretos escritores de nuestro siglo, cuyas modestas obras están nutridas de pasajes enteros de los antiguos, para dignificarlos, practican todo lo contrario. Y la diferencia entre lo propio y lo ajeno es tan notable que sus escritos pierden atracción y colorido, desmereciendo en vez de acreditarse.

Contrastemos dos procedimientos absolutamente contrarios. El filósofo Crisipo incluía en sus obras, no ya pasajes, sino libros completos de otros autores, llegando a incluir en uno la *Medea* de Eurípides. Apolodoro decía de este filósofo que si se borrase de sus obras lo ajeno, se convertirían en libros en blanco; Epicuro, por el contrario, en ninguno de sus trescientos volúmenes incluyó citas ni juicios de otros autores.

Hace poco tropecé con un pasaje de éstos, para llegar al cual había tenido que aburrirme con multitud de frases hueras, tan exangües, descarnadas y carentes de sentido, sin meollo ni sustancia, que no se trataba, en suma, sino de palabras ensambladas unas con otras. Al cabo de un largo y fatigante camino me encontré con un trozo elevado y recio que tocaba con las nubes. De haber encontrado una pendiente más suave, de subida algo áspera, la cosa hubiera sido lógica. Pero llegué a un precipicio tan derecho y tan arriesgado, que a las seis primeras palabras advertí que me encontraba en otro mundo distinto. Desde él pude descubrir la hondonada de donde procedía, tan baja y tan profunda que no tuve valor para reintegrarme a ella. Si yo adornase cualquiera de mis escritos con tan ricas ruinas, resaltaría en exceso la pobreza de los otros. Descubrir en los demás mis propios defectos me parece tan legítimo como rectificar, cosa que suelo hacer en ocasiones, los de otro en propia persona. Necesario es señalarlos en muchos y lograr al mismo tiempo que desaparezca todo pretexto exculpatorio. No desconozco cuán audazmente parangono mis ideas con las de otros autores célebres, aunque ello sea claramente intencionado; mas no lo hago por evidente esperanza de engañar a nadie con ajenos adornos, sino para perfilar mis asertos y razonamientos en beneficio del lector. Sin olvidar que tampoco me pongo a luchar frente a frente ni cuerpo a cuerpo con acreditados campeones, realizo solamente discretos y contados ataques, no me lanzo contra ellos, los tanteo y no los asalto tanto como temo iniciarlos.

Si pudiera caminar a su paso, me conduciría como hombre vigoroso y fuerte, porque sólo los acometo por sus máximas más elevadas.

Aprovecharse de lo de otros, adornarse con plumas ajenas hasta el punto de disminuir las propias, conducir los razonamientos, como suelen hacerlo los sabios verdaderos, defendiéndose en las ideas de los antiguos, sacándolas de aquí y de allá, tratando de pasarlas por propias, resulta en definitiva injusto y cobarde, porque los que tal cosa hacen, valorizando lo que no les pertenece, intentan acreditarse con lo que no es suyo. Constituye, por otra parte, una tremenda torpeza contentarse con la ignorante aceptación del vulgo y desacreditarse entre los entendidos, conocedores de lo que ha sido incrustado y que, a pesar de su peso y valor, resulta ajeno.

Nada más lejos de mi manera de ser que semejantes procedimientos; yo no me valgo de los otros en mis citas sino para expresarme más plenamente. No está de acuerdo este comportamiento con los centones que de ordinario se presentan al público: yo he visto a los que resultaban ingeniosos que no necesitaban hablar de sus antecesores, como el que firmaba con el nombre de Capílupo. De la misma manera suelen tratar de lucir sus talentos algunos eruditos, entreverándolos como si dijéramos, como ocurre con Justo Lipsio en su docto y laborioso tratado titulado *Política*.

De todas formas, y sean cuales fueren esos errores, no he podido menos de ponerlos de manifiesto, de la misma manera que un artista que hiciera mi retrato tendría que mostrarme cano y calvo, pintando mi cabeza como es y no una perfecta. Esto que queda escrito son mis opiniones e ideas; yo las expongo según las veo y las creo discretas, no como cosa indiscutible que ha de creerse por completo. No tengo otro propósito que el de trasladar al papel lo que siento. Es posible que mañana resulte diferente si nuevas enseñanzas transforman mi manera de ser, pues no tengo ni deseo autoridad suficiente para ser creído, si he de reconocer, según reconozco, que no estoy suficientemente capacitado para enseñar a los otros.

Un conocido, que leyó en mi casa el artículo precedente hace algunos días, me dijo que tenía que haber desarrollado más el tema de la educación de los niños, de forma, señora, que si realmente poseyera yo alguna competencia en tal materia, no creo que pudiera manifestarlo mejor que haciendo de ella un presente para el pequeñuelo que pronto nacerá (sois demasiado generosa para no comenzar por un varón). Pues habiéndome cabido buena parte en la organización de vuestro matrimonio, me supongo con algún derecho y me siento interesado en la grandeza y prosperidad de todo lo que ocurra, aparte de que desde hace algún tiempo me siento ligado a vuestras mercedes, lo cual fuerza doblemente mi interés a todo lo que se vincula con vos directamente. Estimo, señora, que la mayor y primera dificultad de la ciencia humana se encuentra en la acertada dirección y educación de los niños, de la misma manera que en la agricultura las labores que anteceden a la plantación son sencillas y carecen de dificultad, pero enseguida que la planta ha arraigado, aparecen diversos procedimientos más bien difíciles para que la misma se desarrolle. Lo mismo ocurre con los hombres: plantarlos no es difícil, pero, enseguida que tienen vida, son muchos los cuidados y trabajos que se necesitan para nutrirlos y lograr su desarrollo.

La tendencia de sus inclinaciones es tan imprecisa en la primera infancia, y tan inciertas y falsas las promesas que de aquéllas pueden derivarse, que no es viable fundar sobre ellas un sólido juicio.

Cimón, Temístocles y muchos otros resultaron muy diferentes de lo que se esperaba de ellos. Los pequeños osos, y los perros, muestran su inclinación natural, mas los hombres suelen verse desde sus comienzos acosados por costumbres, leyes y opiniones que los disfrazan fatalmente, pues es muy difícil forzar las tendencias o propensiones naturales. De donde acontece que, por no haber escogido bien su camino, se trabaja sin fruto, empleándose un tiempo inútil en destinar a los niños para menesteres que no sirven. No obstante semejante dificultad, se debe, en mi opinión, encaminarlos siempre hacia las cosas más nobles, de las cuales puedan sacar mayor provecho, desentendiéndose de adivinaciones y pronósticos de los que deducimos consecuencias harto facilonas en la infancia. Platón mismo, en su *República,* estimo que les concede autoridad excesiva.

Es la ciencia, señora, gran ornamento y materia útil que presta relevantes servicios, especialmente a las personas de vuestra categoría. En verdad, considero que no se encuentra en buen lugar cuando depende de manos bajas y plebeyas. Siéntese más orgullosa cuando colabora para llevar una guerra, regir un pueblo y ganarse la amistad de un príncipe o de una nación extranjera, que para establecer un argumento dialéctico, emitir una defensa o disponer una caja de píldoras. Por ello, señora, como estoy convencido de que no olvidaréis semejante principio en la educación de vuestros hijos, vos que habéis disfrutado desde hace tiempo la dulzura de las letras, puesto que pertenecéis a una familia literaria (aún recordamos los escritos de los antiguos condes de Foix, de quien desciende el señor conde vuestro esposo y vos misma, y Francisco, señor de Candal, vuestro tío, que aún publica obras que divulgarán aquella cualidad de vuestra familia hasta los siglos venideros), quiero manifestaros mi opinión sobre la educación humana, distinta a la común y corriente. Es cuanto puedo realizar en vuestro servicio al respecto.

Al cargo del maestro que designéis, del cual depende todo el fruto de su educación, acompañan otras especiales atribuciones, de las cuales me guardaré de hablar por no saber nada especial sobre ellas; y sobre lo que más adelante diré, sólo deseo que aquél fije su atención en lo que pueda realmente aprovecharle. A un hijo de buena casa que vive familiarizado con las letras, no como medio de vivir (pues éste es fin abyecto e indigno de la gracia y favor de las musas, aparte de implicar la dependencia ajena) ni tampoco tanto para gusto de extraños como para el de los suyos, ni para ennoblecerse y adornarse con ellas, dispuesto antes a ser hombre hábil que sabio, yo aconsejaría un especial cuidado en vincularlo con un preceptor de cabeza bien hecha más que demasiado capacitada, y que maestro y discípulo tratasen de encaminarse mejor en dirección al entendimiento y costumbres que a la enseñanza por sí misma, interesándome también que el maestro se comportase en su cargo de una manera original.

La enseñanza no cesa de removerse en nuestros oídos como quien vertiera con un embudo, y nuestro esfuerzo no parece consistir más que en repetir lo que se nos dijo. Querría yo que el maestro se valiera de otra táctica y que, desde luego, según el alcance espiritual del discípulo, comenzase a valorar a sus ojos el exterior de las cosas, haciéndoselas gustar, escoger y discernir por sí mismo, bien preparándole el camino, bien dejándole abrirlo por sí mismo. Tampoco quiero que el maestro invente y hable solo; es necesario que oiga a su discípulo hablar a su vez. Sócrates, y posteriormente Arcesilao, exigían previamente a sus discípulos que se expresaran, y sólo después hablaban ellos. *Obest plerumque iis, qui discere volunt, auctoritas eorum, qui docent.*[50]

Bueno es que se muestre a su vista con el fin de que juzgue sus bríos y ver hasta dónde se debe de rebajar para ceñirse a sus fuerzas. Si no se tiene esto en cuenta, poco se conseguirá; saber escoger y conducir con acierto y mesura es una de las labores previas más difíciles que conozco. Un alma singular y fuerte sabe entender los hábitos de la infancia, a la par que conducirlos. Yo camino con más seguridad y firmeza al subir que al bajar.

Aquéllos que, como es corriente, tienen por costumbre aplicar idéntica pedagogía y procedimientos a la educación de entendimientos de diversas medidas y formas no resultan idóneos. Obrando así, es sorprendente que en toda una multitud de niños se encuentren dos o tres que hayan podido sacar algún fruto de la educación recibida. El maestro no debe limitarse a preguntar al discípulo las palabras de la lección, sino más bien el sentido y la sustancia, debiendo informarse del provecho conseguido no por la memoria del alumno, sino por su conducta. Conviene que lo que acaba de aprender el niño lo explique éste de diversas maneras y que lo acomode a otros tantos casos, para comprobar si recibió bien la enseñanza hasta asimilarla, y juzgar en fin los adelantos conseguidos según los procedimientos empleados por Platón. Es signo de indigestión y crudeza arrojar la carne tal como se ha comido. El estómago no funciona como es debido si no transforma la sustancia y la forma de lo que le dieron para nutrirse.

Nuestro espíritu no se mueve sino a crédito, y está ligado y constreñido —según lo tenemos acostumbrado— a las ideas ajenas; es siervo y cautivo bajo la autoridad de su lección. Tanto se nos ha sometido, que se nos ha dejado sin libertad ni desenvoltura. *Nunquam tutelae suae fiunt.*[51]

Tuve ocasión, encontrándome en Pisa, de hablar íntimamente con un hombre honrado, tan partidario de Aristóteles que creía que el toque y la regla de toda idea sólida tenía que acomodarse con la doctrina aristotélica, y que fuera de ella todo resultaba quimérico y vacío; que Aristóteles lo había

50 «La autoridad de los que enseñan perjudica generalmente a los que quieren aprender.» Cicerón, *De Nat. deor.*, I, 5.

51 «Nunca son dueños de sí mismos.» Séneca, *Epístolas*, 33.

visto todo y todo lo había dicho. Por haber interpretado esta proposición de manera demasiado amplia, nuestro hombre tuvo que habérselas durante largo tiempo con la Inquisición romana.

El maestro debe acostumbrar al discípulo a pasar por el tamiz todas las ideas que le transmita y procurar hacerlo de modo que su cabeza no dé albergue a nada por la simple autoridad y crédito. Los principios de Aristóteles, como los de los estoicos o los de los epicúreos, no deben significar para él principios incontrovertibles. Propóngasele semejante diversidad de juicios con el objetivo de que él escoja; si no, se verá obligado a permanecer en la duda:

Che non men que saper, dubbiar m'aggrada;[52]

pues si abraza, después de considerarlas suficientes, las ideas de Jenofonte o de Platón, las ideas de ellos pasarán a ser suyas. Quien sigue a otro no sigue a nadie, nada encuentra, y hasta podría decirse que nada busca si no se da perfecta cuenta de lo que sabe. *Non sumus sub rege; sibi quisque se vindicet.*[53] Resulta preciso impregnarse del espíritu de los filósofos, pero no aprender al pie de la letra los preceptos de los mismos. Puede llegarse a olvidar las fuentes de la enseñanza, siempre y cuando sepamos apropiárnosla. La verdad y la razón son patrimonio de todos, y ambas pertenecen por igual al que habló antes y después. Es lo mismo hablar de las opiniones de Platón que de las mías, si los dos vemos y pensamos del mismo modo. Las abejas sacan el jugo de diversas flores y luego elaboran la miel, su producto, y no tomillo ni mejorana; así, las nociones tomadas a otro las transformará y modificará para realizar con ellas una obra que le pertenezca, integrando de este modo su saber y su juicio. Todo el estudio y trabajo no deben tener otra mira que la de su formación. Que sepa disimular todo aquello de que se ha servido y exprese sólo lo que ha acertado a hacer. Los salteadores y los tramposos muestran con presunción sus fincas y las cosas que compran, y

52 «Tanto como saber, me agrada dudar.» Dante, *Infierno*, cant. XI, v. 93.

53 «No vivimos bajo un rey; disponemos de nosotros mismos.» Séneca, *Epístolas*, 33.

no el dinero que robaron o malamente adquirieron; tampoco conoceréis los honorarios secretos que percibe un empleado de la justicia, puesto que os enseñará solamente los honores y bienandanzas que obtuvo para sí y para sus hijos. Nadie informa a los demás sobre lo que recibe; cada cual deja traslucir solamente sus adquisiciones.

El fruto de nuestro trabajo debe consistir en convertir al alumno en una criatura mejor y más prudente.

Decía Epicarmo que el entendimiento que contempla y escucha es el que mejor aprovecha, dispone de todo, obra, domina y reina; todo lo demás no son más que cosas ciegas, sordas y sin alma. Personalmente convertimos el entendimiento en cobarde y servil por no permitirle la libertad correspondiente. ¿Quién preguntó jamás a su discípulo qué le parecía la retórica o la gramática, ni lo que representaba para él esta o aquella sentencia de Cicerón? Las ideas ganan sitio en nuestra memoria con la fuerza de una flecha agudísima, como oráculos en que las letras y las sílabas corresponden a la sustancia de la cosa. Saber de memoria no es saber, es sólo retener lo que se ha confiado a la memoria. De aquello que se conoce íntegramente se dispone en todo momento sin recurrir al patrón o modelo, sin estar pendiente del libro.

Pobre conciencia la que se debe únicamente a los libros. Transijo con que sirva de ornamento, nunca de fundamento, puesto que ya Platón decía que la firmeza, la fe y la sinceridad constituyen la auténtica filosofía. Las ciencias, cuya misión es otra, y cuyo fin es diferente, no son sino puro artificio.

Quisiera yo que Paluël o Pompeyo, hermosos bailarines de nuestro tiempo, nos enseñaran a hacer cabriolas viéndolos danzar solamente, sin necesidad de movernos de nuestros asientos; así tratan nuestros preceptores de adiestrarnos el entendimiento, sin quebrantarlo; lo mismo sería intentar enseñarnos el manejo del caballo, el de la pica o tocar el laúd, o cantar, sin ejercitarnos en semejantes faenas. Quieren enseñarnos a juzgar bien y a hablar bien sin ejercitarnos en lo uno ni en lo otro. Ahora bien, para tal aprendizaje todo lo que ante nuestros ojos se presenta resulta libro suficiente: la malicia de un paje, la torpeza de un criado, una discusión de sobremesa, son otras tantas materias nuevas.

Por esta razón, el comercio de los hombres es perfectamente adecuado al desarrollo del entendimiento, al igual que las visitas a países extranjeros, no para aprender solamente, a la moda de la nobleza francesa, cuántos pasos mide la Santa Rotonda o la riqueza de las ropas de la señora Livia; otros nos refieren cómo la cara de Nerón, conservada en alguna vieja ruina, es más larga o más ancha que la de otra medalla parecida. Todas estas cosas no tienen la menor importancia; se debe viajar para disfrutar el espíritu de los países que se visitan y sus costumbres y para pulir nuestra inteligencia con el contacto de los demás. Los viajes, en mi criterio, deberían comenzar en la infancia, y en primer término, matando de un solo tiro dos pájaros, por las naciones más próximas, en donde la lengua no sea tan extrañada por la nuestra. Es indispensable conocer las lenguas vivas desde muy jóvenes; los idiomas, cuando esto no ocurre, no se pronuncian nunca correctamente.

De la misma manera, es opinión demasiado generalizada que no es eficiente educar a los hijos en el regazo de sus padres; el amor de éstos los enternece demasiado y hace flojos hasta a los más agudos. No son capaces los padres ni de castigar sus faltas ni de verlos educados duramente, cosa que, sin embargo, hay que hacer; tampoco podrían resistir verlos sudorosos y polvorientos después de algún ejercicio rudo, ni que tomasen líquidos demasiado calientes o fríos, ni verlos sobre un caballo violento, ni ante un tirador de florete, como tampoco disparar la primera arcabuzada, cosas todas convenientes e indispensables. Sin embargo, no hay otro remedio: el único medio de formar a un hombre como es debido es no descuidar semejantes ejercicios durante la juventud, yendo en contra inclusive de los preceptos de la medicina:

Vitamque sub dio, et trepidis agat
In rebus.[54]

No basta sólo con tonificar el alma; es conveniente además endurecer los músculos. El alma se desarrolla deprisa, si no es convenientemente

54 «Que viva a la intemperie y rodeado de alarmas.» Horacio, *Odas*, III, 2, 5.

secundada, y tiene por sí sola demasiado con cuidar dos oficios. Yo sé cuán angustiosamente trabaja la mía, unida como está a un cuerpo tan flojo y tan sensible, que se fía constantemente de sus fuerzas, y de ordinario me doy cuenta de que, en sus escritos, mis antiguos maestros brindan, como actos magnánimos y valerosos, ejemplos vinculados más bien a la piel y dureza de los huesos que al vigor anímico.

He visto hombres, mujeres y niños organizados de tal manera que los garrotazos les afectan menos que a mí un papirotazo en las narices; que no mueven la lengua ni las pestañas ante los golpes que se les asestan. Cuando los atletas imitan a los filósofos actuando como pacientes, más que robustez de corazón muestran fuerza de nervios. Endurecerse al trabajo es endurecerse al dolor: *Labor callum obducit dolori.*[55] Es preciso acostumbrar al niño a la aspereza y fatiga de los ejercicios para habituarlo así a la pena y al sufrimiento de la dislocación, del cólico, cauterio, prisión y tortura. Estos males pueden, con arreglo a los tiempos, caer sobre los buenos como sobre los malos. Sobran ejemplos en nuestros días, pues los que hoy combaten las leyes exponen a los suplicios y a la muerte a los hombres honrados.

Además, la autoridad del preceptor debe ser absoluta, puesto que nada la imposibilita y reduce como la presencia de los padres. A lo cual contribuye, por otra parte, la consideración que la familia ofrece al heredero y al conocimiento que éste tiene de los medios y grandeza de su casa. En mi opinión, tales circunstancias se convierten en tremendos inconvenientes.

En esta escuela de relación o comercio entre los hombres, he advertido el vicio que consiste, en lugar de adquirir conocimiento de los demás, en trabajar para darlo en gran escala de nosotros mismos, puesto que preferimos desprendernos de nuestra mercancía que adquirir otra nueva. El silencio y la modestia son cualidades necesarias para la conversación. Debe acostumbrarse al niño a que no presuma del saber adquirido; a no contradecir las tonterías y patrañas que puedan decirse en su presencia, pues resulta incivil inoportunidad censurar lo que no nos apetece. Conténtese con corregirse a

55 «El trabajo forma callo contra el dolor.» Cicerón, *Tusc. quaest.*, II, 15.

sí mismo y no reproche a los demás lo que le disgusta ni contradiga las públicas costumbres: *Licet sapere sine pompa, sine invidia.*[56] Huya de las maneras pedantescas y de la pueril ambición de pretender pasar ante los demás como lo que no es, y, cual si fuera mercancía de difícil colocación, no trate de sacar partido de semejantes críticas y reparos. De la misma manera que sólo es permisible a los grandes poetas las grandes licencias artísticas, sólo corresponde a las almas grandes y a los espíritus elevados situarse contra la corriente general. *Si quid Socrates aut Aristippus contra morem et consuetudinem fecerunt, idem sibi ne arbitretur licere: magnis enim illi et divinis bonis hanc licentiam assequebantur.*[57] Se enseñará al niño a no caer en consideraciones ni disputas, más que cuando exista un oponente considerable; y, aun en este caso, a no utilizar excesivas razones que puedan servirle, sino aquéllas que le sirvan mejor. Debe ser escrupuloso en la selección de sus argumentos, y amante de la concisión y la brevedad en las discusiones; debe acostumbrárselo en particular a entregarse y a deponer las armas ante la verdad, después de que se apercibe de ella, como consecuencia de las palabras de su adversario o surgiendo de sus propios argumentos, por haber dado con la verdad de pronto; pues no estando obligado a defender ninguna cosa concreta, debe interesarse solamente por aquello que apruebe, no perteneciendo al oficio en que por determinado dinero se puede cambiar la opinión y adscribirse a diversos bandos. *Neque, ut omnia, quae praescripta et imperata sint, defendat, necessitate ulla cogitur.*[58]

Si el preceptor comparte mi criterio, enseñará a su discípulo a ser muy leal servidor de su soberano, además de afectuoso y valiente, cuidando, por otra parte, de que su cariño al príncipe no exceda lo que prescribe el deber político. Aparte de otros obstáculos que constriñen nuestra libertad por obligaciones especiales, la opinión de un asalariado, o no es cabal y está sujeta a limitaciones, o hay motivo con frecuencia para tacharla de imprudente e ingrata.

---

56 «Se puede ser sabio con modestia, pero sin orgullo.» Séneca, *Epíst.*, 103.

57 «Sería un error, porque Aristipo o Sócrates no respetaron siempre las costumbres de su país, creer que se puede imitarlos. Su mérito grande y casi divino autorizaba tal libertad.» Cicerón, *De Offic.*, I, 41.

58 «Ninguna necesidad obliga a defenderse de las ideas prescritas o impuestas.» Cicerón, *Acad.*, II, 3.

Un cortesano auténtico no puede tener otra ley ni más voluntad de opinión y pensamiento que las que favorecen a su amo, quien entre millares de súbditos lo escogió para favorecerlo y situarlo. Tal favor corrompe, no sin razón, su franqueza, deslumbrándolo. Así, vemos con frecuencia que el lenguaje de los cortesanos es distinto esencialmente del de las demás gentes del Estado, y, como es natural, que no gozan de excesivo crédito cuando hablan de ese tema.

Que la virtud y la honradez informen sus palabras, y que éstas tengan por norte la razón. Debe persuadírsele de que la declaración del error que encuentre en sus propios razonamientos, aunque sea él solo quien lo subraye, es clara muestra de sinceridad y de buen juicio, cualidades a las que debe siempre tender, pues la testarudez y la manía de sustentar las propias afirmaciones son características de los espíritus bajos, mientras que rectificar, corregirse, apartarse del error incluso en el calor de la discusión, destaca cualidades importantes, aparte de poner de manifiesto un espíritu elevado y filosófico. Debe advertírsele también que, cuando se encuentre en compañía, fije los ojos en todo, pues suele ocurrir que los sitios preferentes los ocupan las personas menos capaces, y los que gozan de mayor fortuna no destacan por su capacidad.

Yo he observado en una ocasión que, mientras en el extremo de una mesa se hablaba de la hermosura de unos tapices o del gusto de la malvasía, se desatendían por completo las ingeniosidades cautivantes del otro extremo.

Debe acostumbrársele a penetrar los rasgos reveladores: el boyero, el albañil, la persona que pasa por la calle, todo debe examinarlo, apoderándose de lo peculiar de cada uno, pues todo es bueno para la casa; la misma torpeza y desacierto ajenos pueden servirle de instrucción. En el examen de las maneras de los demás, escogerá las buenas y despreciará las malas.

Que sea inspirada su imaginación por una honesta curiosidad que lo lleve a informarse de todas las cosas; todo aquello que haya de interesante a su alrededor debe verlo, ya sea un edificio, una fuente, un hombre, el sitio en que tuvo lugar una antigua batalla, el paso de César o el de Carlomagno:

Quae tellus sit lenta gelu, qua putris ab aestu;
Ventus in Italiam quis bene vela ferat.[59]

Informarse asimismo de las costumbres, recursos y alianzas de este o aquel príncipe. Cosas que, al mismo tiempo que agrada aprender, es útil saberlas.

Al hablar del trato de los hombres, incluyo de manera principalísima a los que no viven más que en la memoria de los libros; debe frecuentar los historiadores que dieron vida a las almas importantes de los mejores siglos. Esto, que para muchas gentes supone un estudio baladí, resulta para los espíritus delicados ocupación que procura frutos inestimables y el único que, según Platón, los lacedemonios se reservaron para sí. Puede sacar, por ejemplo, gran provecho y enseñanza con la lectura de las *Vidas* de nuestro Plutarco, pero que el preceptor no descuide cuál es el objetivo de sus desvelos; que no ponga tanto interés en enseñar a su discípulo la fecha de la ruina de Cartago como las costumbres de Escipión y Aníbal, ni tanto en enseñarle el lugar donde murió Marcelo, como en sugerirle que allí lo encontró la muerte por no haber sabido estar a la altura de su deber. Que no ponga tanto interés en que aprenda historias, como en que sepa juzgarlas, pues es, a mi modo de ver, la historia la parte en que los espíritus se aplican de manera más diversa.

Yo he leído en Tito Livio cien cosas que otros no han leído. Plutarco ha leído cien más que yo no supe encontrar, y acaso existan entre ellas muchas que el autor ni pensó. La historia, que para unos tiene algo de estudio gramático, para otros significa la anatomía de la filosofía, por la que se explican las acciones más abstrusas de la naturaleza humana. Hay en Plutarco grandes discursos que son muy dignos de ser aprendidos, puesto que, según mi criterio, es maestro acabado en tales materias; mas hay otros que el historiador no ha hecho sino tratar ligeramente, sugiriendo de pasada lo que nosotros podemos profundizar más. Preciso es, pues, arrancarlos del contexto donde se encuentran y hacerlos nuestros, como, por ejemplo,

59 «Qué región está amortecida por el hielo o polvorienta por el calor; qué viento propicio lanza las naves hacia Italia.» Propercio, IV, 3, 39.

la siguiente frase: «Que los habitantes de Asia obedecían a uno solo por ignorar cómo se pronunciaba la sílaba "no"». Probablemente fue este pasaje el que dio pábulo a La Boëtie para escribir su *Servidumbre voluntaria.* En la vida de un hombre, una acción ligera o una palabra intrascendente pueden equivaler a un discurso. ¡Lástima que los hombres muy entendidos propendan en exceso a la concisión! Sin duda, con ello su reputación no merma ni su valor decrece, ocurriendo lo contrario entre los que valemos menos. Plutarco prefiere ser estimado por sus juicios más que por su saber; prefiere también, en vez de saciarnos, que nos quedemos con apetito, y comprende que hasta leyendo cosas excelentes pueda fatigarse el lector, pues sabe que Alexándridas censuró con justicia a un hombre que hablaba con acierto a los éforos, pero de manera excesiva: «Oh, extranjero —le dijo—, hablas de lo que conviene, pero no como conviene». Los que tienen el cuerpo delgado lo abultan interiormente; los que disponen de escasa materia la llenan con palabras.

Se alcanza una maravillosa claridad para el juicio humano con la frecuentación del mundo. Vivimos como encerrados en nosotros mismos, y nuestra vida muchas veces no ve más allá de nuestras narices. Preguntado Sócrates por su patria, no respondió «soy de Atenas», sino «soy del mundo». Como tenía una imaginación vasta y penetrante, abrazaba el universo como si se tratase de su pueblo, extendiendo su conocimiento, sociabilidad y afecto a todo el género humano, y no como nosotros, que sólo extendemos nuestra mirada a lo que sentimos más próximo. Cuando las viñas se hielan en mi pueblo, el cura considera que es la ira de Dios recayendo sobre el género humano, y afirma que la sed ahoga ya hasta a los caníbales. Considerando nuestras guerras civiles, ¿quién no piensa que el mundo se derrumba y que tenemos encima como si dijéramos el día del juicio final...? Al creer semejante cosa, olvidamos que peores males acontecieron, y que tampoco en las restantes partes del universo las cosas van tan mal en igual momento. Yo, a la vista de tantas licencias y desórdenes, aparte de la impunidad dentro de la que se producen, considero que nuestras desdichas son dulces y plácidas. Aunque quien recibe el granizo sobre su cabeza cree que la tempestad afecta a todo el hemisferio, y a este propósito merece citarse el dicho del saboyano, para quien el rey de Francia había sido un tonto, pues si hubiese administrado bien su fortuna, hubiera llegado a ser mayordomo de su duque. Esa cabeza no concebía jerarquía más elevada que la de su amo. Insensiblemente, todos caemos en el mismo error, que acarrea graves resultados y perjuicios. Mas quien se represente como en un cuadro esta amplia imagen de nuestra madre naturaleza en su absoluta majestad, quien lea en su aspecto su general variedad constante, quien se considere no ya él mismo, sino todo un reino, como un trazo delicadísimo, solamente ése estima y juzga las cosas de una manera adecuada a su importancia suficiente.

Este gran mundo, que algunos multiplican todavía como las especies dentro de su género, es el espejo en que para conocernos mejor hay que contemplar nuestra imagen. Resumiendo: mi deseo es que el universo entero sea el libro de nuestro escolar. Tal diversidad de caracteres, sectas, juicios, opiniones, costumbres y leyes, nos enseñan a juzgar los propios, encaminando nuestro criterio al reconocimiento de su imperfección y de su natural debilidad. Este aprendizaje adquiere la mayor importancia. Tantos cambios, correspondientes al Estado y a la pública fortuna, nos conducen a no admirarnos de la nuestra. Tantos nombres, tantas victorias y conquistas abismadas generalmente en el olvido hacen ridícula la esperanza de eternizar nuestro nombre por culpa de habernos apoderado de diez mezquinos soldados y de un gallinero, cuya existencia salió a la luz por culpa de nuestra acción. La vanidad y el orgullo de tantas extrañas pompas, la majestad presuntuosa de tantas cortes y grandezas, nos afirma y robustece en la consideración de la nuestra, enfocándola con ojos serenos. Tantos millones de hombres que vivieron antes de nosotros nos fortifican, ayudándonos a no tener que ir a buscar al otro mundo tan excelente compañía. Y así con todo.

Nuestra vida, según Pitágoras, se asemeja a la vasta y populosa asamblea de los Juegos Olímpicos. Unos ejercitan su cuerpo para alcanzar la gloria en los juegos; otros, en el comercio, con el objetivo de conseguir ganancias. Otros hay, y no precisamente los más insignificantes, cuyos fines consisten solamente en investigar la razón de las cosas y en ser pacíficos espectadores de la vida de los demás hombres, para poder juzgar y ordenar la suya.

A estos ejemplos pueden añadirse todas las sentencias más provechosas de la filosofía, en virtud de las cuales deben entenderse los actos humanos. Se les dirá:

> *quid fas optare, quid asper*
> *Utile nummus habet; patriae carisque propinquis*
> *Quantum elargiri deceat: quem te Deus esse*
> *Jussit, et humana qua parte locatus es in re;*
> *Quid sumus, aut quidnam victuri gignimur...;*[60]

qué cosa es saber y qué cosa ignorar; cuál debe ser el objetivo del estudio; qué cosas sean el valor, la templanza y la justicia; la diferencia que existe entre la ambición y la avaricia, la servidumbre y la sujeción, la libertad y la licencia; cuáles son los caracteres que definen el sólido y verdadero contentamiento; hasta dónde es lícito el temor de la muerte, el dolor y la vergüenza;

> *Et quo quemque modo fugiatque feratques laborem;*[61]

cuáles son los resortes que nos mueven y la culpa de nuestras agitaciones, pues considero que los primeros discursos que deben infiltrarse en su entendimiento deben ser los que se refieran a sus costumbres y sentidos; los que le enseñen a conocerse, a bien morir y a vivir bien. Entre las artes liberales, conviene comenzar por las que nos hacen más libres.

Todas, en diferente medida, contribuyen a la instrucción de nuestra vida y conducta, de la misma manera que todas las demás cosas actúan sobre nosotros. Mas elijamos entre ellas las de utilidad más directa, de acuerdo con nuestra profesión.

---

60 «Qué es justo desear; qué provecho tiene el áspero dinero; cuánto se ha de conceder a la patria y a los queridos familiares; quién mandó Dios que fueses; en qué parte de la sociedad humana estás situado; qué somos y con qué designio se nos dio el ser.» Persio, III, 69.

61 «Y de qué modo tenemos que evitar o soportar las penas.» Virgilio, *Eneida*, II, 459.

Si sabemos restringir aquello que conviene a nuestro estado, reduciéndolo a sus naturales y justos límites, encontraremos que la mayor parte de las ciencias que se estudian no interesan a nuestros fines, y que aun entre las más útiles hay partes inútiles que deberíamos dejar de lado. Con arreglo a los principios pedagógicos de Sócrates, hay que prescindir de lo que no acredita demasiada utilidad:

sapere aude,
Incipe; vivendi recte qui prorogat horam,
Rusticus expectat dum defluat amnis; at ille
Labitur, et labetur in omne volubilis aevum.[62]

Supone una simpleza enseñar a nuestros hijos:

Quid moveant Pisces, animosaque signa Leonis,
Lotus et Hesperia quid Capricornus acqua,[63]

la ciencia de los astros y el movimiento de la octava esfera antes que los suyos propios:

Τί Πλειάδεσσι κἀμοί;
Τί δ'ἀστρασι Βοώτεω.[64]

Anaxímenes le escribía a Pitágoras: «¿Qué provecho puedo yo sacar del conocimiento de los secretos de las estrellas, cuando tengo siempre ante mis ojos la muerte y la servidumbre?». (En aquel tiempo los reyes de Persia preparaban la guerra contra su país.) Cada cual debe considerar lo siguiente: «Sintiéndome devorado por la ambición, la avaricia, la

62 «Decídete a ser virtuoso, comienza; quien difiere la mejora de la propia conducta es el rústico que aguarda que el río se agote; pero el río corre y correrá eternamente.» Horacio, *Epístolas,* II, I, 40.

63 «Cuál es la influencia del signo de Piscis, del León inflamado y del Capricornio, bañado en el mar occidental.» Propercio, IV, 1, 89.

64 «¿Qué me importan las Pléyades ni la constelación del Boyero?» Anacreonte, *Odas,* XVII, 10.

superstición, la temeridad, y albergando además interiormente otros tantos enemigos de la vida, ¿es lícito que me preocupe por el mecanismo del mundo?».

Después de haberle enseñado todo cuanto contribuya a hacerlo mejor y más recto, se le informará de qué cosas son la Lógica, la Física, la Geometría, la Retórica; y la ciencia que particularmente cultive, con un juicio formado, fácilmente la poseerá. Recibirá la enseñanza por medio de explicaciones unas veces, y mediante los libros otras; ya el preceptor le enseñará la doctrina del autor que estudie, ya le ofrecerá la misma doctrina extractada y aclarada; y si el discípulo no tiene fuerzas bastantes para buscar en los libros todo lo bueno que contienen para sacar la enseñanza que persigue, deberá procurársele un maestro especializado que colabore para completar su instrucción. ¿Quién puede dudar que haya una enseñanza más útil y natural que la de Gaza?[65] Se componía la de este gramático de preceptos oscuros e ingratos, de palabras vanas y descarnadas, incapaces de contribuir a despertar el espíritu. En el método que se recomienda, el espíritu encuentra suficiente materia con que nutrirse. El fruto que se alcanza es mucho mayor, sin comparación, haciéndose más posible la llegada de la madurez.

Merece fijar la atención sobre lo que ocurre en nuestro siglo. La filosofía constituye, hasta para las personas de mayor calidad, una ciencia vana y fantástica, carente de aplicación y valor, lo mismo en la teoría que en la práctica. Estimo que el motivo de semejante desprecio son los ergotistas apostados en las avenidas. Constituye un gran error presentar como inaccesibles a los niños las verdades de la filosofía, considerándolas con una actitud ceñida y hosca. ¿Quién ha intentado disfrazarla como algo tan alejado de la verdad, con tan adusto y odioso rostro? Nada hay, por el contrario, más alegre, divertido y jovial. Y estoy por asegurar que hasta juguetón. La filosofía no pregona otra cosa que fiesta y tiempo apacible. La faz triste y transida reconoce que la filosofía permanece ausente de ella. Demetrio, el gramático, encontró en el templo de Delfos una reunión de filósofos y

65 Retórico bizantino del siglo xv, natural de Tesalónica. Autor de una difícil *Gramática griega.*

les dijo: «O mucho me engaño o, al veros en actitud reposada y alegre, no mantenéis discusión alguna». A lo cual, Heracleón de Megara respondió: «Bueno es eso para los que enseñan si el futuro del verbo *Βάλλω* duplica la *λ*, o para los que estudian los derivados de los comparativos *χείρον* y *Βέλλτιον*, y de los superlativos *χείριστον* y *Βέλτιστον*, obligados a arrugar su ceño por culpa de su ciencia. Pero sabido es que las máximas de la filosofía, por el contrario, alegran y regocijan a los que de ellas tratan, en lugar de ponerlos graves y de entristecerlos».

Deprendas animi tormenta latentis in aegro
Corpore; deprendas et gaudia: sumit utrumque,
Inde habitum facies.[66]

El alma que contiene la filosofía debe, para su cabal salud, hacer sana la materia. La filosofía ha de mostrar, incluso externamente, el reposo y el bienestar; debo formar a semejanza suya el porte externo y procurarle por consiguiente una nobleza agradable, un aspecto activo y alegre y un rostro contento y benigno. El testimonio más seguro de la sabiduría es un gozo constante interior; su estado, como el de las cosas superlunares, jamás deja de ser la serenidad y la calma. Los términos de «Baroco» y «Baralipton»,[67] que degeneran la enseñanza de los sabios artificiales en tremendo lodazal, no son la ciencia, y los que por tal la tienen, o los que de tal suerte la explican, apenas si la conocen de oídas. ¡Cómo es posible colocar a la filosofía —cuya misión es serenar las tempestades del alma, enseñar a resistir las fiebres y el hambre con continente sereno, no valiéndose de principios imaginarios, sino de razones naturales y palpables, y que por tener como objeto la virtud no puede entenderse de otra manera— en la cúspide de un monte escarpado y distante! Los que la han visto de cerca la consideran, por el contrario, en lo alto de una bella planicie, fértil y floreciente, bajo la

66 «Sorprenderás en un cuerpo enfermo las ocultas aflicciones del alma; sorprenderás también la alegría; el semblante refleja ambas afecciones.» Juvenal, IX, 18.

67 Términos mnemotécnicos que, en la antigua lógica escolástica, designan distintos modos del silogismo.

cual contempla todas las cosas. Y quien conoce la dirección puede llegar a ella con facilidad por una suave y grata pendiente, cubierta de acogedora sombra y tapizada de verde césped. Por no haber logrado alcanzar esta virtud suprema, hermosa, triunfante, amorosa y deliciosa, a la par que valerosa, natural e irreconciliable enemiga de todo desasimiento y sinsabor, de todo temor y violencia, que tiene por guía la naturaleza y por compañeros la fortuna y el deleite, los pedantes la han mostrado con semblante hosco, pendenciero, despechado, amenazador y avinagrado, y la han instalado en una cima de escarpada roca, rodeada de abrojos, cual si se tratase de un fantasma para aterrar a las gentes.

Nuestro preceptor, que debe insistir en que el discípulo ame y reverencie la virtud, le mostrará que los poetas siguen las tendencias comunes, y le hará ver de un modo ostensible que los dioses han prodigado más el sudor y con mayor anterioridad en los retiros de Venus que en los de Palas. Cuando el niño comience a sentir, le ofrecerá a Bradamante o a Angélica por amadas a quienes disfrutar. Una belleza ingenua, generosa, no hombruna, sino llena de vigor, al lado de una belleza blanda, afectada, delicada, artificial en definitiva. La una disfrazada de mancebo cubierta con un brillante casco; la otra, con traje de doncella, adornada con una toca llena de perlas. Y juzgará varonil su pasión si va por distintos derroteros que los del afeminado pastor de Frigia.

Enseñará además el maestro que el valor y altura de la virtud verdadera se acredita por la facilidad, utilidad y placer de su ejercicio, tan alejado de cualquier dificultad, que hasta los niños sencillos o sutiles pueden practicarla como los hombres. El reglamento será su instrumento, no la fuerza. Sócrates se colocaba al nivel de su discípulo para mayor provecho, facilidad y sencillez de su doctrina. La virtud es la madre que alimenta los placeres humanos, y al mismo tiempo que los mantiene en el justo medio, contribuye a que sean puros. Al moderarlos los mantiene en vigor y los hace deseables. Eliminados los que no admite, nos hace más aptos para disfrutar los que nos corresponden, aunque no sean muchos; todos los que la naturaleza nos permite soportar, no sólo hasta la saciedad, sino hasta el cansancio; a menos que creamos que el régimen que detiene al bebedor antes de la borrachera, al devorador antes de la indigestión y al lascivo antes de la enfermedad, sea enemigo de nuestros placeres. Si la fortuna le falta, la virtud le hace que prescinda de ella, que no la eche de menos, forjándose otra que le pertenezca por entero. La virtud sabe ser rica, sabia y poderosa y descansar en perfumada pluma. Ella ama la vida, la belleza, la gloria y la salud. Su particular misión, sin embargo, consiste en usar con templanza de tales bienes y en que nos sintamos siempre preocupados por perderlos: oficio más noble que violento, sin el cual cualquier curso vital se desnaturaliza, altera y deforma, y puede a justo título mostrarse lleno de escollos y arbustos espinosos, plagado de monstruos.

Si el discípulo es de tal naturaleza que gusta escuchar una fábula en vez de que le cuenten un viaje interesante o una máxima profunda; si al toque del tambor, que despierta el belicoso impulso de sus compañeros, permanece indiferente y prefiere ver las mojigangas de los titiriteros; si no encuentra más grato y dulce volver polvoriento y victorioso de un combate que del baile o del juego de pelota, con el premio subsiguiente; en tal caso no encuentro otro remedio sino que anticipadamente el preceptor lo coloque de aprendiz en la pastelería de cualquier ciudad, aunque sea el hijo de un duque, siguiendo el consejo de Platón, según el cual «es preciso colocar a los hijos según los valores de su espíritu y no de acuerdo con el talento de sus padres».

Dado que la filosofía nos educa en la práctica de la vida y la infancia resulta propicia a su lección como todas las edades, ¿qué razón hay para que nos neguemos a suministrársela?

> *Udum et molle lutum est; nunc properandus, et acri*
> *Fingendus sine fine rota.*[68]

Se nos enseña a vivir cuando nuestra vida ha pasado. Cien escolares han sido víctimas del mal venéreo antes de haber estudiado el tratado de la Templanza de Aristóteles. Decía Cicerón que aun cuando llegara a vivir

68 «Como la arcilla está húmeda y blanda, debemos de apresurarnos y moldearla incesantemente en la ágil rueda.» Persio, III, 23.

la existencia de dos hombres, no perdería su tiempo estudiando los poetas líricos. Para mí, nuestros tristes ergotistas resultan mucho más inútiles. Nuestro discípulo tiene bastante más prisa: a la pedagogía no debe más que los quince primeros años de su vida, el resto se lo debe a la acción. Empleemos un tiempo por demás reducido en las instrucciones necesarias. Apartemos todas esas sutilezas espinosas de la Dialéctica, poco provechosa para nuestra vida. Valoricemos los sencillos discursos de la filosofía, sepamos escogerlos y emplearlos con eficacia, puesto que son tan fáciles de comprender como un cuento de Boccaccio. Un niño es capaz de sentirlos a su alcance tan fácilmente como aprende a leer y a escribir. La filosofía es rica en conceptos, lo mismo para el nacimiento del hombre que para su decrepitud.

Suscribo lo dicho por Plutarco: Aristóteles no cultivó tanto a su gran discípulo en el artificio de componer silogismos, ni en los principios de la geometría, como en lo referente al valor, proeza, magnanimidad, templanza y seguridad de no temerle a nada. Provisto de tal forma, pudo Alejandro, siendo prácticamente un niño, subyugar el imperio del mundo con treinta mil infantes, cuatro mil soldados de a caballo y cuarenta y dos mil escudos solamente. Las demás ciencias y artes, en opinión de Aristóteles, Alejandro las honraba; poseía y alababa su excelencia por el placer que le producían, pero su afición nunca lo condujo al extremo de tratar de ejercerlas.

Petite hinc, juvenesque senesque,
Finem animo certum, miserisque viatica canis.[69]

Dice Epicuro, al iniciar su carta a Meniceo, que «ni el más joven renuncia a filosofar, ni el más viejo se cansa». Quien procede de otro modo, parece insinuar, o no está todavía en tiempo de ser feliz, o ya no lo está.

Por todo lo anteriormente dicho, no propongo que se aprisione al muchacho. No quiero que se le abandone al humor desigual de un furioso

69 «Jóvenes y ancianos: aprovechad la lección para ordenar vuestra conducta; aprovisionaos para la miserable canicie.» Persio, V, 64.

maestro de escuela. No quiero que su espíritu se corrompa teniéndolo aherrojado, sometido al trabajo durante catorce o quince horas, como un mozo de cuerda, ni aprobaría que, si por complexión solitaria y melancólica el discípulo se abandona al estudio de manera indiscreta, se despierte en él tal hábito, pues éste los hace ineptos para el trato social, apartándolo de provechosas ocupaciones. ¡Cuántos hombres he visto embrutecidos por su avidez cultural temeraria...! Carneades sufrió trastornos tales por el estudio que nunca se cortó el pelo ni las uñas. No quiero que se malogren las felices disposiciones del adolescente a causa de la incivilidad y la barbarie de los preceptores. La discreción francesa ha sido de antaño considerada como algo singular, como una discreción que nacía en los primeros años y tendía más tarde al abandono. Hoy mismo vemos que no hay nada tan simpático como los chiquillos en Francia, mas de ordinario hacen perder la esperanza que hicieran concebir, y al llegar a la edad de hombres no destacan en ellos mayores excelencias. He oído asegurar a personas inteligentes que los colegios donde reciben la educación, de los cuales hay muchísimos, los embrutecen y desencaminan.

A nuestro discípulo, un gabinete, un jardín, la mesa y el lecho, la soledad, la compañía, la mañana y la tarde, todas las horas le serán favorables; diversos lugares le servirán de estudio, pues la filosofía, que como rectora del entendimiento y costumbres constituirá su principal enseñanza, goza de la primacía de mezclarse en todo. En un banquete donde se encontraba, rogaron a Isócrates, el orador, que hablara de su arte, y todos aplaudieron la cordura de su respuesta al contestar que «no era aquél lugar ni ocasión propicios para comentar lo que él sabía hacer, y que lo más adecuado a aquella circunstancia era hablar precisamente de lo que él no se sentía capaz». En efecto, pronunciar discursos o suscitar discusiones retóricas ante una asamblea cuyo propósito no es otro que reírse y comer bien, hubiera sido un despropósito, e igualmente si se hubiese hablado de cualquier otra ciencia. Mas, en lo relativo a la filosofía, en la parte que trata del hombre y sus deberes, todos los sabios han opinado que por su amenidad no debe distanciarse de los festines ni de las diversiones, y Platón, que la invitó a su banquete, nos informa de cómo entretuvo a los asistentes de manera amable y acomodada al tiempo y al lugar, aunque se trataba de máximas elevadas y saludables.

Aeque pauperibus prodest, locupletibus aeque:
Et, neglecta, aeque pueris senibusque nocebit.[70]

Es preciso que nuestro discípulo holgazanee menos que los demás. Pero de igual suerte que los pasos que empleamos en recorrer una galería, aunque sea tres veces más larga que un camino trazado de antemano, nos ocasionan menos cansancio, así nuestra enseñanza, administrada libremente, sin obligación de tiempo y lugar, y además vinculada a todas nuestras acciones, actuará sin dejarse sentir. Los juegos mismos y los ejercicios físicos constituirán una buena parte del estudio: la carrera, la lucha, la música, la danza, la caza, el manejo del caballo y de las armas. Yo pretendo que la prestancia, el don de gentes y el aspecto total de la persona se modelen al propio tiempo que el alma. No es un alma, no es tampoco un cuerpo lo que el maestro debe crear, sino un hombre. No se trata de hacer dos, y, como dice Platón, no hay que dirigir el uno sin el otro, sino conducirlos al unísono, como se conduce un tronco de caballos sujeto al timón. Y siguiéndolo siempre, veremos que concede más espacio y atención mayor a los ejercicios físicos que a los del espíritu, por entender que éste aprovecha sin perjudicarse los de aquél. La educación debe estar presidida por una dulzura severa, y no como se practica de ordinario. En lugar de *invitar* a los niños al estudio de las letras, suele proponérselo con horror y crueldad. Que se alejen la violencia y la fuerza, pues nada en mi criterio bastardea y trastorna tanto una naturaleza bien dispuesta. Si se desea que el niño tenga miedo a la deshonra y al castigo, no le acostumbréis a ellos, sino a la fatiga y al frío, al viento, al sol, a los accidentes que necesita menospreciar. Alejad de él toda blancura y delicadeza en el vestir y en el dormir, en el comer y en el beber; procurad que se familiarice con todo, que no se convierta en un muchachón afeminado, sino en un mozo lozano

70 «Lo mismo es útil a los pobres que a los ricos; jóvenes y viejos no se distanciarán de ella sin arrepentirse.» Horacio, *Epístolas*, I, 25.

y vigoroso. Mis ideas siempre han sido las mismas al respecto, siendo niño, joven y viejo. Pero los procedimientos empleados en la mayoría de los colegios me han disgustado en general, por lo que, con mucha mayor cordura, debiera emplearse la indulgencia. Los colegios son la verdadera prisión de una juventud cautiva, a la cual se desvía y trastorna castigándola antes de serlo plenamente.

Visitad un colegio a la hora de clase y no escucharéis más que gritos de niños martirizados y de maestros fuera de sí por la cólera. ¡Mala manera de avivar el deseo de saber en las almas tímidas y tiernas si se las guía con el rostro feroz y látigo en mano! Quintiliano dice que tal autoridad imperiosa junto a los castigos trae con el tiempo peligrosas consecuencias. ¡Cuánto mejor no es ver la escuela sembrada de flores que de útiles de castigo ensangrentados! Yo colocaría en ellas los retratos de la Alegría, el Regocijo, Flora y las Gracias, como los colocó en la suya el filósofo Espeusipo. Así colaborarían la instrucción y el deleite, debiendo dulcificarse para el niño los alimentos saludables y agriarse los dañinos.

Admira el celo que Platón manifiesta en sus leyes acerca del deleite y la alegría de los jóvenes de su ciudad, y cómo se entretiene hablando de sus carreras, juegos, canciones, saltos y danzas, de los cuales la antigüedad dio la dirección y patrocinio a los propios dioses Apolo, Minerva y las Musas.

Extiéndese en mil preceptos relativos a sus gimnasios. En la enseñanza de la gramática y la retórica no se detiene demasiado. La poesía no la recomienda particularmente más que por la música que la complementa.

Todo matiz y curiosidad en nuestros usos y costumbres deben desarraigarse como enemigos de la comunicación social. ¿Quién no admirará la complexión de Demofón, maestresala de Alejandro, que sudaba a la sombra y tiritaba al sol? Yo he visto alguien que huía del olor de las manzanas con más rapidez que del disparo de los arcabuces; otros, atemorizados por la presencia de un ratoncillo; algunos, en los que la presencia de la leche provocaba náuseas; bastantes que no podían ver ahuecar un colchón de plumas. Germánico era incapaz de resistir la presencia y el canto de los gallos. Es posible que tales rarezas se deban a una razón oculta, pero ésta desaparecerá sin duda acudiendo con el remedio a tiempo. La educación ha logrado en mí (aunque no oculto que con bastante trabajo) que, salvo a la cerveza, mi apetito se eduque a todas las cosas.

Como el cuerpo en la niñez es aún flexible, debe plegarse a todos los hábitos y costumbres; y siempre que puedan mantenerse el apetito y la voluntad dominados, debe lograrse que el joven sea apto para vivir en todas las naciones y en todas las compañías. Aún más: que no le sean extraños, si es preciso, el desorden y los excesos. Que sus costumbres concuerden con las usuales; que pueda poner en práctica todas las cosas y sólo realizar las que sean buenas. Los filósofos mismos no alaban en Calístenes que perdiera la gracia de Alejandro, su señor, porque no quiso beber con él mano a mano. Nuestro joven reirá, y atolondrado tomará parte en las francachelas del príncipe, hasta superar a sus compañeros en vigor, firmeza y resistencia. No debe dejar de practicar el mal ni por falta de fuerzas ni por falta de capacidad, sino por falta de voluntad exactamente. *Multum interest, utrum peccare aliquis nolit, an nesciat.*[71] Pensando honrar a un señor, enemigo de toda clase de desórdenes, le pregunté cuántas veces se había emborrachado en Alemania, por requerirlo así los asuntos del rey de Francia. Me respondió que tres, dándome toda clase de detalles. Sé de algunos que, incapaces de hacer cosas semejantes, pasaron graves apuros en aquella nación. He sentido siempre una absoluta admiración por la naturaleza maravillosa de Alcibíades, que se acomodaba facilísimamente a las circunstancias más encontradas, sin que su salud sufriese lo más mínimo: tan pronto sobrepujaba la pompa y suntuosidad persas, como la austeridad y frugalidad lacedemonias. Mostrábase tan sobrio en Esparta como voluptuoso en Jonia.

Omnis Aristippum decuit color, et status, et res.[72]

Así quisiera, desde mi punto de vista, formar a mi discípulo,

71 «Hay gran diferencia entre no querer y no saber practicar el mal.» Séneca, *Epístolas*, 90.

72 «Aristipo supo acomodarse a todo género de vida, estado y fortuna.» Horacio, *Epístolas*, I, 17, 25.

quem duplici panno patienta velat,
Mirabor, vitae via si conversa decebit,
Personamque feret non inconcinnus utramque.[73]

Tales son, pues, mis principios. Aprovechará mejor quien los practique que quien sólo los conozca. Si vos lo veis, lo oís; si lo oís, lo veis.

¡Dios no quiera —dice un personaje de los diálogos de Platón— que el filosofar consista en aprender diversas ciencias y la práctica de las artes! *Hanc amplissimam omnium artium bene vivendi disciplinam, vita magis, quam litteris, persecuti sunt.*[74]

León, príncipe de los fliasios, preguntó a Heráclides del Ponto cuál era la ciencia o arte que ejercía. «No ejerzo arte ni ciencia algunas; sencillamente soy filósofo», respondió. Se le censuraba a Diógenes que, siendo ignorante, discutiera sobre filosofía: «Puedo hablar mejor —repuso— porque soy ignorante».

Hegesias le rogó que le leyera algo: «Bromeáis —repuso Diógenes—; del mismo modo que preferís las brevas auténticas a las pintadas, así debéis preferir las enseñanzas naturales, verdaderas, en vez de las escritas».

El discípulo no repetirá tanto la lección como la practicará: la repetirá en sus acciones. Se verá si se acogen a la prudencia sus empresas; si hay bondad y justicia en su conducta; si hay juicio y gracia en su conversación, resistencia en sus enfermedades, modestia en sus juegos, templanza en sus placeres, método en su economía e indiferencia en su paladar, ya coma carne o pescado, ya beba vino o agua. *Qui disciplinam suam non ostentationem scientae, sed legem vitae putet, quique obtemperet ipse sibi, et decretis pareat.*[75]

El verdadero espejo de nuestro espíritu es el curso de nuestras vidas. Zeuxidamo contestó a alguien que le preguntaba por qué los lacedemonios

73 «Me admiraré si aquel a quien su fortaleza cubre con grosero paño le sienta un distinto modo de vida y lleva airosamente las dos máscaras.» Horacio, *Epístolas*, I, 17, 25.

74 «Se aplicaron a la primera de todas las artes, el arte de bien vivir, con su vida más bien que con sus estudios.» Cicerón, *Tusc, quaest.*, IV, 3.

75 «Que juzgue que su instrucción no es despliegue de su saber, sino ley de su vida; que se obedezca a sí mismo y obre con arreglo a sus principios.» Cicerón, *Tusc. quaest.*, II, 4.

no escribían sus preceptos sobre las proezas, y, una vez escritos, por qué no los daban como lectura a los jóvenes, que «la razón se debía a que deseaban acostumbrarlos a los hechos, en vez de a las palabras». Compárese a nuestro discípulo así formado, a los quince o dieciséis años; compáreselo con uno de esos latinistas de colegio que habrá empleado tanto tiempo como nuestro alumno en educarse, en aprender a hablar, solamente a hablar. El mundo es cuestión de palabrería, y no conozco hombre que no hable más de lo que debe. Así, la mitad del tiempo que vivimos se nos va en cháchara. Se nos retiene cuatro o cinco años oyendo vocablos y enseñándonos a hilvanarlos en cláusulas; cinco más para saber desarrollar una disertación medianamente, y otros cinco para componerla sutil y artísticamente. Pero dejemos toda esta retórica a los que de ella hacen una profesión determinada.

Recuerdo que un día, camino de Orleáns, encontré, un poco antes de llegar a Clery, dos pedagogos procedentes de Burdeos; cincuenta pasos separaban al uno del otro. Distante, detrás precisamente de ellos, marchaba una tropa con su jefe a la cabeza, que era el difunto conde de la Rochefoucault. Un servidor mío se informó por uno de los profesores de quién era el gentilhombre que le seguía, y el maestro, que no había visto a los soldados, y que creía que le hablaban de su compañero, respondió sonriente: «No es gentilhombre, es un gramático, y yo soy profesor de lógica». Ahora bien, nosotros, que en vez de un gramático y un lógico pretendemos formar un gentilhombre, dejémosle perder el tiempo; nuestro fin nada tiene que ver con el de los pedagogos. Si nuestro discípulo cuenta con suficientes observaciones y reflexiones, no echará de menos las palabras, las encontrará excesivas, y si no quieren seguirlo de buen grado lo seguirán por fuerza. Oigo a veces gentes que se excusan por no poderse expresar y aseguran tener en la cabeza cosas muy importantes que decir, pero que por carecer de elocuencia no consiguen hacerlas evidentes. ¡Pura filfa! ¿Sabéis, en mi opinión, que es lo que les pasa...? Que en la cabeza tienen menos ideas que sombras, procedentes de concepciones informes, y que tales personas no pueden desenvolver ni aclarar en su cerebro lo que intentan exteriorizar. Este tipo de gentes no se entienden con ellas mismas, como si dijéramos, y tartamudean al expresarse. Es obligado reconocer que su trabajo no está maduro, sino a punto de concebirse, no intentando sino dar rienda suelta a la imperfecta materia. Por mi parte creo, y Sócrates lo mantiene, que quien tenga en el espíritu una idea viva y clara la expresará siempre aunque sea en bergamasco, o por gestos, caso de ser mudo.

Verbaque praevisam rem non invita sequentur.[76]

Y como decía tan poética y acertadamente Séneca en prosa: *quum res animum occupavere, verba ambiunt,*[77] y Cicerón: *ipsae res verba rapiunt,*[78] aunque se ignore lo que es ablativo, subjuntivo y sustantivo y la gramática; ignorando la gramática como su lacayo o una sardinera del Puentecillo, os hablarán cuanto sienten, si así lo deseáis, aunque falten a los preceptos de su habla como el mejor de los catedráticos de Francia. Desconocen la retórica, el arte de captarse de antemano la benevolencia del ingenuo lector, y no les importa demasiado. Cualquier artificio desaparece como por ensalmo en presencia de una verdad ingenua y sencilla.

Tales adornos sólo sirven para deslumbrar al vulgo, incapaz de soportar los alimentos más nutritivos y resistentes, según muestra Afero en un escrito de Tácito. Los embajadores de Samos comparecieron ante Cleómenes, rey de Esparta, provistos cada uno de un hermoso y largo discurso, para animarlo a que iniciase la guerra contra el tirano Polícrates. Después de que los dejó hablar cuanto desearon, les respondió: «El comienzo y el exordio no los recuerdo; por consiguiente, tampoco el medio; y por lo que se refiere a la conclusión, nada pienso decidir». Magnífica respuesta, a lo que parece, para arengadores tan poco lúcidos.

¿Y qué me decís de este otro ejemplo? Los atenienses tenían necesidad de escoger entre dos arquitectos para construir un gran edificio; el primero de ellos, más estirado, se presentó con un pomposo discurso premeditado

---

76 «Las palabras se ajustan al tema que se ha meditado.» Horacio, *Arte poética*, v. 311.

77 «Cuando las ideas imprimen su huella en el espíritu, las palabras surgen copiosamente.» Séneca, *Controvers.*, III, proem.

78 «Las ideas arrastran las palabras.» Cicerón, *De Finibus*, III, 5.

sobre el asunto en cuestión, logrando con él los plácemes del pueblo; pero el segundo remató su oración en tres palabras, diciendo: «Señores atenienses: todo lo que éste ha dicho lo hare yo».

La elocuencia de Cicerón asombraba a muchos; Catón se reía, añadiendo: «Tenemos un cónsul gracioso». Lo mismo delante que detrás, una sentencia útil, un rasgo hermoso, no viene mal nunca. Aunque no esté demasiado de acuerdo con lo que precede ni con lo que sigue, valen por sí. Yo no soy de los que creen que la buena medida de los versos sea lo esencial para el buen poema; dejad al poeta alargar una sílaba corta, no nos preocupemos si la invención es agradable y si el espíritu de la obra y las ideas son como deben ser, tenemos un buen poeta, diré yo, aunque un mal versificador:

Emunctae naris, durus componere versus.[79]

Consígase, dice Horacio, que los versos pierdan toda artificiosidad,

Tempora certa modosque, et, quid prius ordine
[verbum, est,
Posterius facias, praeponens ultima primis...
Invenias etiam disiecti membra poetae;[80]

serán mejores; los fragmentos del poema serán más hermosos. Tal fue la respuesta de Menandro, a quien se censuraba no haber concluido una comedia: «Está dispuesta y terminada —respondió—; pero falta ponerla en verso». Las ideas, bien premeditadas en su espíritu, disminuían la importancia de lo que quedaba por hacer. Después que Ronsard y Du Bellay han acreditado nuestra poesía francesa, aparecen por todas partes poetastros que hinchan las palabras y ordenan los ritmos de acuerdo con su criterio. *Plus sonat, quam valet.*[81] Para el vulgo nunca existieron tantos poetas. Pero

79 «Tiene buen gusto, pero compone versos duros.» Horacio, *Sátiras*, I, 4, 8.

80 «Quítales el ritmo y la medida, cambia el orden de las palabras anteponiendo las últimas a las primeras y todavía encontrarás los miembros dispersos del poeta.» Horacio, *Sátiras*, I, 4, 58.

81 «Más es el ruido que el mérito.» Séneca, *Epístolas*, 40.

así como la mayoría imitan ritmos y cadencias, no llegan en ningún caso a las hermosas descripciones del uno y a las delicadas invenciones del otro. ¿Qué hará nuestro discípulo cuando se le obligue a desentrañar la sutileza sofística de determinado silogismo? «El jamón produce sed y beber quita la sed, luego el jamón quita la sed.» Se burlará de tales cosas. Resulta más agudo burlarse que responder.

Que copie a Aristipo en esta chistosa réplica: «¿Por qué he de desatar el silogismo cuando atado me embaraza...?». Alguien proponía a Cleantes tales sutilezas dialécticas, que Crisipo respondió: «Guarda para los muchachos las bagatelas y no los obligues a incurrir en las serias reflexiones de un anciano», *contorta et aculeata sophismata.*[82] Si semejante conducta lo persuadiera de alguna mentira, la cosa resultaría peligrosa; mas si no produce efecto y únicamente causa risa, no veo que tenga que ponerse demasiado en guardia. Hay hombres tan necios que se apartan de su camino hasta un cuarto de legua para atrapar una brillante palabra: *aut qui non verba rebus aptant, sed res extrinsecus arcessunt, quibus verba conveniant.*[83] Y otros: *Sunt qui alicujus verbi decore placentis, vocentur ad id quod non proposuerant scribere.*[84] Yo aprovecho preferentemente una buena sentencia que me convenga, y abandono mi propósito para ir a buscarla. Lejos de acoplar el discurso a las palabras, son éstas las que deben sacrificarse al discurso; y cuando el francés no me resulta suficiente para traducir mi pensamiento, recurro a mi dialecto gascón. Yo quiero que las cosas manden y que de tal manera colmen la imaginación del oyente, que éste olvide las palabras. El hablar que yo prefiero es un hablar sencillo e ingenuo, en lo escrito y en lo hablado; un hablar suculento y vibrante, corto y conciso, no precisamente pulido y delicado, sino brusco y vehemente:

Haec demum sapiet dictio, quae feriet,[85]

82 «Sofismas confusos y sutiles.» Cicerón, *Acad.*, II, 24

83 «O que no buscan las palabras para expresar las ideas, sino que buscan sin objeto cosas a las que las palabras puedan convenir.» Quintiliano, VIII, 3.

84 «Que, por no desperdiciar una expresión de su agrado, penetran en un terreno que no tenían propósito de penetrar.» Séneca, *Epístolas*, 59.

85 «Que la expresión impresione y gustará seguramente.» Epitafio de Lucano.

mejor difícil que pesado, carente de afectación; sin regla, desligado y arrojado; de modo que cada fragmento represente una idea; un hablar que no sea pedantesco ni frailuno ni jurídico, sino soldadesco, según define Suetonio el estilo de Julio César. Sin saber por qué lo definió de semejante manera.

He imitado voluntariamente en mi juventud el descuido de nuestros mozos por lo que respecta a su vestuario: la esclavina en forma de banda, la capa al hombro y una media caída, que representan la altivez desdeñosa hacia los extraños adornos, despreocupadas del arte. Esta costumbre la encuentro más adecuada, mejor empleada, tratándose del hablar. Toda afectación, en el espíritu y maneras francesas, sobran en el cortesano. Sin embargo, en una monarquía todo gentilhombre debe ser educado en la manera de los cortesanos. Por esta razón, procedemos perfectamente evitando la demasiada familiaridad e ingenuidad.

Me disgusta el tejido que permite ver demasiado la trama. Un cuerpo hermoso resulta aquel que impide que se cuenten los huesos y las venas. *Quae veritati operam dat oratio, incomposita sit et simplex.*[86]

Quis accurate loquitur, nisi qui vult putide loqui?[87]

La elocuencia que perjudica a las cosas nos desvía. De la misma manera que en el vestirse da prueba de cierta pusilanimidad, distinguiéndose por algo inusitado, la búsqueda de frases nuevas y de palabras poco conocidas en el lenguaje pone de manifiesto una ambición pedantesca y pueril. ¡Ojalá pudiera yo servirme exclusivamente de las que se utilizan en los mercados de París! Aristófanes, el gramático, censuraba a Epicuro la sencillez de su idioma; cuando el arte de éste consistía en la oratoria, en la perspicacia y finura del lenguaje. La imitación en el hablar, por su facilidad, suele seguirse por todo un pueblo. La imitación en el juzgar, en el inventar, no va tan deprisa. La mayor parte de los lectores, a la vista de semejante vestidura, creen equivocadamente encontrarse en posesión de un mérito parecido.

---

86 «El lenguaje que persigue la verdad debe ser sencillo y sin ornato.» Séneca, *Epístolas,* 40.

87 «¿Quién habla de manera estudiada cuando no quiere hablar con afectación?» Séneca, *Epístolas,* 75.

La fuerza y los nervios no suelen prestarse; lo contrario ocurre con el adorno y el manto.

La mayor parte de los que suelen leerme hablan como yo en mis *Ensayos,* pero no sé si pensarán de la misma manera.

Los atenienses, según Platón, recibieron como herencia la elegancia y abundancia en el decir; los lacedemonios, la concisión; los de Creta, la fecundidad de las concepciones más que la del lenguaje, siendo estos últimos, sin embargo, los mejores. Zenón decía que sus discípulos eran de dos clases: los unos, llamados por él *φιλολογους*, ansiosos de aprender cosas, que eran sus preferidos; los otros, que designaba con el nombre *λογοφιλους*, no apreciaban más que el lenguaje. Todo lo cual no significa que deba desdeñarse el buen decir, aunque no revista la importancia que suele dársele. Por lo que a mí se refiere, declaro el desconsuelo que me produce pensar que nuestra existencia pueda polarizarse en semejante objetivo. Yo quisiera, en primer lugar, conocer bien mi lengua y después las de mis vecinos con quien me relaciono. El latín y el griego son sin duda hermosos ornamentos demasiado caros. Hablaré aquí de un modo de conocerlos con menos sacrificio, que yo puse en práctica. De él puede servirse quien lo estime conveniente.

Mi difunto padre, que hizo todo lo posible para informarse entre gentes cultas de una forma de mi educación, advirtió el tiempo que se perdía en el estudio de las lenguas clásicas. Él decía que esta pérdida notable tenía la culpa de que no llegásemos a alcanzar ni la grandeza de alma ni los conocimientos de los antiguos griegos y romanos. No pienso, sin embargo, que esta causa sea la única. Sea ello lo que quiera, el plan que mi padre utilizó para librarme de tal pérdida de tiempo fue que antes de salir de los brazos de la nodriza, antes de comenzar a hablar, me encomendó a un alemán, que más tarde murió en Francia como médico famoso, ignorando en absoluto la lengua francesa y hablando el latín perfectamente. Este preceptor, a quien mi padre había hecho venir *ex profeso* y que estaba muy bien retribuido, me tenía siempre con él. Había otras personas menos cultas para seguir y aliviar la tarea del primero, las cuales no conversaban conmigo más que en latín. En cuanto al resto de la casa, era precepto que ni mi padre ni mi madre, ni los criados, hablasen delante de mí otra cosa que las pocas palabras latinas que se les habían pegado con el trato. Fue magnífico el fruto que todos sacamos sometidos a tal disciplina. Mis padres aprendieron el suficiente latín para entenderlo y disponían de todo el imprescindible para valerse de él en caso necesario. Lo mismo les ocurrió a los sirvientes, más estrechamente relacionados conmigo. En suma, nos latinizamos tanto, que la lengua de referencia se extendió hasta los pueblos cercanos, donde aún hoy utilizan palabras latinas para denominar utensilios de trabajo. Contaba yo algo más de seis años, y tanto había oído hablar en francés o en el dialecto de Perigord como en el habla de los árabes. Por tanto, sin arte alguno, sin libros, sin gramática ni preceptos, sin disciplinas, sin reprimendas y sin llantos, aprendí latín con la pureza que mi maestro lo sabía, pues yo no podía haberlo resuelto ni alterado. Cuando elegíamos un tema, como ocurre en los colegios, el profesor lo escribía en mal latín y yo lo mostraba correcto; a los demás se lo entregaba en francés. Mis preceptores en la infancia fueron Nicolás Grouchy, autor de *De Comitiis Romanorum;* Guillermo Guerente, comentarista de Aristóteles; Jorge Buchanan, gran poeta escocés, y Marco Antonio Muret, a quien Francia e Italia aceptan como el gran orador de su tiempo; ellos aseguraban que temían hablar conmigo en latín por cómo lo dominaba, usándolo con facilidad en todo momento. Buchanan, a quien encontré después al servicio del difunto mariscal de Brissac, me contó que estaba escribiendo un tratado sobre la educación de los niños, y que tomaría ejemplo de la mía, pues en aquellos momentos tenía a su cargo al conde de Brissac, a quien luego hemos encontrado tan bravo y valeroso.

En cuanto al griego, del que casi nada conozco, mi padre intentó que lo aprendiera por arte, de forma nueva, a modo de distracción y ejercicio. Estudiábamos las declinaciones a la manera de los que utilizan el juego de damas para aprender la aritmética y la geometría, pues entre otras cosas habían sugerido a mi padre que me aficionara a la ciencia y al cumplimiento del deber, por espontánea voluntad, por mi propio deseo, al mismo tiempo que educara mi alma con toda dulzura y libertad, sin trabas ni rigores. Y de cómo se cumplió con mi persona tal concepto, puede tenerse una idea considerando que, como algunos juzgan nocivo, para el tierno cerebro de los niños, despertarlos por la mañana con ruidos violentos (por ser el sueño más profundo en la infancia que en las personas mayores), solían despertarme con el sonido de algún instrumento, tarea para la que siempre hubo un hombre en mi casa.

Tal ejemplo resultará suficiente para juzgar los cuidados que se me dedicaron en mi niñez, y también para recomendar la afección y prudencia de tan excelente padre, el cual no es culpable de que los resultados no correspondieran a una educación tan refinada. Dos cosas tuvieron la culpa: el campo estéril e incómodo en que se trabajaba, pues aunque yo gozara de salud completa y resistente, y en general estuviese dotado de un natural social y apacible, era, en medio de estas cualidades, perezoso, indiferente y adormilado; ni siquiera el juego me arrancaba de la ociosidad. Lo que veía se me presentaba con absoluta claridad, y, a pesar de mi complexión un tanto apagada, alimentaba ideas atrevidas y opiniones más propias de una persona mayor que de un niño. Era mi espíritu lento, y sólo se animaba por el estímulo de la influencia ajena; tardía la comprensión, fantasía débil, y, por si fuera poco, una increíble falta de memoria. Con todo esto, no es nada extraño que mi padre no sacara de mí demasiado provecho. Luego, a la manera de aquéllos a quienes asalta un deseo furioso de curarse de alguna enfermedad, que se dejan llevar por toda clase de consejos, el buen hombre, temiendo fallar en algo que había tomado muy a pecho, se dejó influir totalmente por la común opinión, que siempre sigue a los que van delante, como las grullas, y se acomodó a la general costumbre, por no tener junto a él a los que le dieron los consejos iniciales sobre mi educación, que había aprendido en Italia, y me envió a los seis años al colegio de Guyena, muy floreciente entonces, y el mejor de Francia. Allí no pudo hacerse más de lo que mi padre hizo: se me rodeó de preceptores competentes, que se apartaban —sin olvidar las atenciones de otra índole— de las costumbres seguidas en los colegios. Mas, de todas formas, no dejaba de ser un colegio el lugar donde me llevaron. Mi latín se bastardeó pronto, y, como no lo practiqué lo suficiente, acabé por olvidarlo. No me sirvió más que para llegar de un salto a las clases primeras, pues a los trece años, época en que abandoné el establecimiento, había terminado lo que llamaban mi curso, sin demasiado provecho para mi continuidad.

Mi simpatía inicial por los libros se debió al placer que experimenté al conocer las fábulas de las *Metamorfosis* de Ovidio. Tenía alrededor de siete u ocho años, y abandonaba cualquier cosa por leerlas. Aparte de que el latín fuera mi lengua materna, porque el citado libro era el más fácil que yo conociera, independientemente del tema, tan de acuerdo con mi edad. Los *Lanzarotes del lago,* los *Amadises,* los *Huones de Burdeos* y demás tanda de libros con que la infancia se distrae, no los conocía siquiera de nombre, ni era capaz de discernir su asunto; tal era mi disciplina. En cuanto a otras enseñanzas, no las atendía demasiado. Toleró mi entusiasmo por la lectura un profesor avispado que supo diestramente conllevar mi propensión, así como perdonar algunas fallas. Gracias a él, devoré por completo Virgilio y su *Eneida,* luego Terencio, después Plauto y el teatro italiano, apasionado siempre por el encanto de sus temas. Si mi maestro hubiera cometido el error de frenar mis lecturas, no hubiera sacado del colegio más que un odio a los libros, cosa que le ocurre a casi toda nuestra nobleza. Él actuó ingeniosamente; simulaba no ver, y así excitaba mi apetito por la lectura, a la par que me mantenía en una cauta disciplina para los estudios obligatorios, pues sabido es que la cualidad primera que mi padre buscaba en mis educadores era la benignidad y bondad de carácter; mis defectos en este sentido eran la pereza y la languidez. El peligro no había que buscarlo en que yo me inclinase al mal, sino en que no hiciese nada. Nadie pensaba que yo llegase a convertirme en un haragán, pero sí en algo inútil.

Y, en efecto, así ha sucedido. Aún recuerdo frases como éstas: «Es un ocioso; es un tibio para la amistad y para su familia, así como ensimismado y desdeñoso para los empleos públicos». Los reproches más injuriosos no dicen: «¿Por qué ha tomado? ¿Por qué no ha pagado?», sino «¿Por qué no deja? ¿Por qué no paga?».

Nada me hubiera resultado más simpático que se hubiese realizado el general deseo de verme mejorar de condición, mas se procedía injustamente, exigiéndome lo que yo no debía, con un rigor que mis censores no empleaban para sí, ni por lo referente a sus estrictas obligaciones. Condenando mi proceder, suprimían mi posible gratitud. El bien que yo puedo realizar contento es tanto más meritorio cuanto que no me siento obligado a practicarlo.

Dispongo de una fortuna que me pertenece, y lo mismo de mi persona. Sin embargo, si yo fuera un jactancioso, resultaría fácilmente probable que no los contrariaba tanto que no fuera aprovechado cuanto que podía haberlo sido más de lo que lo fui en definitiva.

Mi alma no dejaba de experimentar, a pesar de todo, por sí misma, sin que nadie la impulsara, fuertes sacudidas; emitía juicios acertados y francos sobre los temas que le eran conocidos, y los retenía sin la ayuda de nadie. Entiendo, en honor a la verdad, que hubiera sido incapaz de rendirse por la fuerza o la violencia.

¿Incluiré entre mis dones infantiles la firmeza en la mirada, la voz flexible y el gesto propicio para la representación teatral? Desde muy temprana edad

Alter ab undecimo tum me vix ceperat annus[88]

he interpretado los primeros papeles de las tragedias de Buchanan, Guerente y Muret, las cuales representábamos muy dignamente en nuestro colegio de Guyena. En esto, como en las demás atribuciones de su cargo, Andrés de Govea, nuestro director, no tuvo rival en Francia, considerándome un actor impecable. No censuro tal ejercicio en nuestros jóvenes nobles, y hasta nuestros príncipes se han dado a él, según he podido apreciar, imitando a los antiguos honrada y meritoriamente. En Grecia estaba bien visto que las gentes distinguidas cultivasen el oficio de actor. *Aristoni tragico actori rem aperit; huic et genus et fortuna honesta erant; nec ars, quia nihil tale apud Graecos pudori est, ea deformabat.*[89]

Siempre he considerado impertinentes a los que censuran tales diversiones, e injustos a los que niegan la entrada en nuestras ciudades a los comediantes calificados, privando así al pueblo de placeres públicos. Las ordenanzas meritorias cuidan de reunir a los ciudadanos lo mismo para

88 «Apenas contaba yo entonces doce años.» Virgilio, *Églogas*, VIII, 39.

89 «Expone su proyecto al actor trágico Aristón. Se trataba de un hombre distinguido por su cuna y riquezas, y no las mermaba el ejercicio de su arte, pues entre los griegos nada tiene de deshonroso.» Tito Livio, XXIV, 24.

las prácticas de la devoción que para los juegos y distracciones; con ello la sociedad se comunica y amista entre sí. No podrán concederse al pueblo pasatiempos más propicios que aquéllos que se verifican ante la presencia de todos, a la vista del representante de la autoridad. Y hasta encontraría muy razonable que el soberano los gratificase a sus expensas, con un afecto y bondad paternales. Me parece, por otra parte, conveniente que en las ciudades populosas haya sitios destinados y dispuestos para el espectáculo teatral, remedio evidente contra acciones culpables y ocultas.

Y volviendo a mi tema, diré que para el escolar no hay nada que propicie tanto el estudio; entendiéndose que, de otra suerte, el discípulo se convierte en un asno cargado de libros. Les dan a latigazos su alforja repleta de ciencia, pero para que la ciencia sea beneficiosa, en definitiva, es preciso asimilarla y adaptarla cabalmente.

DE LA AMISTAD

Considerando el modo de actuar de un pintor que en mi casa trabaja, me han entrado deseos de seguirlo. Elige el artista el lugar más adecuado de cada pared para pintar un cuadro conforme a los preceptos de su arte, y alrededor coloca figuras extravagantes y fantásticas, cuyo encanto reside solamente en la variedad y rareza. ¿Qué son estos apuntes que trazo yo aquí sino figuras grotescas y cuerpos monstruosos, compuestos de miembros diversos, sin método determinado, sin otro orden ni proporción que el azar?

Desinit in piscem mulier formosa superne.[90]

En el segundo punto me parezco a mi pintor, pero en el otro, en el esencial, reconozco que no lo alcanzo, pues mi capacidad no llega, ni lo intenta, a iniciar un cuadro magnífico, trazado y concluido de acuerdo con los principios del arte. Así que he tenido la idea de tomar uno prestado a Esteban de La Boëtie, que honrará el resto de la obra: es un discurso que su autor llamó *La servidumbre voluntaria.* Los que desconocen este título lo han designado

90 «La parte superior es una mujer hermosa y el resto el cuerpo de un pez.» Horacio, *Arte poética,* v. 4.

después acertadamente con el nombre de *El contra uno.* Su autor lo escribió en forma de ensayo, en su primera juventud y en honor a la libertad, contra los tiranos. Circula el discurso de mano en mano hace tiempo entre las personas cultas, no sin aplauso merecido, pues es agradable y contiene todo cuanto sirve para realzar un trabajo de su categoría. Cierto que no puede afirmarse que es lo mejor que su autor hubiera podido conseguir, pues si más adelante, en el tiempo que yo lo conocí, hubiera ideado el propósito que yo sigo de transcribir sus fantasías, hubiéramos visto sorprendentes cosas que lindarían de cerca con las producciones de la antigüedad, pues tranquilamente puedo asegurar que a nadie he conocido con dones naturales comparables. Solamente el discurso mencionado nos queda de La Boëtie, y eso quizá casualmente, pues creo que después de escrito no volvió ni a comentarlo; dejó también algunas memorias sobre el edicto de enero de 1588, famoso por nuestras guerras civiles, que acaso en otro lugar de este libro encuentren sitio adecuado. Es todo cuanto he podido rescatar de sus reliquias. Con recomendación amorosa, dejó previsto en su testamento que yo fuera el heredero de sus papeles y biblioteca. Yo lo vi morir. Hice que se imprimieran algunos escritos suyos, y respecto al libro de *La servidumbre,* le tengo tanta más estimación cuanto que fue la causa de nuestras relaciones, puesto que lo conocí antes de ver a su autor, y me dio a conocer su nombre, iniciando así la amistad que hemos mantenido el tiempo que Dios ha querido, tan cabal y perfecta, que no es fácil encontrarlas semejantes en tiempos anteriores, ni parecidas entre nuestros contemporáneos. El número de circunstancias que se precisan para fundar una amistad como la nuestra hace que no se vea algo tan importante más que cada tres siglos.

Parece que a nada nos conduce tanto la naturaleza como el trato social. Aristóteles afirma que los buenos legisladores han cuidado más de la amistad que de la justicia. El último extremo de la perfección en las relaciones que ligan a los humanos reside en la amistad; por lo general, todas las simpatías que la voluptuosidad, el interés y la necesidad privada o pública forjan y mantienen son tanto menos generosas, tanto menos amistades, cuanto que a ellas se unen otros fines distintos a los de la amistad, considerada como tal.

Ni las cuatro especies de relación establecidas por los antiguos —natural, social, hospitalaria y amorosa— tienen parentesco o analogía con la amistad.

Las relaciones existentes entre los hijos y los padres se fundan sobre el respeto. La amistad se alimenta por la comunicación, la cual no puede encontrarse entre hijos y padres por la disparidad que entre ellos existe, y además porque chocaría con los deberes que la naturaleza impone, pues ni todos los pensamientos íntimos de los padres pueden comunicarse a los hijos, para no contribuir a una educación perjudicial y dañosa, ni las advertencias y correcciones, que constituyen uno de los principales deberes de la amistad, podrían practicarse igualmente de hijos a padres. Pueblos hubo en que, por costumbre, los hijos mataban a sus padres, y otros en que los padres mataban a sus hijos para solucionar los problemas que pudieran suscitarse entre ellos. Existieron filósofos que han desdeñado el lógico afecto de padres e hijos; Aristipo, entre otros, el cual, cuando se le recordaba el cariño que debía a sus hijos por haber salido de él, se ponía a escupir, afirmando que su saliva tenía también el mismo origen, añadiendo que también engendramos piojos y gusanos. Se refiere Plutarco a otro que, deseando ponerlo de acuerdo con su hermano, declaró: «No doy mayor importancia al hecho de haber salido del mismo agujero». El nombre de hermano, en verdad hermoso, implica un amor tierno y puro, y por eso nos lo aplicamos La Boëtie y yo. Mas, entre hermanos naturales, la confusión de bienes, los repartos y el que la riqueza de uno determine la pobreza del otro debilita el vínculo familiar. Los hermanos, teniendo que conducir la prosperidad de su fortuna por el mismo sendero y modo idéntico, tropiezan con frecuencia. Más aún, la relación y correspondencia que crean las amistades verdaderas y perfectas, ¿qué razón hay para que existan entre los hermanos? El padre y el hijo pueden ser de complexión enteramente opuesta, y lo mismo los hermanos. Es mi hijo, es mi padre, pero es un hombre arisco, malo o tonto. Además, como son amistades que la ley natural y obligación nos imponen, nuestra elección no influye para nada en ellas; nuestra libertad es nula, y ésta a nada contribuye tanto como a la afección y a la amistad. Y no quiere decir lo anteriormente expuesto que yo no haya disfrutado los goces de la familia en su mayor amplitud, pues mi padre fue el mejor y más indulgente de los padres que jamás hayan existido hasta el final de su vida; y mi familia fue famosa de padres a hijos, y siempre ejemplar en cuanto a la relación entrañable:

Et ipse
Notus in fratres animi paterni.[91]

El afecto hacia las mujeres, aunque se produzca por elección, tampoco puede compararse con la amistad. Su fuego, lo confieso,

Neque enim est dea nescia nostri,
Quae dulcem curis miscet amaritiem,[92]

es más activo, más fuerte y más violento. Pero es un fuego temerario, inseguro, ondulante y distinto; fuego febril, sujeto a accesos e intermitencias, y que no se apodera de nosotros más que por un lado. En la amistad, por el contrario, el calor es general, igualmente repartido por todas partes, atemperado; un calor constante y tranquilo, todo dulzura y sin asperezas, que nada tiene de violento ni de punzante. Probablemente el amor no es más que el deseo furioso de algo que nos abandona:

Come segue la lepre il cacciatore
Al freddo, al caldo, alla montagna, al lito;
Ne più l'estima che presa vede;
E sol dietro e chi fugge affreta il piede.[93]

Después de que se convierte en amistad, es decir, acordadas ambas voluntades, se borra y languidece; el goce ocasiona su ruina, puesto que su fin

---

91 «Yo me he distinguido por mi afección paternal hacia mis hermanos.» Horacio, *Odas*, II, 2, 6.

92 «No soy desconocido a la diosa que combina la dulce amargura y las penas.» Catulo, LXVIII, 17.

93 «Así, en medio de fríos y calores, el cazador asedia a la liebre, a través de montañas y valles; mientras huye, desea darle alcance, y, cuando la coge, apenas si hace caso de ella.» Ariosto, canto X, est. 7.

es corporal y se encuentra sujeto a saciedad. La amistad, por el contrario, se disfruta proporcionalmente a como se desea; no se alimenta ni crece sino en la medida que se disfruta, como cosa espiritual que es, y el alma se depura practicándola. Antaño preferí fútiles afectos a la amistad absoluta; y también La Boëtie rindió culto al amor, puede observarse en sus versos. Así pues, las dos pasiones habitaron mi alma, y me ha sido posible conocer de cerca una y otra; jamás, sin embargo, las he equiparado: la primera mantuvo en mi espíritu su ruta con vuelo altanero y soberbio, mirando con desdén al amor, colocándolo bien lejos y muchos grados bajo ella.

En cuanto al matrimonio, aparte de ser un mercado en el que solamente la entrada resulta libre (si consideramos que su duración es obligatoria y forzada, y dependiente de circunstancias ajenas a nuestra voluntad), generalmente obedece a fines bastardos; tienen lugar en él multitud de problemas que los esposos deben resolver, los cuales son más que suficientes para romper el hilo de la afección y para alterar el curso de la misma, mientras que a la amistad nada le pone trabas por ser su fin ella misma en definitiva. Añádase que, en verdad, la inteligencia común de las mujeres no disfruta de su particular comunicación, nutrida de delicadas excelencias, ni el alma de ellas es bastante sólida para sostener la firmeza de un nudo tan apretado y duradero. Si así no ocurriera, si pudiera fundamentarse y establecerse una asociación voluntaria y libre, de cuya alianza no sólo participaran las almas, sino también los cuerpos, en que todo nuestro ser estuviera sumergido, la amistad resultaría más cabal y viva. Pero no hay ejemplo de que el sexo femenino haya dado pruebas de semejante afecto, por lo que las antiguas escuelas filosóficas declaran a la mujer incapaz de profesarla.

En el amor griego, condenado y aborrecido por nuestras costumbres, la diferencia de edad y oficios de los amantes tampoco se aproximaba a la perfecta unión de que se viene hablando: *Quis est enim iste amor amicitiae? Cur neque deformem adolescentem quisquam amat, ne que formosum senem?*[94] La pintura misma de la Academia no desmentirá mi afirmación si digo que el furor primero inspirado por el hijo de Venus al corazón del

94 «¿En qué consiste ese amor amistoso? ¿Cómo no busca su objeto en un joven sin belleza ni en un viejo guapo?» Cicerón, *Tusc. quaest.*, IV, 34.

amante, siendo determinado por la tierna juventud, al cual eran permitidas todas las insolencias apasionadas, todos los riesgos que puede correr un amor inmoderado, estaba siempre fundamentado en la belleza exterior, imagen falsa de la generación corporal. El afecto no podía fundamentarse en el espíritu, del cual estaba todavía oculta la apariencia, antes de la edad en que su germinación comienza. Si el furor de que hablo se apoderaba de un alma grosera, los medios que ésta ponía en práctica para el logro de su meta eran las riquezas, los presentes, los favores, la concesión de dignidades y alguna que otra baja mercancía, que los filósofos desdeñan. Si la pasión dominaba a un alma generosa, los medios que ésta empleaba resultaban generosos también: discursos filosóficos, enseñanzas que promovían el respeto a la religión, a prestar obediencia a las leyes, a sacrificar la vida por el bien del país, en una palabra, ejemplos todos de valor, prudencia y justicia. El amante trataba de imponer la gracia y la belleza de su alma, concluida la de su cuerpo, esperando así fijar la comunicación moral, más firme y permanente. Cuando este norte procuraba su efecto en determinado momento (puesto que lo que no exigían del amante referente a que aportase discreción en su empresa, lo exigían en el amado, porque éste necesitaba juzgar de una belleza interna de difícil conocimiento y descubrimiento abstruso), entonces nacía en el amado el deseo de una concepción espiritual mediante una belleza espiritual también. Ésta era la principal; la corporal era circunstancial y secundaria, el contrario del amante. Por esta razón prefieren al amado, alegando como causa que los dioses le dan también la primacía, y censuran grandemente al poeta Esquilo por haber jugado, en los amores de Aquiles y Patroclo, papel de amante del primero, el cual estaba en el inicio de su adolescencia, y era el más hermoso de los griegos. Después de esta comunidad general, la parte principal de la misma, determinante en sus oficios, dicen que producía magníficos frutos en privado y en público; que era la fuerza del país la que acogía bien el uso y la principal defensa de la equidad y de la libertad, como lo demuestran los saludables amores de Harmodio y Aristogitón. Por eso la llamaban sagrada y divina. Y, según ellos, sólo tenía en contra la violencia de los tiranos y la cobardía de los pueblos. En suma, todo lo que puede concederse en favor de la Academia es afirmar que era el suyo un amor que acababa en amistad, idea que concuerda bastante con la definición estoica del autor: *Amorem conatum esse amicitiae faciendae ex pulchritudinis specie.*[95] Y vuelvo a mi descripción de una amistad más justa y mejor compartida. *Omnino amicitiae, corroboratis jam confirmatisque et ingeniis et aetatibus, judicandae sunt.*[96]

Lo que generalmente llamamos amigos y amistad no son más que vinculaciones logradas a base de algún interés, o por azar, por medio de las cuales nuestras almas se relacionan entre ellas. En la amistad de que yo hablo, las almas se enlazan y vinculan una con otra, por medio tan íntimo, que se disuelve y no existe forma de reconocer la trama que las resume. Si se me obligara a decir por qué quería yo tanto a La Boëtie, acepto que no podría contestar sino respondiendo: por lo que era él y por lo que era yo.

Existe, más allá de mi razonamiento y de lo que personalmente puedo declarar, yo no sé qué fuerza inexplicable y tremenda causa de esta unión. Antes de vernos nos buscábamos, y lo que oíamos decir el uno del otro producía en nuestro espíritu mucha mayor impresión de la que se produce en las amistades ordinarias; diríase que nuestra vinculación fue cosa de la providencia. Nos abrazamos por nuestros nombres, y en nuestra entrevista primera, que tuvo lugar por casualidad en cierta gran fiesta de una ciudad, nos encontramos tan prendados, tan satisfechos, tan obligados el uno del otro, que nada desde entonces nos tocó tan íntimamente como nuestras personas. A él se debe una excelente sátira latina, que se ha impreso, en la cual se describe la culminación de una amistad que llegó rápidamente a ser perfecta. Habiendo de ser tan corta su vida y habiendo comenzado tan tarde nuestra vinculación (ambos éramos ya hombres hechos, aunque él me llevaba algunos años), no teníamos tiempo que perder, ni necesitaba tampoco ajustarse al patrón de las amistades frías y ordinarias, en las cuales son necesarias tantas precauciones de excesiva y preliminar conversación. En

95 «El amor es el deseo de alcanzar la amistad de una persona que nos atrae por su belleza.» Cicerón, *Tusc. quaest.*, IV, 34.

96 «Sólo puede ser firme la amistad en la madurez de la edad y en la del espíritu.» Cicerón, *De Amic.*, cap. 20.

nuestra amistad no existía otro fin extraño que le fuera ajeno, con nada se relacionaba que no fuera con ella misma; no obedeció a tal o cual consideración, ni a dos ni a tres ni a cuatro ni a mil; fue una quintaesencia de todo, la cual, habiendo arrollado toda mi voluntad, la llevó a sumergirse y abismarse en la suya, con una espontaneidad y un ardor parecidos. Nuestros espíritus se compenetraron plenamente; nada nos reservamos del uno o del otro, ni que fuese suyo o mío.

Cuando Lelio, ante los cónsules romanos, dedicados —después de la condenación de Tiberio Graco— a la persecución de todos los que habían pertenecido a su partido, preguntó a Cayo Blosio (que era el más íntimo de sus amigos) qué hubiera sido capaz de hacer por él, Blosio respondió: «Lo hubiera hecho todo». «¿Cómo todo?» —continuó Lelio—. ¿Hubieras cumplido sus órdenes e incendiado, por ejemplo, nuestros templos?» «Jamás me hubiera ordenado semejante cosa», repuso Blosio. «Y si lo hubiera hecho?», añadió Lelio. «Lo hubiera obedecido», respondió. Si era tan plenamente amigo de Graco, como la historia dice, no tenía por qué aterrar a los cónsules, haciéndoles la última atrevida confesión; y no podía separarse de la seguridad que tenía en el designio de Tiberio Graco. Los que califican de sediciosa semejante respuesta no captan su misterio, y no adivinan, como en realidad debía ocurrir, que Blosio era dueño de la voluntad de Graco, por poder y por conocimiento: ambos eran más amigos que ciudadanos; más amigos que enemigos o amigos de su país, y que amigos de la ambición o el desorden: confiando profundamente el uno en el otro, eran dueños absolutos de sus respectivas inclinaciones, que dirigían y guiaban por la razón mutua; y como sin esto es realmente imposible que las amistades subsistan, la respuesta de Blosio fue la que debió ser. Si los actos de ambos hubieran diferido, no habrían sido amigos, según mi criterio, ni el uno del otro, ni aun de sí mismos. Por otra parte, la citada respuesta no difiere mucho de la que yo daría a quien me preguntase: «Si vuestra voluntad os ordenara dar muerte a vuestra hija, ¿la mataríais?», y que yo contestara afirmativamente. Nada prueba de mi aceptación para realizar tal acto, porque yo no puedo dudar ni de mi voluntad ni de la de tal amigo. En ningún razonamiento del mundo reside el poder de desposeerme de la certeza en que estoy de las intenciones y alcance de mi juicio. Ninguna de sus acciones podría brindárseme, sea cual fuere el cariz que tuviese, de la cual yo no encontrara enseguida la causa. Tan unidas marcharon nuestras almas, con cariño tan ardiente se amaron y con afección tan intensa se descubrieron hasta lo más hondo de las entrañas, que no sólo conocía yo su alma como la mía, sino que más hubiera confiado en él que en mí.

No cabe incluir en este rango esas otras amistades corrientes; yo he mantenido tantas como el que más, y perfectas en su género, pero no aconsejo que se confundan; sería caer en un error lamentable. Es preciso actuar en todas ocasiones con prudencia y precaución; el enlace no está tan anudado como para no tener que desconfiar. «Amadlo —decía Quilón— como si algún día tuvierais que aborrecerlo; odiadlo como si algún día tuvierais que amarlo.» Este precepto, un tanto abominable referido a la amistad primera de que hablo, resulta saludable en las ordinarias y corrientes, a propósito de las cuales puede emplearse una frase grata a Aristóteles: «¡Oh, amigos míos, no hay ningún amigo!».

En aquel noble comercio, los servicios que se realizan o reciben, puntales de las otras relaciones, no merecen ser siquiera tomados en cuenta; la entera compenetración de nuestras voluntades es suficiente, pues del propio modo que la amistad que me profeso no aumenta por los beneficios que me hago en caso de necesidad, digan lo que quieran los estoicos, y como yo no me agradezco el servicio prestado, la unión de tales amistades siendo verdaderamente perfecta hace que se pierda el sentimiento de semejantes deberes, a la par que alejan y odian entre ellas palabras de división y diferencia, como acción buena, obligación, reconocimiento, ruego, agradecimiento y otras análogas. Siendo todo común entre los amigos: voluntades, pensamientos, juicios, bienes, mujeres, hijos, honor y vida; no resultando su voluntad sino una sola alma en dos distintos cuerpos, según la muy exacta definición de Aristóteles, nada pueden prestarse ni nada tampoco darse. He aquí por qué los legisladores, para honrar el matrimonio con alguna semejanza imaginaria de ese divino enlace, prohíben las donaciones entre marido y mujer, deduciendo de esta prohibición que todo pertenece a cada uno de ellos, y que nada tienen que dividir ni que repartir.

Si, en la amistad de que se habla, el uno pudiera dar algo al otro, el que recibiera el beneficio sería el que obligaría al compañero. Pues buscando uno y otro, antes que todo, prestarse recíprocos servicios, aquel que facilita la ocasión es el que practica mayor liberalidad, proporcionando a su amigo la alegría de realizar lo que más desea. Cuando el filósofo Diógenes tenía urgencia de dinero, decía que lo reclamaba a sus amigos, no que se lo pedía. Y para demostrar cómo lo realizaba prácticamente, me referiré a un singular ejemplo de otros tiempos.

El corintio Eudámidas tenía dos amigos: Carixeno, sicionio, y Areteo, también corintio. Cuando murió, como se consideraba pobre y sus dos amigos eran ricos, hizo su testamento de la siguiente forma: «Lego a Areteo el cuidado de alimentar a mi madre y de sostenerla en su vejez; a Carixeno le encargo del casamiento de mi hija, y además que la dote lo mejor que pueda. En el caso de que uno de los dos llegue a morir, encargo de su cometido al que sobreviviere». Los que vieron por primera vez este testamento no pudieron menos de burlarse, pero advertidos los herederos de su intención, lo aceptaron con singular contentamiento. Habiendo muerto cinco días después Carixeno, Areteo mantuvo durante mucho tiempo a su madre; y de su fortuna, que se cifraba en cinco talentos, entregó dos y medio a la hija única, y otros dos y medio a la hija de Eudámidas. Las dos bodas tuvieron lugar en la misma fecha.

Este ejemplo es muy significativo, y se practicaría más si no hubiera tantos amigos en el mundo. La perfecta amistad de que hablo es indivisible: cada uno se entrega tan totalmente a su amigo, que nada le queda para distribuir a los demás; al contrario, le entristece la idea de no ser doble, triple o cuádruple; de no ser dueño y señor de varias almas y varias voluntades para confiarlas todas a una misma amistad. Las amistades normales pueden dividirse; puede estimarse en unos la belleza, en otros el agradable trato, en otros la liberalidad, la paternidad, la fraternidad, y así sucesivamente; mas la amistad que se adueña del alma y la gobierna como soberana absoluta es incapaz de doblez. Si dos amigos necesitasen ser socorridos al mismo tiempo, ¿a cuál acudiríais primero? Si solicitaran opuestos servicios, ¿qué orden emplearíais en semejante caso? Si uno confiara a vuestra discreción lo que al otro fuera conveniente saber, ¿qué partido tomaríais? La principal y única amistad rompe todo compromiso; el secreto que juro no descubrir a nadie puedo, sin incurrir en falta, comunicarlo a mi amigo que no es otro sino yo. Es un milagro grande duplicarse, y no lo conocen bastante los que hablan de triplicarse. Nada es tan extraño como contar con un semejante; quien crea que de dos personas estimo a la una lo mismo que a la otra, o que dos hombres se quieren y me estiman tanto como yo los estimo, convierten en varias unidades algo único e indivisible; una sola es la cosa más rara todavía de encontrar en el mundo.

El resto de aquella historia se acopla bien a lo que yo decía, pues Eudámidas considera como un favor que proporciona a sus amigos utilizarlos en su servicio, dejándolos como herederos de su liberalidad, que consiste en procurarles el medio de favorecerlo. Y, sin duda, la fuerza de la amistad se pone de manifiesto con mayor esplendidez en este caso que en el de Areteo. En conclusión: son estos efectos incapaces de imaginarse por quienes no los han experimentado, y que me hacen honrar sobremanera la respuesta que dio a Ciro un soldado joven, a quien el monarca preguntó qué precio quería por un caballo con el cual había ganado el premio de la carrera, añadiendo si lo cambiaría por un reino. «Por un reino no, señor, pero lo regalaría si necesitara adquirir un amigo, si yo encontrara un hombre digno de semejante alianza.» No estaba mal dicho «si yo encontrara», pues se tropieza fácilmente con hombres capaces de mantener una amistad superficial; pero para la otra, para aquella en la que nada se reserva, en la que se obra con total abandono, es preciso que todos los resortes sean absolutamente nítidos y seguros.

En las relaciones que nos proporcionan algún auxilio o servicio, no hay para qué preocuparse de las imperfecciones que especialmente no se relacionan con el tema de las mismas. No me importa la religión que profesan mi médico ni mi abogado. Este matiz nada tiene que ver con los oficios de la amistad que me deben. En las relaciones domésticas que sostengo con los criados que me sirven observo idéntica conducta. Me preocupo poco de si mi lacayo es casto, puesto que lo que más me interesa es saber si es

diligente. No temo tanto a un acemilero jugador como a aquel que es imbécil, ni a un cocinero blasfemo que a otro ignorante de sus quehaceres. No me mezclo para nada en dar instrucciones al mundo de lo que es preciso hacer; otros lo hacen de sobra. Sólo hablo de lo mío.

Mihi sic usus est; tibi, ut opus est facto, face.[97]

A la familiaridad de la mesa asocio lo agradable, no lo prudente; en el lecho antepongo la belleza a la bondad; en sociedad prefiero el lenguaje amable y el bien decir, al saber y aun a la probidad. Y por el estilo en todo.

Lo mismo que el que fue sorprendido cabalgando sobre un bastón, jugando con sus hijos, rogó a la persona que lo vio que no lo contara a nadie hasta que él fuese padre, estimando que la paternidad lo haría juez equitativo de semejante gesto, así yo quisiera hablar de personas que hubiesen experimentado lo dicho; pero sabiendo cuán rara resulta y cuán apartada de lo habitual es una amistad tan sublime, no espero encontrar ningún buen juez. Los mismos discursos que la antigüedad nos dejó sobre este asunto me parecen débiles al lado del sentimiento que yo experimento, y los efectos de éste sobrepasan a los propósitos mismos de la filosofía.

Nil ego contulerim jucundo sanus amico.[98]

El anciano Menandro consideraba dichoso al que había podido siquiera encontrar solamente la sombra de un amigo; razón tenía para decirlo, hasta en el caso en que hubiera encontrado alguno. Si comparo todo el resto de mi vida —aunque ayudado por la gracia de Dios la haya pasado dulce, gustosa y, salvo la pérdida de tal amigo, exenta de aflicciones graves, llena de tranquilidad de espíritu, habiendo disfrutado ventajas y facilidades naturales que desde mi cuna gocé, sin buscar otras ajenas—, si comparo, digo, toda mi vida, con los cuatro años que pude disfrutar la dulce compañía y

97 «Tal es mi costumbre; tú haz lo que te convenga.» Terencio, *Heaut.*, act. I, esc. 1, v. 28.

98 «Mientras no me abandone la razón, nada me parecerá comparable a un amigo cariñoso.» Horacio, *Sátiras*, I, 5, 44.

sociedad de La Boëtie, el resto de mi existencia no es más que humo, y noche pesada y tenebrosa. Desde el día en que lo perdí,

quem semper acerbum,
Semper honoratum (sic, Di, voluistis) habebo,[99]

no hago otra cosa que arrastrarme lánguidamente; los placeres mismos que se me brindan, en lugar de consolarme, redoblan el sentimiento de su pérdida; como lo compartíamos todo, tengo la sensación de que yo le robo su parte.

Nec fas esse ulla me voluptate hic frui
Decrevi, tantisper dum ille abest meus particeps.[100]

Me encontraba yo tan hecho, tan acostumbrado a ser el segundo en todas partes, que se me figura no ser ahora más que la mitad.

Illam meae si partem animae tulit
Maturior vis, quid moror altera?
Nec carus aeque, nec superstes
Integer? Ille dies utramque
Duxit ruinam.[101]

No realizo ninguna acción ni pasa por mi mente ninguna idea sin que lo eche de menos, como hubiera hecho él si yo le hubiese precedido, pues así como me superaba infinitamente en todo saber y virtud, así me excedía también en los deberes de la amistad.

---

99 «¡Día que no cesaré jamás de honrar y llorar, puesto que así los dioses lo han querido!» Virgilio, *Eneida*, V, 49.

100 «Y resolví que no me estaba permitido gozar aquí de placer alguno, mientras no estuviera aquél con quien compartía mi vida.» Terencio, *Heaut.*, act. I, esc. I, v. 97.

101 «Puesto que un destino cruel me ha robado prematuramente esta mitad de mi alma, ¿qué hacer de la otra mitad separada de la que para mí era mucho más querida? El mismo día nos hizo desgraciados a los dos.» Horacio, *Odas*, II, 17, 5. 148.

Quis desiderio sit pudor, aut modus
Tam chari capitis?[102]

Y aún añado:

O misero frater adempte mihi!
Omnia tecum una perierunt gaudia nostra,
Quae tuus in vita dulcis alebat amor.
Tu mea, tu moriens fregisti conmoda, frater;
Tecum una tota est nostra sepulta anima,
Cujus ego interitu tota de mente fugavi
Haec studia, atque omnes delicias animi.
Alloquar? audiero numquam tua verba loquentem?
Numquam ego te, vita frater amabilior,
Aspiciam posthac? At certe semper amabo.[103]

Pero oigamos hablar un poco a este joven de dieciséis años.

Porque veo que este libro[104] ha sido publicado con extrañas intenciones por los que procuran trastornar y cambiar el estado de nuestro régimen político, sin preocuparse en principio de si sus reformas serán útiles, los cuales han mezclado la obra de La Boëtie a otros escritos de su propia cosecha, renuncio a intercalarla en este libro. Y para que la memoria del autor no sufra merma de ningún género de parte de los que no pudieron conocer de cerca sus acciones e ideas, yo les anuncio que el tema de su libro fue desarrollado por él en su infancia y solamente a manera de ejercicio, como asunto vulgar y ya tratado en mil pasajes de otros libros. Yo no dudo que

102 «¿Qué vergüenza, qué límite habrá en echar de menos tan rara cabeza?» Horacio, I, 24, 1.

103 «Oh, hermano mío; ¡qué desgracia haberte perdido! Tu muerte acabó con todas las alegrías que tu dulce amistad nutría en vida. Al morir, quebraste toda mi dicha, hermano. Contigo, toda mi alma está enterrada. Desde que tú no existes he abandonado todo lo que constituía el encanto de nuestra vida. ¿No podré volver a hablarte? ¿No escucharé el acento de tu voz...? ¡Oh, tú que para mí eras más querido que la vida misma! ¡Oh, hermano mío! ¿No volveré a verte más...? Al menos, te amaré siempre.» Catulo, LXVIII, 20, LXV, 9.

104 El tratado de *La Servidumbre voluntaria,* impreso por primera vez en 1576 en el tomo III de las *Memorias del estado de Francia bajo Carlos IX,* en las que figuran *panfletos* de una enorme violencia.

creyera lo que escribió, pues era bastante consciente para no mentir; me consta también que si en su mano hubiera estado elegir, mejor le hubiera gustado nacer en Venecia que en Sarlac, y con razón. Pero él tenía otra máxima impresa sobremanera en su alma: la de obedecer y someterse religiosísimamente a las leyes bajo las cuales había nacido. Jamás existió mejor ciudadano, ni que más amara el reposo de su país, ni más enemigo de agitaciones y novedades en su tiempo; mejor hubiera deseado emplear su saber en extinguirlas que en procurar los medios de excitarlas más de lo que ya lo estaban. Su espíritu se había formado según el patrón de otros tiempos diferentes de los actuales.

En lugar de esa obra seria, publicaré otra que, escrita en la misma época de su vida, me resulta más lozana y jovial.

DE LA DESIGUALDAD QUE EXISTE ENTRE NOSOTROS

En uno de los pasajes de sus obras, Plutarco afirma que encuentra menos diferencia entre dos animales que entre dos hombres. Y para asentar este aserto habla solamente de la suficiencia del alma y de sus cualidades internas. Yo, en realidad, creo honradamente que Epaminondas, según como yo lo imagino, sobrepasa en grado tan supremo a tal o cual hombre que conozco, y me refiero a los capaces de sentido común, que a mi entender puede amplificarse el dicho de Plutarco, diciendo que hay una mayor diferencia entre este hombre y este otro que entre tal hombre y tal animal:

Hem! vir viro quid praestat;[105]

y que existen tantos grados en el espíritu del hombre como brazas de la tierra al cielo, y tan innumerables.

Y a propósito de la opinión que se tiene de los hombres, es peregrino que, salvo las personas, ninguna otra cosa se considere más que por sus cualidades peculiares. Alabamos a un caballo por su vigor y destreza,

105 «¡Qué superior puede ser un hombre a otro!» Terencio, *Eunuco*, act. II, esc. 3, v. I.

volucrem
Sic laudamus equum, facili cui plurima palma
Fervet, et exsultat rauco victoria circo,[106]

no por los arreos que le adornan; a un galgo por su rápida carrera, no por el collar que lleva; a un halcón por sus alas y no por sus elementos subalternos. ¿Por qué no hacemos otro tanto con los hombres, estimándolos únicamente por su estricto valor? La vida suntuosa que lleva, el bello palacio que posee, el crédito y las rentas constituyen su entorno, pero no él en sí. Vosotros no consentís que os engañen. Cuando adquirís un caballo, lo despojáis primero de sus arneses, lo veis desnudo y al descubierto; o si tiene algo encima, como antiguamente se presentaban a los príncipes cuando querían comprarlos, solamente les cubren las partes, cuya vista es menos necesaria para formar idea de sus cualidades, a fin de que no distraiga la hermosura del pelo a la anchura de sus ancas, y los interesados se fijen en las patas, en los ojos y el casco, que son los miembros más útiles.

Regibus hic mos est: ubi equos mercantur, opertos
Inspiciunt; ne, si facies, ut saepe, decora
Molli fulta pede est, emptorem inducam hiantem,
Quod pulchrae clunes, breve quod caput, ardua cervix.[107]

¿Por qué estimar al hombre envuelto y empaquetado? Así no nos muestra sino las cosas que en manera alguna le pertenecen, y nos oculta aquéllas por las cuales solamente puede valorárselo. Lo que se busca es el valor de la espada, no el de la vaina; por ésta no se daría lo más mínimo. Es preciso juzgar al hombre por sí mismo, no por sus adornos, y como dice

106 «Alabamos al caballo por su velocidad, por las palmas numerosas que conquista en los circos, aplaudido por las multitudes.» Juvenal, VIII, 57.

107 «Los reyes tienen la costumbre, cuando compran caballos, de examinarlos cubiertos, temiendo que, si un animal tiene los remos defectuosos y simpático el semblante, como ocurre en muchas ocasiones, el comprador no se deje seducir por la bella grupa, la pequeña cabeza o por el cuello levantado.» Horacio, *Sátiras*, I, 2, 86.

ingeniosamente un antiguo filósofo: «¿Sabéis por qué suponéis que es tan alto? Porque no tenéis en cuenta los tacones». El pedestal no es la estatua. Medidlo sin sus zancos; que ponga a un lado sus riquezas y honores, y que se presente en camisa. ¿Dispone de un cuerpo apto para sus funciones, sano y alegre...? ¿Goza de buena salud y está contento? ¿Cuál es el temple de su alma? ¿Es ella hermosa, capaz, y se halla felizmente provista de todas las prendas que constituyen un alma perfecta? ¿Es rica por sus propios dones o por dones prestados? ¿Le es indiferente la fortuna? ¿Es susceptible de soportar los males con presencia de ánimo? ¿Tiene interés en saber si el lugar por donde la vida se nos escapa es la boca o la garganta? ¿Tiene alma tranquila, constante y serena? He aquí todo cuanto es indispensable considerar para informarse de la extrema diferencia que existe entre los hombres.

Es, como Horacio decía:

Sapiens sibique imperiosus;
Quem neque pauperies, neque mors, neque vincula terrent;
Responsare cupidinibus, contemnere honores
Fortis; et in se ipso totus teres atque rotundus,
Externi ne quid valat per laeve morari;
In quem manca ruit semper fortuna?[108]

Un hombre de tales condiciones está a quinientas varas por encima de reinos y ducados. Él mismo representa su propio imperio:

Sapiens... pol ipse fingit fortunam sibi.[109]

¿Qué más puede desear?

108 «¿Es conocedor y dueño de sí? ¿No le aterran la pobreza, la esclavitud y la muerte? ¿Tiene recursos para resistir sus pasiones? ¿Es capaz de despreciar los honores? Encerrado consigo mismo y semejante a un globo perfecto a quien ninguna aspereza impide rodar, ¿ha logrado que nada en su existencia dependa de la fortuna?» Horacio, *Sátiras*, II, 7, 83.

109 «El hombre prudente es el artesano de su propia dicha.» Plauto, *Trin.*, act. II, esc. 2, v. 84.

Non ne videmus,
Nil aliud sibi naturam latrare, nisi ut, quod
Corpore sejunctus dolor absit, mente fruatur,
Jucunda sensu, cura semotus metuque?[110]

Comparad con él la masa estúpida, baja, servil y voluble, que flota constantemente a merced del soplo de las múltiples pasiones que la empujan y reempujan, y que se debe por completo a la voluntad ajena, y encontraréis que hay mayor distancia entre uno y otro que la que existe entre el cielo y la tierra; y, sin embargo, la ceguera de nuestra costumbre es tal que en las cosas dichas no reparamos al juzgar a los hombres, allí mismo donde si comparásemos a un rey y a un campesino, un noble y un villano, un magistrado y un particular, un rico y un pobre, se brindarían a nuestra consideración sumamente diferentes, y no obstante podría decirse que no lo son más que por el atuendo que llevan.

El rey de Tracia se distinguía de su pueblo de una manera muy particular y graciosa: profesaba una religión distinta. Tenía un dios para él solo —Mercurio— que a sus súbditos no les era permitido adorar. Despreciaba las otras divinidades a las que sus vasallos rendían culto: Marte, Baco y Diana. Tales distinciones no son más que formas externas, que no establecen ninguna diferencia esencial, pues al igual que los cómicos que en escena representan lo mismo un duque que un emperador, pero nada más concluir su cometido se convierten en criados y miserables ganapanes, que tal es su condición primitiva; así el emperador, cuya pompa deslumbra en público,

Scilicet et grandes viridi cum luce smaragdi
Auro includuntur, teriturque thalassina vestis
Assidue, et Veneris sudorem exercita potat[111]

110 «¿No vemos que la naturaleza no pide más que un cuerpo de dolores y un espíritu dichoso, libre de terrores e inquietudes?» Lucrecio, II, 16.

111 «Sí, en sus dedos se engarzan en oro grandes esmeraldas de verde luz; gasta siempre fina vestidura que embebe el sudor de la práctica de los placeres de Venus.» Lucrecio, IV, 1123.

contempladlo detrás del telón; no es sino un hombre como los demás, y en muchas circunstancias más vil que el último de sus súbditos: *Ille beatus introrsum est; istius bracteata felicitas est.*[112]

La cobardía, la irresolución, la ambición, el despecho y la envidia lo trastornan como a cualquiera:

> *Non enim gazae, neque consularis*
> *Summovet lictor miseros tumultus*
> *Mentis, et curas laqueata circum*
> *Tecta volantes*[113]

y la intranquilidad y el temor lo dominan incluso estando en medio de sus ejércitos.

> *Re veraque metus hominum, curaeque sequaces*
> *Nec metuunt sonitus armorum, nec fera tela;*
> *Audacterque inter reges, rerumque potentes*
> *Versantur, neque fulgorem reverentur ab auro.*[114]

La fiebre, el dolor de cabeza y la gota lo asaltan como a cualquiera. En el momento en que la vejez caiga sobre sus hombros, ¿podrán librarlo de ella los arqueros de su guardia? Cuando el horror de la muerte lo acometa, ¿podrá tranquilizarse con la compañía de los nobles de su palacio? Cuando se halle dominado por los celos o por el mal humor, ¿lo calmarán nuestros corteses saludos? Un dosel cubierto de oro y de pedrería carece por completo de valor a la hora de aliviar los sufrimientos de un doloroso cólico:

---

112 «Aquél es feliz por dentro; la de éste no es otra cosa que una felicidad aparente.» Séneca, *Epístolas*, 115.

113 «Ni los tesoros, ni el lictor consular puede liberarlo de las agitaciones de su espíritu ni de las cuitas que revolotean bajo sus artesonados techos.» Horacio, *Odas*, II, 16, 9.

114 «El temor y las preocupaciones consustanciales al hombre no se asustan del estrépito de las armas ni de los feroces dardos; andan atrevidamente entre los reyes y los poderosos, y no reverencian el brillo del oro.» Lucrecio, II, 47.

Nec calidae citius decedunt corpore febres,
Textilibus si in picturis, ostroque rubenti
Jacteris, quam si plebeia in veste cubandum est.[115]

Los cortesanos de Alejandro Magno le hacían creer que Júpiter era su padre. Un día, estando herido, al mirar cómo le salía la sangre de sus venas, dijo: «¿Qué me decís ahora? ¿No es esta sangre roja y puramente humana? Me parece bastante diferente de la que Homero hace brotar de las heridas de los dioses». El poeta Hermodoro compuso unos versos en honor de Antígono, en los cuales se lo consideraba hijo del sol; éste los refutó, al añadir: «El que limpia mi sillón de servicio sabe muy bien que no hay nada de eso». Es un hombre, como todos los demás, y si por naturaleza es un hombre mal nacido, el imperio del universo no podrá conferirle un mérito que no tiene.

puellae
Hunc rapiant; quidquid calcaverit hic, rosa fiat.[116]

¿Qué vale ni qué significa toda la grandeza cuando se trata de su alma estúpida y grosera? El placer mismo y la dicha no se disfrutan careciendo de espíritu y de vigor:

Haec perinde sunt, ut illius animus, qui ea possidet;
Qui uti scit, ei bona; illi, qui non utitur recte, mala.[117]

Para gozar de los bienes de la fortuna se hace necesaria cierta disposición para saborearlos. Gozarlos, no poseerlos, es lo que constituye nuestra dicha.

---

115 «El calor de la fiebre no parte del cuerpo con mayor rapidez por estar extendido sobre la púrpura, o sobre tapiz rico y costoso, que si tienes que acostarte en ropas plebeyas.» Lucrecio, II, 34.

116 «Que las doncellas se lo disputen, que las rosas nazcan a su paso.» Persio, *Sátiras,* II, 38.

117 «Esas cosas valen como el alma del que las posee: bienes para quien sabe usarlas, males para quien no las usa como es debido.» Terencio, *Heaut.,* act. I, esc. III, v. 21.

Non domus et fundus, non aeris acervus, et auri,
Aegroto domini deduxit corpore febres,
Non animo curas. Valeat possessor oportet,
Qui comportatis rebus bene cogitat uti:
Qui cupit, aut metuit, juvat illum sic domus, aut res,
Ut lippum pictae tabulae, fomenta podagram.[118]

Cuando una persona es necia, si su gusto está pervertido o embrutecido, no disfruta de aquéllos, de igual forma que un hombre constipado no puede gustar el sabor de un vino, ni un caballo la riqueza del arnés que lo cubre. Platón dice que la salud, la belleza, la fuerza, las riquezas, y en general todo lo que llamamos bien, se convierte en bien para el justo y en mal para el injusto.

Por otra parte, cuando el alma y el cuerpo sufren, ¿de qué sirven las comodidades externas, puesto que el más leve pinchazo de alfiler, la más insignificante pasión del alma, pueden quitarnos hasta el placer que podría procurarnos el gobierno del mundo? A la primera manifestación del dolor de gota, de nada le sirve al que lo sufre ser gran señor o majestad,

Totus et argento conflatus, totus et auro,[119]

¿no se le borra el recuerdo de sus palacios y de sus grandezas? Si la cólera lo domina, ¿su principado le preserva de enrojecer, de palidecer, de que sus dientes rechinen como los de un loco? En cambio, si se trata de un hombre de valor y bien nacido, la realeza agrega poco a su dicha:

Si ventri bene, si lateri est, pedibusque tuis, nil
Divitiae poterunt regales addere majus;[120]

118 «Ni la casa ni la granja, ni el tesoro de bronce y oro quita la fiebre del cuerpo enfermo de su dueño ni los pesares de su alma. Ha de tener buena salud el poseedor que piensa usar de las cosas que ha acumulado. Al codicioso o temeroso la casa o la hacienda lo ayudan tanto como las pinturas al que padece la oftalmía, o los fomentos al gotoso.» Horacio, *Epístolas*, I, 2, 47.

119 «Todo forjado de plata, todo forjado de oro.» Tibulo, I, 2, 70.

120 «Si tienes el estómago, los pulmones y los pies en buen estado, las riquezas de los reyes no podrán agregar nada más grande.» Horacio, *Epístolas*, I, 12, 5

verá que los brillos y grandezas no son más que befa y engaño, y acaso coincidirá con el rey Seleuco, el cual solía decir que quien conociera el peso de un cetro no se dignaría siquiera recogerlo del suelo cuando lo encontrara por tierra; y era ésta la opinión de aquel príncipe por las grandes y penosas cargas que afectan a un buen soberano. No es ciertamente cosa de poca monta tener que gobernar a los demás cuando el arreglo de nuestra propia conducta presenta tantas dificultades. En cuanto al mandar, que parece tan fácil y viable, consideradas la debilidad del juicio humano y la dificultad de elección entre las cosas nuevas o dudosas, yo creo que es mucho más cómodo y más grato obedecer que conducir, y que constituye un descanso grande para el espíritu no tener que seguir más que una ruta trazada previamente, y no tener tampoco que responder de nadie más que de sí mismo:

Ut satius multo jam sit parere quietum,
Quam regere imperio res velle.[121]

Decía Ciro que el mando correspondía a quien es superior a los demás.

El rey Hierón, en la historia de Jenofonte, dice más todavía: que en el goce de las voluptuosidades son los reyes peores que las criaturas privadas, porque el bienestar y la facilidad de los goces les quitan el sabor agridulce que nosotros les encontramos.

Pinguis amor, nimiumque potens, in taedia nobis
Vertitur, et, stomacho dulcis ut esca, nocet.[122]

¿Acaso los chicos que cantan en el coro experimentan algún placer por la música? La saciedad la convierte para ellos en algo molesto y aburrido. Los festines, bailes, mascaradas y torneos divierten a los que no los contemplan con frecuencia, a los que han sentido anhelo por verlos; mas a quien los contempla a diario le cansan, son para él insípidos y desagradables;

121 «Vale más obedecer tranquilamente que querer imperar desde el Estado.» Lucrecio, V, 1126.

122 «El amor saciado y demasiado poderoso se convierte en disgusto y daña como el manjar dulce al estómago.» Ovidio, *Amor.*, II, 19, 25.

tampoco las mujeres estimulan a quien puede procurárselas a su sabor. El que no aguarde a tener sed, no experimentará placer cuando beba. Las farsas de los titiriteros nos divierten, fatigando a quienes las representan con trabajo. Y la prueba de que todo esto es verdad, es que constituye una delicia para los príncipes poder alguna vez disfrazarse, descargarse de su grandeza, para vivir provisionalmente con la sencillez de los demás hombres:

> *Plerumque gratae principibus vices*
> *Mundaeque parvo sub lare pauperum*
> *Coenae, sine aulaeis et ostro,*
> *Sollicitam explicuere frontem.*[123]

Nada empacha tanto ni es tan molesto como la abundancia. ¿Qué lujuria no se asquearía en presencia de trescientas mujeres a su disposición, como las que tiene el gran señor en su serrallo? ¿Qué placer podía sacar de la caza un antecesor del mismo, que jamás salía al campo sin la compañía de siete mil halconeros?

Yo creo que el destello de la grandeza procura obstáculos grandes al goce de los placeres más dulces. Los príncipes están demasiado contemplados, en evidencia siempre, y se exige de ellos que oculten y cubran sus debilidades, puesto que lo que en los demás mortales es sólo indiscreción, el pueblo lo considera en ellos tiranía, olvido y menosprecio de las leyes. Aparte de la tendencia al vicio, diríase que los soberanos juntan el placer de burlarse y pisotear las libertades públicas. Platón, en el *Gorgias,* entiende por tirano aquel que tiene licencia para hacer en una ciudad todo cuanto se le antoja; por eso en muchas ocasiones el conocimiento y divulgación de sus vicios es más dañoso para las costumbres que el vicio mismo. Todos los mortales temen ser vigilados; los reyes lo son hasta en sus más ocultos pensamientos, hasta en sus gestos; todo el pueblo cree tener derecho e interés en juzgarlos. Además, las manchas alcanzan mayores proporciones según

123 «De ordinario, la variedad gusta a los grandes; bajo el techo del pobre, limpias cenas, sin tapices ni púrpura, desarrugaron su preocupada frente.» Horacio, *Odas,* III, 29, 13.

el lugar en que están colocadas; una peca o una verruga en la frente resultan mayores que en otro lugar una profunda cicatriz.

He aquí por qué los poetas consideran los amores de Júpiter conducidos bajo otro aspecto diferente que el suyo verdadero; y de tan diversas prácticas amorosas que le atribuyen, no hay más que una sola en mi opinión que aparezca representada en toda su grandeza y majestad.

Pero volvamos a Hierón, cuando refiere las muchas molestias que le proporciona su realeza, por no poder ir de viaje con suficiente libertad, sintiéndose como prisionero dentro de su propio país y a cada paso que da, viéndose rodeado por la multitud. En verdad, que al ver a nuestros reyes sentados solos a la mesa, rodeados por tantos habladores y mirones desconocidos, he sentido piedad más que envidia.

Decía el rey Alfonso que los asnos tenían más suerte al respecto que los soberanos; sus dueños los dejan vivir a sus anchas, y los reyes no pueden siquiera alcanzar semejante favor de sus servidores.

Nunca tuve por comodidad ventajosa para la vida de un hombre de cabal entendimiento que tenga una veintena de vigilantes cuando se encuentra sentado en su silla de asiento, ni que los servicios de un hombre que tiene diez mil libras de renta, o que se hizo dueño de Casal y defendió Siena, fueran mejores y más dignos que los de un buen ayuda de cámara con la experiencia necesaria.

Las ventajas de los príncipes son un poco imaginarias. Cada imagen de fortuna tiene alguna imagen de principado. César llama reyezuelos a los señores de Francia que tenían derecho de justicia en su tiempo. Dejando aparte el nombre de *sire,* del que carecemos los particulares, todos nos sentimos poderosos con nuestros reyes. Ved en las provincias apartadas de la corte, en Bretaña por ejemplo, el lujo, los vasallos, los oficiales, las ocupaciones, el servicio y ceremonial de un caballero retirado y sedentario, que vive entre sus servidores; considerad también el vuelo de su imaginación; nada hay que limite más con la realeza. Oye hablar de su soberano una vez al año, como del rey de Persia, y no lo reconoce sino por un antiguo parentesco que su secretario guarda anotado en el archivo de su castillo. En verdad nuestras leyes son harto liberales, y el peso de la soberanía no toca a un gentilhombre francés apenas dos veces en toda su vida. La sujeción esencial y efectiva no incumbe entre nosotros sino a los que se colocan al servicio de los monarcas, y tratan de enriquecerse cerca de ellos, pues quien quiere mantenerse oscuramente en su casa y sabe bien gobernarla sin querellas ni procesos, es tan libre como el dux de Venecia. *Paucos servitus, plures servitutem tenent.*[124]

Hierón insiste principalmente en la circunstancia de verse privado de toda amistad y relación social, en la cual consiste el estado más perfecto y el fruto más dulce de la vida humana. Porque, en realidad, puede pensar el monarca: «¿Qué testimonio de afecto ni de buena voluntad puedo yo alcanzar de quien me debe, reconózcalo o no, todo lo que es? ¿Puedo yo tomar en serio su hablar humilde, su cortés reverencia, si considero que no depende de él comportarse de otra manera? El honor que recibimos de los que nos temen no merece tal nombre; esos respetos se guardan a la realeza, no al hombre:

> *Maximum hoc regni bonum est,*
> *Quod facta domini cogitur populus sui*
> *Quam ferre, tam laudare.*[125]

»¿No veo yo que tales reverencias y honores se dedican por igual al rey bueno y al malo, igual al que se odia que al que se ama? De iguales ceremonias estaba rodeado mi predecesor, y lo mismo lo estará mi sucesor. Si de mis súbditos no recibo ofensa, con ello no me testimonian afecto alguno.

124 «Pocos hombres se consideran sujetos a la servidumbre; muchos son los que a ellos se entregan.» Séneca, *Epístolas*, 22.

125 «La ventaja mayor de la realeza estriba en que los pueblos están obligados no sólo a soportarla, sino también a elogiar las acciones de sus soberanos.» Séneca, *Thyest.*, acto II, esc. I, v. 30.

¿Por qué interpretar su conducta de esta manera, si se estima que no podrían inferirme daño, aunque se lo propusiesen? Ninguno me sigue, ama ni respeta por la amistad particular que pueda haber entre él y yo, pues la amistad es difícil donde faltan la relación y correspondencia. Mi altura me ha puesto fuera del comercio de los hombres; hay entre éstos y yo demasiada distancia, demasiada desproporción. Me siguen por fórmula y costumbre, o más bien que a mí, a mi fortuna, para acrecentar la suya. Todo cuanto me dicen y todo cuanto hacen no es más que un artificio. Su libertad está coartada por todas partes, gracias al poder omnímodo que tengo sobre ellos; nada veo a mi alrededor que no esté encubierto y disfrazado».

Alabando un día sus cortesanos al emperador Juliano porque administraba una justicia generosa, el monarca les contestó: «Me alegraría realmente tales alabanzas si vinieran de personas que se atreviesen a denunciar o a censurar mis actos dignos de reproche cuando ellos se produjeran».

Cuantas ventajas gozan los príncipes les son comunes con las que disfrutan los hombres de mediana fortuna (sólo en manos de los dioses reside el poder de montar en caballos alados y alimentarse de ambrosía); no gozan otro sueño ni apetito diferentes de los nuestros; su acero no es de mejor temple que el de que nosotros estamos armados, su corona no los preserva de la lluvia ni del sol. Diocleciano, que hizo gala de una diadema tan afortunada y reverenciada, la resignó para entregarse al placer de una vida recogida; algún tiempo después, las necesidades de los negocios públicos exigieron de nuevo su concurso, y Diocleciano contestó a los que le encarecían que tomara otra vez las riendas del gobierno: «No intentaríais persuadirme con vuestros deseos si hubierais visto el hermoso orden de los árboles que yo mismo he plantado en mis jardines y los hermosos melones que he sembrado». En el criterio de Anacarsis, el estado más feliz sería aquel en que, siendo todo lo demás igual, la preeminencia y dignidades fueran para la virtud y las críticas para el vicio.

Cuando Pirro intentaba invadir Italia, Cineas, su sabio consejero, queriéndole hacer sentir la vanidad de su ambición, le dijo: «¿Con qué fin, señor, emprendéis este gran propósito?» «Para hacerme dueño de Italia» —respondió el soberano—. «¿Y luego —siguió el consejero— cuando la hayáis ganado?» «Conquistaré la Galia y España.» «¿Y después?» «Después subyugaré el África; y, por último, cuando haya conseguido dominar el mundo, descansaré y viviré contento y a mis anchas.» «Por Dios, señor —respondió Cineas al oír esto—, decidme: ¿por qué no realizáis desde este instante vuestra intención? ¿Por qué desde este momento mismo no tomáis el camino del asilo a que aspiráis y evitáis así el trabajo y los riesgos que vuestras expediciones os proporcionarán?»

Nimirum, quia non bene norat, quae esset habendi
Finis, et omnino quoad crescat vera voluptas.[126]

Cerraré, finalmente, este pasaje con una antigua sentencia que considero muy apropiada al tema de que he hablado:

Mores cuique sui fingunt fortunam.[127]

126 «No conocía bien los límites que deben sujetar los deseos; ignoraba hasta dónde puede llegar el placer verdadero.» Lucrecio, V, 1431.

127 «Cada carácter determina su destino.» Cornelio Nepote, *Vida de Ático*, c. II.

DE LA CONCIENCIA

Viajando un día con mi hermano, el señor de la Brousse, durante nuestras guerras civiles, encontramos a un gentilhombre de buenas maneras, perteneciente al partido opuesto al nuestro. En nada conocí yo semejante diferencia, pues el personaje en cuestión disimulaba a la perfección sus opiniones. Lo peor de estas guerras es que las cartas están tan barajadas, que el enemigo no se distingue del amigo por ninguna señal exterior, como tampoco por el lenguaje ni por el porte, educado como está bajo idénticas leyes, costumbres y clima, todo lo cual hace difícil evitar la confusión y el desorden consiguientes. Estas consideraciones me hacían temer a mí mismo el encuentro con nuestras tropas en plaza donde yo no fuera conocido si no declaraba mi nombre, o algo peor quizá, según me aconteció en cierta ocasión, pues a causa de tal error perdí hombres y caballos y me mataron miserablemente, entre otros, un paje, gentilhombre italiano que iba siempre conmigo y a quien yo dispensaba muchas atenciones, con cuya vida desapareció una hermosa juventud llena de grandes esperanzas. Aquel caballero era tan miedoso y experimentaba un horror tan grande, lo veía yo tan muerto cuando nos encontrábamos con gente armada o atravesábamos alguna ciudad que estaba de parte del rey, que al

fin acepté que todo ello eran alarmas que su conciencia le proporcionaba. Creía aquel pobre hombre que a través de su semblante y de las cruces de su casaca irían a leerse hasta los más secretos sentimientos de su pecho. ¡Qué maravilloso es el poderío de la conciencia! Ella nos traiciona, nos acusa y nos combate, y en ausencia de falso testigo, nos denuncia contra nosotros mismos:

Occultum quatiens animo tortore flagellum.[128]

El cuento siguiente se oye con bastante frecuencia en boca de los niños. Reprendido Beso, peoniano, por haberse complacido en echar por tierra un nido de gorriones, a los que además dio muerte, contestó que no los había matado sin razón, porque aquellos pajarracos, añadía, no dejaban de acusarlo insistente y falsamente de la muerte de su padre. Este parricida había mantenido oculto su delito hasta tal momento, mas las vengadoras furias de la conciencia hicieron que se delatara quien había de sufrir el castigo de su crimen.

Hesíodo corrige la sentencia en que Platón afirma que la pena sigue muy de cerca al pecado, pues aquél dice que la pena nace en el instante mismo que la culpa se comete. Quien espera el castigo, lo sufre de antemano, y quien lo merece, lo espera. La maldad elabora tormentos contra sí misma:

Malum consilium, consultori pessimum,[129]

a semejanza de la avispa, que pica y molesta aunque se haga más daño a sí misma, pues pierde para siempre su aguijón y su fuerza:

Vitasque in vulnere ponunt.[130]

128 «La conciencia agita oculto látigo cuando el alma es verdugo.» Juvenal, XIII, 195.

129 «Un mal propósito es malo sobre todo para su autor.» Aulo Gelio, IV, 5.

130 «Dejan su vida en la herida que hacen.» Virgilio, *Geórgicas*, IV, 238.

Las cantáridas tienen en su propio cuerpo una sustancia que sirve a su veneno de contraveneno por una contradicción de la naturaleza; acontece que así como en el vicio se encuentra placer, el mismo vicio produce el hastío en la conciencia, la cual nos atormenta con imaginaciones fatigantes, igual dormidos que despiertos:

Quippe ubi se multi, per somnia saepe loquentes,
Aut morbo delirantes, procraxe ferantur,
Et celata diu in medium peccata dedisse.[131]

Apolodoro soñaba que los escitas lo desollaban, que lo ponían después a hervir en el interior de una gran marmita y que, mientras tanto, su corazón decía lo siguiente: «Yo solo soy la causa de todos tus males». Ninguna cueva sirve para ocultar a los delincuentes, afirmaba Epicuro, porque ni siquiera ellos mismos tienen la seguridad de estar ocultos; la conciencia los descubre:

Prima est haec ultio, quod se
Judice, nemo nocens absolvitur.[132]

Y del mismo modo que nos produce temor, nos comunica también seguridad y confianza. De mí puedo decir que caminé en muchas circunstancias con pie firme por el secreto conocimiento que tenía de mi propia voluntad y por la inocencia de mis designios:

Conscia mens ut cuique sua est, ita concipit intra
Pectora pro facto spemque, metumque suo.[133]

---

131 «En efecto, algunos culpables, hablando en diferentes ocasiones en sueños o en el delirio de la enfermedad, se acusaron y revelaron los crímenes que durante mucho tiempo guardaban ocultos.» Lucrecio, V, 1157.

132 «El primer castigo del culpable es no poder absolverse en su propio tribunal.» Juvenal, *Sátiras*, XIII, 2.

133 «Según el testimonio que la conciencia se da a sí misma, acompañan al alma la esperanza o el temor.» Ovidio, *Fast.*, I, 485.

Hay mil ejemplos de ello. Nos bastará con elegir tres correspondientes al mismo personaje.

Escipión fue acusado un día ante el pueblo de una falta grave, y en vez de disculparse o adular a sus jueces, les dijo: «¡No os sentará mal pretender disponer de la cabeza de quien os concedió la autoridad de juzgar a todo el mundo!» En otra ocasión, por toda respuesta a las imputaciones que le dirigía un tribuno del pueblo, en lugar de defenderse, exclamó: «Vamos allá, conciudadanos; vamos a dar gracias a los dioses por la victoria que alcancé contra los cartagineses un día como hoy»; y situándose a la cabeza de la muchedumbre, en dirección al templo, se vio seguido por el acusador y la asamblea. Y cuando Petilo, a instancias de Catón, le pidió cuenta de los caudales gastados en la provincia de Antioquía, compareció Escipión ante el Senado para darlas cumplidas; presentó el libro en que estaban registradas, guardado bajo su túnica, y dijo que aquel cuaderno contenía con exactitud matemática la relación de los ingresos y de los gastos; mas como se lo reclamaran para anotarlo en el cartulario, se opuso rotundamente a semejante petición declarando que no quería inferirse a sí mismo semejante deshonra, y en presencia del Senado desgarró con sus manos el libro y lo deshizo. No me es posible creer que un alma torturada por los remordimientos pueda ser capaz de simular un aplomo parecido. Escipión tenía un corazón demasiado grande, acostumbrado a las grandes hazañas, según Tito Livio, para defender su inocencia en caso de haber sido culpable del delito del que se le hacía protagonista.

Las torturas son una invención perniciosa y absurda, y sus efectos, en mi opinión, sirven más para probar la paciencia de los acusados que para descubrir la verdad. Aquel que las puede soportar, las oculta, y el que es incapaz de resistirlas, tampoco las confiesa, porque ¿qué razón hay para que el dolor me haga declarar la verdad o mantener la mentira? Y, por el contrario, si el que no cometió los delitos de que se le acusa posee resistencia bastante para soportar los tormentos, ¿por qué no ha de poseerla igualmente el que los cometió, y más sabiendo el peligro que en ello corre su vida? Yo creo que el fundamento de esta invención tiene su origen en la fuerza de la conciencia, pues al delincuente parece que la tortura le ayuda a confesar su crimen y que el quebranto material debilita su alma, a la par que la misma conciencia fortifica al inocente contra las pruebas a que se le somete. Es, en conclusión y en verdad, un procedimiento lleno de incertidumbre y de consecuencias inaceptables.

¿Qué no se dirá o qué no se hará, en efecto, con tal de librarse de tan graves peligros?

Etiam innocentes cogit mentiri dolor.[134]

De donde resulta que el reo, a quien el juez ha sometido al tormento por no hacerlo morir inocente, muere sin culpa y, por si fuera poco, martirizado. Miles y miles de hombres hubo que hicieron falsas declaraciones; Filotas, entre otros, al considerar las particularidades del proceso que Alejandro entabló contra él y al experimentar lo horrible de las pruebas a las que se le sometió. A pesar de todo, suele decirse que es lo menos malo que la humana debilidad haya podido idear. ¡Bien inhumanamente y bien inútilmente en mi criterio!

Algunas naciones, menos bárbaras en este aspecto que la griega y la romana, estimaron cruel y monstruoso descuartizar a un hombre cuyo delito no se ha probado todavía. ¿Es acaso el supuesto delincuente responsable de vuestra ignorancia? En verdad, sois injustos en sumo grado, pues al no matarlo por motivo justificado, hacéis con él experiencias mucho peores que la misma muerte. Y que esto es cierto en realidad pruébanlo las veces que el supuesto delincuente prefiere acabar injustamente a pasar por esa prueba, más penosa que el suplicio, la cual muchas veces, por su crueldad, se anticipa a la misma muerte y la realiza.

No recuerdo dónde he oído este cuento, que refleja exactamente el grado de conciencia de nuestra justicia. Ante un general muy justiciero, una aldeana acusó a un soldado por haberle quitado a sus pequeñuelos un puñado de gachas, modesto alimento que le quedaba a la mujer, pues la tropa había acabado con todo. El general, después de aconsejar a la mujer que mirase

134 «El dolor obliga a mentir incluso a los inocentes.» *Sentencias,* Publio Siro.

bien lo que decía y de aclarar que la acusación recaería sobre ella en el caso de ser falsa, como aquélla insistiera de nuevo, hizo abrir el vientre del soldado para comprobar la verdad del hecho, y resultó indudable que la aldeana tenía razón. Condena instructiva.

DE LOS LIBROS

Bien sé que a menudo trato de cosas que están mejor dichas y con más fundamento y verdad por los maestros que estudiaron estos asuntos. Lo que yo escribo es puramente un ensayo de mis facultades naturales y en manera alguna de las adquiridas mediante el estudio. Quien encuentre en mí ignorancia no me perjudicará, puesto que no respondo de mis aserciones ni estoy en última instancia satisfecho de mis propuestas. Quien busque ciencia, que la descubra donde se encuentra: no soy profesional de ella. En estos ensayos se reúnen mis fantasías, y con ellas no trato de exponer las cosas, sino sólo darme a conocer a mí mismo; quizá ellas me serán algún día conocidas, o me lo fueron ya, dado que el azar me haya llevado donde se encuentran suficientemente esclarecidas. Pero si es así, ya no lo recuerdo: aunque ame la ciencia, no retengo sus enseñanzas; así que no afirmo categóricamente nada y sólo trato de mantener el punto a que llegan mis conocimientos actuales. No hay, pues, que fijarse en las materias de que hablo, sino en la forma que las trato, y, en aquello que derivo de los demás, obsérvese si he logrado escoger algo con que realzar o socorrer mi propia invención, pues prefiero dejar hablar a los otros cuando yo no acierto a explicarme tan bien como ellos, bien por la flojedad de mi lenguaje, bien por debilidad de mis razonamientos. En las citas me atengo a la calidad y nunca al número; fácil me hubiera sido duplicarlas, y todas o casi todas las que traigo a colación son de autores de tal nombradía que no necesitan mi recomendación. En cuanto a las razones e invenciones que trasplanto a mi jardín y confundo con las mías, a veces he omitido intencionadamente el autor a que pertenecen para poner dique a la temeridad de las sentencias apresuradas que se mantienen sobre todo género de escritos, principalmente cuando éstos son de hombres vivos y están compuestos en lengua vulgar; todos hablan y se creen depositarios de los designios del autor, igualmente vulgar. Quiero que den un papirotazo sobre mis narices a Plutarco y que injurien a Séneca en mi persona, disimulando mi debilidad bajo antiguos e ilustres nombres.

Quisiera que hubiese alguien que, ayudado por la claridad de su entendimiento, señalara los autores a quienes pertenecen las citas, pues yo carezco de memoria y no acierto a diferenciarlos; si bien comprendo mis alcances, mi espíritu es incapaz de producir algunas de las ricas flores esparcidas por estas páginas, y todos los frutos juntos de mi entendimiento no serían suficientes para pagarlas.

Debo, por el contrario, responder de mi íntima confusión, de la vanidad u otros defectos que yo no advierta o que sea incapaz de advertir al mostrármelos; pero la enfermedad del juicio consiste en no advertirlos cuando otro pone el dedo sobre ellos. La ciencia y la verdad pueden entrar en nuestro espíritu sin el concurso del juicio, y éste puede también subsistir sin aquéllas; en verdad es el reconocimiento de la propia ignorancia uno de los más seguros y hermosos testimonios que el juicio nos procura. Al expresar mis ideas no sigo otro camino que el azar; a medida que mis fantasías pueblan mi espíritu voy reuniéndolas: unas veces se me presentan apiñadas, otras arrastrándose penosamente y una a una. Quiero brindar mi estado natural y ordinario, tan desordenado como es en realidad, y me dejo llevar sin esfuerzos ni artificios; no hablo sino de cosas cuyo desconocimiento es lícito y de las cuales puede hablarse casual y temerariamente.

Desearía tener más cabal inteligencia de las cosas, pero no quiero comprarla por lo cara que cuesta. Mi designio consiste en pasar apacible, no laboriosamente, lo que me resta de vida; por nada del mundo quiero romperme la cabeza, ni siquiera por la ciencia y su indudable valor.

En los libros solamente busco un entretenimiento agradable y honesto, y si alguna vez estudio, me aplico a la ciencia que trata del conocimiento de mí mismo, la cual me instruye sobre el bien vivir y el bien morir:

Has meus ad metas sudet oportet equus.[135]

Las dificultades con las que tropiezo cuando leo las dejo a un lado, no me muerdo las uñas intentando resolverlas cuando ya he insistido una o dos veces.

Si me detengo, me pierdo y desaprovecho el tiempo inútilmente, pues mi espíritu es de tal índole que lo que no ve en principio se lo explica menos obstinándose. Soy incapaz de hacer nada mal por mí ni que suponga un esfuerzo; la continuación de una misma tarea, lo mismo que el recogimiento excesivo, aturden mi juicio, lo entristecen y lo cansan; mi vista se trastorna y se disipa, de suerte que tengo que apartarla y volverla a fijar repetidas veces, de la misma manera que para advertir el brillo de la escarlata se nos recomienda pasar la mirada por encima en diversas direcciones e insistentes veces.

Cuando un libro me aburre, busco otro, y sólo me consagro a la lectura cuando el fastidio que me domina si no hago nada comienza a invadirme. Apenas leo los nuevos porque los antiguos me parecen más sólidos y sustanciosos, ni los escritos en lengua griega, porque mi espíritu no puede sacar partido del pobre conocimiento de mi griego.

De los libros simplemente amables destaco, entre los modernos, *El Decamerón,* de Boccaccio, Rabelais, y el titulado *Besos,* de Juan Segundo.[136] Los *Amadises* y obras análogas ni siquiera me divertían de niño. Añadiré además, por osado y temerario que parezca, que esta alma adormecida no se deja ya cosquillear por Ariosto, ni siquiera por el buen Ovidio, cuya

135 «Hacia esta meta deben dirigirse mis corceles.» Propercio, IV, I, 70.

136 Juan Nicolás Everaerts, poeta latino moderno, nacido en La Haya (1511) y desaparecido en Tournai (1536), antes de cumplir los veinticinco años.

espontaneidad y facundia, que me encantaron en otro tiempo, hoy no me interesan para nada.

Expongo libremente mi opinión sobre todas las cosas, incluso sobre las que sobrepasan mi capacidad y resultan ajenas a mi competencia; así que los juicios que emito miden mi entendimiento, sin dar en manera alguna la medida de las cosas. Cuando yo digo que no me gusta el *Axioco* de Platón por ser una obra sin fuerza, habida cuenta la pluma que la escribió, no tengo cabal seguridad de mi juicio porque su temeridad no llega a oponerse al dictamen de tantos otros famosos críticos antiguos, que considera como directores y maestros, con los cuales desearía engañarse. Mi entendimiento se condena a sí mismo, bien a detenerse en la superficie consciente de no poder llegar al fondo, bien a examinar la obra bajo algún plano que no es el verdadero. Mi espíritu confiesa y reconoce su debilidad. Cree interpretar acertadamente las apariencias que su condición le muestra, las cuales son imperfectas y débiles. La mayor parte de las fábulas de Esopo tienen varios sentidos; los que las interpretan mitológicamente eligen, sin lugar a dudas, un terreno que cuadra bien a la fábula, mas proceder así es no pasar de la superficie: cabe otra interpretación más viva, esencial e interna, a la cual no se ha logrado llegar. Yo prefiero este procedimiento.

Mas, siguiendo el mismo camino, diré que siempre coloqué en primer término en la poesía a Virgilio, Lucrecio, Catulo y Horacio; considero las *Geórgicas* como la obra más acabada de la poesía; si se las compara con algunos pasajes de la *Eneida,* se verá fácilmente que su autor habría retocado éstos de haber dispuesto de tiempo. El quinto libro de la *Eneida* me parece el más perfecto. Lucano también es de mi agrado y lo leo con gran placer, no tanto por su estilo como por la verdad que acreditan sus juicios y opiniones. Por lo que respecta al buen Terencio y a las gracias y coqueterías de su lengua, tan admirable me parece, por representar a lo vivo los movimientos de nuestra alma y la índole de nuestras costumbres, que en todo momento nuestra manera de vivir me recuerda sus comedias; por mucho que lo lea, siempre descubro en él alguna belleza o alguna gracia nueva. Quejábanse los contemporáneos de Virgilio de que algunos comparasen con Lucrecio al

autor de la *Eneida;* también yo creo que es una comparación desigual, mas no la encuentro tan desacertada cuando me detengo en algún hermoso pasaje de Lucrecio. Si tal parangón los contrariaba, ¿qué hubieran dicho de los que hoy lo comparan, torpe, estúpida y bárbaramente, con Ariosto, y qué pensaría Ariosto mismo?

O seculum insipiens et infacetum![137]

Me parece que los antiguos debieron lamentarse más de los que compararon a Plauto y Terencio (éste atenido a su aire de noble) que de los que igualaron Lucrecio a Virgilio. Para juzgar del mérito de aquéllos y conceder a Terencio su primacía, constituye una razón poderosa que el padre de la elocuencia romana profirió con frecuencia su nombre como el único en su línea y la sentencia que el juez más competente de los poetas latinos emitió sobre Plauto. Alguna vez he pensado si los que en nuestro tiempo escriben comedias devoran tres o cuatro argumentos parecidos a los que forman la trama de las comedias de Terencio o Plauto para componer una de las suyas; en una sola resumen cinco o seis cuentos de Boccaccio. Y lo que les mueve a llenarlas de peripecias es la desconfianza de poder sostener el interés con sus propios recursos; es preciso que dispongan de algo sólido en que apoyarlas, y no pudiendo extraerlo de su numen, quieren que los cuentos nos diviertan. Todo lo contrario ocurre con Terencio, cuyas perfecciones y bellezas nos hacen olvidar sus argumentos; su delicadeza y coquetería nos detienen en todas las escenas; es un autor demasiado agradable bajo todos los conceptos,

Liquidus, puroque simillimus amni[138]

y llena de tal suerte nuestro espíritu con sus donaires que llega a hacernos olvidar los de la fábula. Esta consideración me lleva de un modo natural

137 «¡Oh, siglo grosero y sin gracia!» Catulo, XLIII, 9.

138 «Fluido e igual en todo a una corriente de agua pura.» Horacio, *Epístolas,* II, 2, 120.

a las siguientes: los buenos poetas antiguos evitaron la afectación y lo rebuscado, no sólo de las fantásticas sublimidades españolas y petrarquistas, sino también de los ribetes mismos que constituyen el ornato de todas las obras poéticas de los siglos sucesivos. Por ello, ningún censor consecuente encuentra defectos en aquellas obras, como tampoco deja de admirar por completo en las de Catulo la tersura, dulzor perpetuo y florida belleza de sus epigramas, comparadas con los aguijones con que Marcial aguza los de su prosa epigramática.

Lo propio que acabo de decir puede aplicarse también a Marcial cuando escribe: *Minus illi ingenio laborandum fuit, in cujus locum materia successerat.*[139]

Los viejos poetas, sin disgustarse ni conmoverse, consiguen lo que se proponen; sus obras se encuentran desbordantes de gracia, y para alcanzarla no necesitan violentarse. Los modernos necesitan de distintos socorros; a medida que el espíritu les falta, necesitan mayor cuerpo; montan a caballo porque no son suficientemente fuertes para andar sobre sus piernas, de la misma manera que en nuestros bailes los hombres de humilde extracción que detentan el magisterio de la danza, como carecen del decoro y apostura de la nobleza, pretenden acreditarse dando peligrosos saltos y efectuando movimientos extravagantes, a la manera de los acróbatas; las damas representan un papel más lucido cuando las danzas son más complicadas que en otras en que se limitan a marchar con toda naturalidad representando el porte ingenuo de su gracia ordinaria; he observado también que los payasos que ejercen su profesión diestramente sacan todo el partido posible de su arte aun estando vestidos con sencillez, con la ropa de todos los días, mientras que los aprendices, cuya competencia es mucho menor, necesitan enharinarse la cara, disfrazarse y hacer multitud de muecas y gesticulaciones salvajes para hacernos reír. Mi opinión quedará aún más clara comparando la *Eneida* con el *Orlando:* en la primera se ve que el poeta se mantiene en lo alto con sostenido vuelo y continente majestuoso, continuando su trazado camino; en la segunda, el autor

---

139 «No eran necesarios grandes esfuerzos; el asunto mismo estaba lleno de gracia.» Marcial, prefacio del libro VIII.

revolotea y salta de cuento en cuento, como los pájaros de rama en rama, porque no se fían de sus alas más que para un corto trayecto, deteniéndose a cada paso, temerosos de que se los agote el aliento y las fuerzas:

Excursusque breves tentat.[140]

He ahí, pues, respecto a esta clase de temas, los autores que más me complacen.

Respecto a los autores en que la enseñanza va unida al deleite, con ayuda de los cuales aprendo a poner orden en mis ideas y en mi vida, los que más me admiran son Plutarco, desde que fue traducido al francés, y Séneca. Ambos tienen la ventaja, importante para mí, de verter la doctrina que en ellos busco de una manera fragmentaria y, por consiguiente, no exigen lecturas dilatadas, que requieren un largo trabajo, del que no me siento capaz: los opúsculos de Plutarco y las epístolas de Séneca constituyen la parte más hermosa de sus escritos, aparte de ser la más beneficiosa. Para emprender tal lectura no se precisa un gran esfuerzo, y puedo dejarla donde me convenga, pues no tiene ninguna dependencia ni el menor enlace existe entre las partes de las obras mencionadas. Estos dos autores coinciden en la mayoría de sus apreciaciones útiles y verdaderas; la casualidad hizo que vieran la luz en el mismo siglo, uno y otro fueron preceptores de dos emperadores romanos, uno y otro nacieron en tierra extranjera, ambos fueron ricos y poderosos. Su instrucción es la flor de la filosofía, que representan de una manera sencilla y pertinente. El estilo de Plutarco es uniforme y sostenido; el de Séneca, ondulante y diverso; éste lleva a cabo todos los esfuerzos inimaginables para procurar armas a la virtud contra la flaqueza, el temor y las inclinaciones viciosas. Plutarco parece no considerar tanto el esfuerzo y desdeña acelerar el paso y ponerse en guardia. Profesa las apacibles ideas platónicas acomodables a la sociedad civil. Las de Séneca son estoicas y epicúreas y se apartan más del uso normal; en cambio, a mi entender, son más ventajosas y sólidas,

140 «Las carreras que intentan son breves.» Virgilio, *Geórgicas*, IV, 194.

sobre todo cuando se aplican. Parece como si Séneca transigiese un poco con la tiranía de los emperadores de su época, pues a mí me parece que si condena la causa de los generosos matadores de César, los condena violentando su espíritu. Plutarco es absolutamente libre en todo. Séneca se distingue por sus matices; Plutarco abunda en acontecimientos, hechos y anécdotas. El primero nos emociona y conmueve, el segundo nos procura mayor agrado y provecho. Plutarco nos guía, Séneca nos alienta.

Por lo que respecta a Cicerón, lo que de él estimo son las obras que versan especialmente sobre moral. Pero si he de ser sincero (puesto que, franqueada la barrera, la timidez sería inoportuna), su manera de escribir me resulta pesada, pues sus prefacios, definiciones, particiones y etimologías consumen la mayor parte de su obra, y la médula, lo que hay de vivo y provechoso, queda ahogado por aprestos tan dilatados. Si empleo una hora en leerlo, tiempo excesivo para mí, y trato luego de resumir la sustancia, casi siempre lo encuentro vano, pues al cabo de ese tiempo no llego aún a los argumentos pertinentes al asunto de que habla ni a las razones que concretamente se refieren a las ideas que persigo. Para mí, personalmente, que no trato de aumentar mi elocuencia ni mi saber, sino mi prudencia, tales procedimientos lógicos y aristotélicos resultan inadecuados; yo quiero que se entre, desde luego, en materia sin rodeos ni circunloquios; de sobra conozco lo que son la muerte y el placer, no necesito que nadie o que alguien los analice. Yo busco razones firmes y sólidas que me valgan para sostener el esfuerzo. No sutilezas gramaticales ni la ingeniosa contextura de palabras y argumentos demasiado inútiles. Quiero razonamientos que descarguen su fuerza sobre la comunicación de la duda, y los de Cicerón languidecen alrededor del tema. Son útiles para la escuela, para el foro o para el púlpito, en donde nos queda tiempo suficiente para dormir y dar, un cuarto de hora después de iniciada la oración, con el hilo del discurso. Así se habla a los jueces cuando nos preparamos a ganar su voluntad con razón o sin ella, a los niños y al vulgo, para quienes todo debe aclararse en exceso. No quiero yo que se gaste el tiempo en ganar mi atención gritándome cincuenta veces: «¡Ahora oíd!», a la manera de nuestros heraldos. Los romanos en su religión decían *hoc age* (atención) para significar lo que en la nuestra expresamos con las palabras *sursum corda* (arriba los corazones), inútiles palabras para mí, suficientemente dispuesto. No necesito salsa ni aliciente, puesto que puedo comer perfectamente la carne cruda, por lo que, en vez de despertarse mi apetito con semejantes preparativos, se me quita y anula.

La irrespetuosidad de nuestro tiempo tiene la culpa acaso que declare, sacrílega y audazmente, que encuentro desanimados los diálogos del mismo Platón; las ideas se ahogan en las palabras, y yo lamento el tiempo que pierde en interlocuciones dilatadas e inútiles un hombre que tenía muchas mejores cosas que decir. Mi ignorancia me excusará si digo que no valoro en extremo la belleza de su lenguaje.

En general, me gustan más los libros en que se usa la ciencia, en vez de los que la adornan.

Plutarco, Séneca y Plinio, y otros escritores análogos, no se valen del *hoc age;* se dirigen a gentes preparadas, y si se sirven de aquella advertencia, es un *hoc age* sustancial con significación distinta.

Leo también con interés las epístolas a Ático, no sólo porque descubren sus íntimas inclinaciones, sino porque me inspiran una curiosidad especial, como he apuntado en otra parte, el conocimiento del espíritu y los juicios espontáneos de mis autores. Puede formarse idea del mérito de ellos, pero no de sus costumbres ni de sus personas, por el aparato indudable de sus escritos, que instalan en el teatro del mundo. Mil veces he lamentado la pérdida del libro que Bruto compuso sobre la virtud, porque procura placer estar informado de la teoría de aquellos mismos que tan dignamente se condujeron en la práctica. Y porque una cosa es predicar y otra obrar, gusto de Bruto en las biografías de Plutarco como de él mismo. Me agradaría más conocer en todos sus detalles la conversación que sostuvo en su tienda de campaña con sus amigos íntimos la víspera de una batalla, que lo que al día siguiente de ella les decía a sus soldados; más en lo que se ocupaba en sus habitaciones que lo que hacía en la plaza pública y en el Senado.

En lo que se refiere a Cicerón, comparto la opinión general; creo que, descontada su ciencia, no había demasiadas excelencias en su alma; era buen ciudadano, de naturaleza benevolente, como en general suelen serlo los hombres gordos y alegres que como él hablan demasiado; mas la blandura y vanidad ambiciosa calificaban en exceso su carácter. No es posible excusarlo de haber considerado sus poesías dignas de ver la luz pública, pues aunque no constituya delito escribir malos versos, lo fue, sin embargo, que no supiera considerar cuán indignos eran los suyos de la gloria de su nombre. Por lo que respecta a su elocuencia, la considero fuera de cualquier comparación, y creo que nadie jamás llegará a igualarlo en lo por venir. El joven Cicerón, que solamente en el nombre se asemejó a su padre, encontrándose mandando en Asia, sentó una vez a su mesa a algunos extranjeros, entre los cuales se hallaba Cestio, colocado en un extremo, como suelen infiltrarse a veces los intrusos en los banquetes de los grandes. El anfitrión preguntó por él a uno de sus criados, el cual le dijo su nombre. Mas como Cicerón estuviese distraído y no reparara en la respuesta, insistió de nuevo en la pregunta dos o tres veces; entonces el sirviente, para no repetir con su respuesta las mismas palabras, y con el fin de dar a conocer a Cestio con arreglo a alguna particularidad, añadió: «Es la persona, según se dice, que no hace gran aprecio de la elocuencia de vuestro padre comparándola con la suya». Molesto Cicerón por el informe, ordenó que cogieran al pobre Cestio y que lo azotaran delante de él. ¡Anfitrión poco cortés en verdad! Entre los mismos que consideraron insuperable la elocuencia del orador romano hubo quienes no dejaron de encontrarle también defectos. Bruto, su amigo, decía que era una elocuencia quebrada y derrengada: *Fractam et elumbem.* Los oradores de su siglo posteriores a Cicerón censuraron en él una excesiva simpatía por cierta cadencia extremada y mesurada, advertible al final de sus periodos, e hicieron notar las palabras *esse videatur,* que con tanta frecuencia empleaba. Yo prefiero una cadencia más rápida, cortada en yambos. Alguna vez adopta un hablar más directo, aunque en sus discursos abunden más los párrafos medidos, simétricos y rítmicos. Recuerdo haber leído en uno de ellos: *Ego vero me minus diu senem esse malem, quam esse senem antequam essem.*[141]

141 «Por lo que a mí se refiere, preferiría ser durante menos tiempo viejo que ser viejo antes de serlo.» Cicerón, *De Senectute,* c. 10.

Los historiadores son mi pasión. Son gratos y sabrosos y en ellos se encuentra la pintura del hombre, conocimiento que siempre busco; el diseño es más vivo y más cabal en ellos que en cualquier otra clase de libros; en los historiadores se encuentra la verdad y variedad de las condiciones íntimas de la personalidad humana, en conjunto y en detalle; la diversidad de medios de sus uniones y los incidentes que las amenazan. Así, entre los que escriben las vidas de personas célebres, prefiero más los que se detienen en las consideraciones que en la relación de los sucesos, más en lo que deriva del espíritu que en lo que acontece por fuera; por eso, Plutarco es, por encima de todos, mi autor favorito. Lamento que no tengamos una docena de Laercios, o al menos que el que tenemos no sea más extenso y más explícito, pues me interesa por igual la vida de los que fueron grandes preceptores del mundo que el conocimiento de sus diversos dogmas y fantasías.

En cuanto a obras históricas, todas deben hojearse sin distinción; deben leerse toda suerte de autores, tanto los antiguos como los modernos, tanto los franceses como los que no lo son, para tener idea de los diversos temas de que tratan. Julio César me parece que es singularmente digno de que se lo estudie, y no ya solamente como historiador, sino también como hombre; tan grandes son su excelencia y perfección, cualidades en que supera a todos los demás, aunque Salustio sea también autor importante. Yo leo a César con reverencia y respeto mayores de lo que generalmente se concede a las obras humanas; yo lo considero en sí mismo, en sus acciones y en lo fabuloso de su grandeza; yo reparo en la pureza y nitidez inimitable de su lenguaje, en que sobrepasó no sólo a todos los historiadores, como Cicerón dice, sino, en ocasiones, a Cicerón mismo. Habla tan sinceramente de sus enemigos que, salvo las falsas apariencias con que pretende revestir la causa que defiende y su ambición hedionda, entiendo que sólo puede reprochársele que no hable más de sí mismo: tan innumerables hazañas no pudieron ser realizadas por él de no haber sido mucho más importante de lo que parece en su libro.

Entre los historiadores prefiero o los simples o los excelentes. Los primeros, al no poner nada suyo en los sucesos que enumeran, salvo la diligencia y el cuidado de incluir en su trabajo todo lo que llegó a su conocimiento, registrándolo de buena fe, sin selección ni discernimiento, dejan nuestro juicio pendiente del conocimiento de la verdad; por ejemplo, el buen Froissard, el cual anduvo en su empresa de manera tan franca e ingenua que al incurrir en cualquier error no tiene inconveniente en reconocerlo y corregirlo una vez advertido; Froissard nos muestra la multiplicidad de los rumores que corrían sobre un mismo suceso y las diversas relaciones que se le hacían; compuso la historia sin adornos ni formas rebuscadas, y de sus crónicas todo el mundo puede sacar el provecho que se derive de su entendimiento. Los maestros en el género tienen la habilidad de escoger lo digno de saberse; aciertan a elegir de dos relaciones o testigos el más verosímil; de la condición y temperamento de los príncipes deducen máximas, atribuyéndoles palabras adecuadas, y proceden acertadamente al escribir con autoridad y acomodar nuestras ideas a las suyas, lo cual, en honor a la verdad, está en la mano de muy pocos. Los historiadores medianos, que son los más corrientes, todo lo estropean y disminuyen; quieren servirnos los trozos masticados, se permiten emitir juicios y, por consiguiente, inclinar la historia a su capricho, pues tan pronto como la razón se inclina de un lado ya no hay medio hábil de enderezarla del otro; permítense, además, decidir los sucesos dignos de ser conocidos y nos ocultan con sobrada frecuencia tal frase o tal acción privada que sería más interesante para nosotros; omiten como cosas inverosímiles o increíbles todo lo que no comprenden, y acaso también por no saberlo expresar en buen latín o en buen francés. Lícito es que no muestren su elocuencia y su estilo y que juzguen a su manera, pero también que nos consientan juzgar así que ellos lo hayan hecho, y mucho más que no alteren nada ni nos dispensen de nada, por sus acortamientos y selecciones, de la materia sobre la que trabajan; deben mostrárnosla pura y entera en todas sus proporciones.

Con frecuencia se escogen para desempeñar esta tarea, sobre todo en nuestra época, a personas vulgares, por la exclusiva razón de que son atinadas en el bien hablar, como si en la historia prefiriéramos los méritos gramáticos. Y siendo ésta la razón que los llevó a empuñar la pluma, no teniendo otras armas que las de la charla, hacen bien en no cuidarse de otra cosa. Así, a fuerza de frases armoniosas, nos sirven un lindo tejido de los rumores que seleccionan en las encrucijadas de las ciudades. Las únicas historias excelentes son las que fueron compuestas por los mismos que asumieron los negocios, o que tomaron parte en su ejecución, o siquiera por los que desempeñaron cargos análogos. Tales son casi todas las griegas y romanas, pues como fueron escritas por muchos testigos oculares (la grandeza y el saber encontrábanse comúnmente juntos en aquella época), si en ellas aparece un error, debe de ser muy pequeño y en cosas muy dudosas. ¿Qué luces pueden esperarse de un médico que habla de la guerra o de un escolar que diserta sobre los designios de un príncipe? Si queremos convencernos del celo que los romanos ponían en estas cosas, bastará citar un ejemplo: Asinio Polión encontraba alguna falta en las obras de César, en que había caído por no poder dirigir la mirada a todas las partes de su ejército, por haber creído a los particulares que le comunicaban a menudo cosas no bastante verificadas o también por no haber sido suficientemente informado por sus lugartenientes sobre los asuntos que habían dirigido en su ausencia. Puede de lo dicho deducirse que la investigación de la verdad es cosa delicada, puesto que la relación de un combate no puede encomendarse a la ciencia de quien lo dirigió ni a soldados dispuestos a dar cuenta de los acontecimientos si, como en el caso de las informaciones judiciales, no se confrontan los testimonios y escuchan las objeciones cuando se trata de prestigiar los más nimios detalles de cada suceso. Con verdad, el conocimiento que de nuestro negocio tenemos no es fundamental; sin embargo, todo esto ha sido ya suficientemente tratado por Bodin, y de acuerdo con mi manera de ver.

Para remediar en cierta manera la traición de mi memoria y su defecto, tan grande que más de una vez me ocurrió coger un libro leído por mí años antes escrupulosamente y emborronado con mis notas y considerarlo como nuevo, acostumbro desde hace bastante tiempo añadir al fin de cada obra (hablo de las que leo sólo una vez) la época en que terminé su lectura y el juicio que de ella formé en conjunto, a fin de representarme siquiera la idea general que formé de cada autor. Transcribiré aquí algunas de estas notas.

He aquí lo que puse hará unos diez años en mi ejemplar de Guicciardini (sea cual sea la lengua que mis libros empleen, yo les hablo siempre en la mía): «Es un historiador diligente, en el cual, en mi opinión, puede conocerse la verdad de los asuntos de su época con tanta exactitud como en cualquier otro, puesto que en muchos de ellos jugó un papel, y un papel honorífico. En él no se advierte nunca que por odio, favor o vanidad haya deformado los sucesos. Acredítanlo los juicios libres que emite sobre los grandes, principalmente sobre las personas que le ayudaron a alcanzar los cargos que desempeñó, como el papa Clemente VII. Por lo que se refiere a la parte de su obra de que parece prevalerse más, que son sus digresiones y discursos, los hay buenos y enriquecidos con bellos rasgos, aunque en ellos se complaciera demasiado, pues por no haber querido dejar nada en el tintero, como su tema es tan llano y amplio y casi infinito, se vuelve flojo y huele algo a charla escolástica. He advertido también que entre tantas almas y acciones como juzga, entre tantos sucesos y pareceres, ni siquiera uno adjudica a la virtud, a la religión y a la conciencia, como si estos valores estuvieran en el mundo extinguidos por completo. De todas las acciones, por aparentemente hermosas que sean en sí mismas, adjudica la causa a alguna viciosa coyuntura o a algún provecho. Imposible resulta imaginar que entre el infinito número de sucesos que juzga no haya habido alguno emanado por vía de razón. Por tremenda que sea la corrupción de una época, existen gentes que escapan a su contagio: lo que me hace creer que hay algún vicio en su gusto. Acaso haya juzgado a los demás de acuerdo consigo».

De Philippe de Comines se lee lo que sigue: «Encontraréis en esta obra lenguaje dulce y amable, de sencillez ingenua; la narración es pura y en ella resplandece evidentemente la buena fe del autor, carente de vanidad cuando habla de sí mismo, y de afección y envidia cuando se refiere al prójimo. Sus discursos y exhortaciones van acompañados más bien de celo y de verdad que de cualquier exquisita suficiencia. En todas sus páginas, la gravedad y autoridad muestran al hombre bien nacido y educado en el comercio de los negocios importantes».

En las *Memorias* del señor de Bellay, anoté: «Resulta grato ver las cosas relatadas por aquéllos que por experiencia vieron cómo es preciso administrarlas; mas es evidente que en estos dos autores se descubre mucha falta de franqueza y no toda la libertad apetecible, como la que resplandece en los antiguos cronistas, en el señor de Joinville, por ejemplo, servidor de san Luis; Eginardo, canciller de Carlomagno, y más recientemente, en Philippe de Comines. Estas *Memorias* son más bien una requisitoria en favor del rey Francisco contra el emperador Carlos V que una obra histórica. No puedo suponer que hayan cambiado nada de los hechos esenciales, pero sí que retocaron el juicio de los sucesos con alguna frecuencia, y a veces con poco fundamento, en ventaja nuestra, omitiendo cuanto pudiera haber de escabroso en la vida de su señor. Lo demuestra el olvido en que quedaron las maquinaciones de los señores de Montmorency y de Brion, y el nombre de la señora de Etampe, que ni siquiera figura para nada en el libro. Pueden ocultarse las acciones secretas, pero callar lo que todo el mundo sabe, y sobre todo aquellos hechos que trascendieron de manera pública, es una falta importante. En resumen: para conocer por completo al rey Francisco y todo lo que ocurrió en su tiempo, búsquense otras fuentes, si se tiene en algo mi criterio. El provecho que de aquí puede sacarse reside en la relación de las batallas y expediciones guerreras en que los de Bellay tomaron parte, en algunas frases y acciones privadas de los príncipes de la época, y en los asuntos y negociaciones despachados por el señor de Langeay, donde se encuentran muchas cosas dignas de ser sabidas y reflexiones poco vulgares».

DE LA VIRTUD

Reconozco por experiencia que entre los arranques e ímpetus del alma y el hábito usual media un abismo; y creo que nada hay de que no seamos capaces, hasta de superar a la divinidad, dice alguien, por cuanto es más loable llegar por sí mismo a la impasibilidad que ser impasible por condición original. Puede unirse a la debilidad humana la resolución y la seguridad de un dios, pero sólo en virtud de sacudidas violentas. En las vidas extraordinarias de algunos héroes del pasado se descubren rasgos milagrosos que parecen superar de muy lejos nuestras fuerzas naturales, pero en honor a la verdad no son más que rasgos, y es duro creer que con estados tan supremos y esclarecidos se pueda abrevar el alma de tal suerte que lleguen a serle ordinarios y como naturales. A nosotros mismos, que no somos en el fondo más que abortos de hombre, sentimos la nuestra abalanzarse, cuando la estimulan ejemplos ajenos, bien lejos de su situación normal; pero es ésta una especie de pasión que la empuja y agita, y que la arrebata en algún modo fuera de sí misma, pues pasado el torbellino vemos que, sin saber cómo, se desarma y detiene por sí misma, si no hasta el último límite, al menos hasta abandonar el estado en que se encontraba, de suerte que entonces, en todo momento, por un pájaro que se nos escapa o por un vaso que se nos quiebra, nos afligimos, poco más o menos, como cualquiera.

Aparte del orden, la moderación y la constancia, creo que todas las cosas son realizables por un individuo imperfecto y generalmente falto de vigor.

Por eso dicen los filósofos que para juzgar con acierto a un hombre es necesario sobre todo fiscalizar sus acciones ordinarias y sorprenderlo en su traje de todos los días. Pirrón, aquel que edificó con la ignorancia la más divertida de las filosofías, intentó, como todos los demás hombres verdaderamente filósofos, que su vida acordase con su doctrina. Y como sostenía que la debilidad del juicio humano no le permitía tomar partido ni inclinarse a ningún lado, quería sorprenderlo perpetuamente vacilante, considerando y mirando como indiferentes todas las cosas, cuéntase que se mantenía siempre de porte y aspecto idénticos; cuando había comenzado una conversación, nunca dejaba de concluirla, aunque la persona con quien hablara hubiera desaparecido; cuando caminaba, jamás interrumpía su trayecto por muchos obstáculos que le salieran al paso, teniendo necesidad de que sus amigos lo advirtieran de los precipicios, del choque con las carretas y de otros accidentes; evitar o temer alguna cosa hubiera ido en contra de sus proposiciones, que aun a los sentidos mismos rechazaban toda elección y certidumbre. Soportaba a veces el cauterio o la incisión con tal firmeza que ni siquiera pestañeaba.

Conducir el alma a fantasías semejantes es sin duda un tanto extraño, pero lo es más juntar a ellas los efectos, lo cual no es imposible, sin embargo; pero unirlos con suficiente paciencia, hasta el extremo de asentar sobre ellos la vida diaria, es casi increíble. Por lo cual, como el filósofo fuera alguna vez sorprendido en su casa discutiendo acaloradamente con su hermana, y reprochándole no seguir en este punto su regla de indiferencia, replicó: «¡Cómo! ¿Será también necesario que esta mujercilla sirva de testimonio a mis reglas?». En otra ocasión en que se le vio defenderse contra las acometidas de un perro, dijo: «Dificilísimo es despojar por entero al hombre de sus inclinaciones; hay que esforzarse e imponerse la obligación de combatir las cosas primeramente por los defectos, o, cuando menos, por la razón y el discurso».

Hace unos siete u ocho años que un aldeano, que vive todavía, como se encontrase enloquecido por los celos de su mujer, volviendo un día del trabajo lo recibió ella con sus chillidos habituales; esta vez el hombre se indignó de tal modo que, al instante, con la hoz de que disponía, se segó de raíz las partes que los celos lo acaloraban, y se las lanzó a la cara.

Se cuenta que un noble nuestro, enamorado y gallardo, habiendo por su perseverancia ablandado el corazón de una hermosa amada, desesperado porque en el momento de la carga se encontrara flojo y desfallecido y de que

non viriliter
Iners senile penis extulerat caput,[142]

cuando volvió a casa se privó de repente de sus órganos, enviándoselos, como sacrificio sangriento y cruel, para purgar su ofensa. Si a esta acción le hubieran encaminado la religión y el razonamiento, como a los sacerdotes de Cibeles, ¿qué no diríamos de una empresa tan elevada?

Hace pocos días que, en Bergerac, a cinco leguas de mi casa, siguiendo contra la corriente del río Dordoña, una mujer que había sido atormentada y apaleada por su marido la noche anterior, contrariado y malhumorado por su complexión, determinó libertarse de tal ofensa a expensas de la propia vida. Habiéndose, como de costumbre, reunido con sus vecinas al levantarse por la mañana al día siguiente, dejando escapar ante ellas algunas palabras de recomendación para sus cosas, cogió de la mano a una hermana que tenía; fueron así hasta el puente, y después de despedirse con la mayor tranquilidad de ella, sin mostrar alteración ni cambio, se lanzó al agua. Lo más notable del suceso es que semejante determinación fue pensada durante toda la noche.

Más valeroso es el proceder de las mujeres indias, pues siendo habitual para sus maridos tener varias, y matar a la más querida de ellas cuando él muere, todas, con propósito de toda su vida, dirigen sus ambiciones para lograr semejante ventaja entre sus compañeras, y los buenos servicios que a

142 «Su miembro, inerte por la senectud, carecía de fuerza.» Catulo, *Priap.*, carm. 81.

sus maridos procuran no tienen distinto objetivo ni buscan otra recompensa que la de ser preferidas en la compañía de su muerte:

> *... ubi mortifero jacta est fax ultima lecto,*
> *Uxorum fusis stat pia turba comis:*
> *Et certamen habent lethi, quae viva sequatur*
> *Conjugium: pudor est non licuisse mori.*
> *Ardent victrices, et flammae pectora praebent,*
> *Imponuntque suis ora perusta viris.*[143]

Un hombre ha escrito actualmente haber visto cómo en esas naciones orientales goza de crédito semejante costumbre, y añade que no solamente las mujeres se entierran con sus maridos, sino también las esclavas con que había contado, lo cual se practica en la siguiente forma: muerto el esposo, puede la viuda, si lo desea (siendo escasas las que transigen con ello), solicitar dos o tres meses para poner en orden sus asuntos. Llegado el día de la muerte, la viuda monta a caballo como si fuera a contraer nupcias, y con alegre continente se dispone, o al menos así lo dice, a dormir con su esposo, teniendo en la mano derecha un espejo y una flecha en la izquierda; habiéndose así triunfalmente paseado, acompañada por sus amigos y parientes y también del pueblo en fiesta, se la traslada luego al sitio público destinado a tales espectáculos, que es una plaza grande, en medio de la cual existe un foso lleno de leña; junto a ella se divisa un lugar alto al que se sube por cuatro o cinco escalones. Allí se la conduce y se le sirve una comida espléndida; luego se pone a bailar y cantar, y cuando lo juzga pertinente, ordena que enciendan la hoguera. En cuanto ésta arde, baja del sitial y, cogiendo de la mano al más allegado de los parientes de su marido, van juntos al próximo río, donde la víctima se despoja totalmente de sus vestiduras, distribuye entre sus amigos sus joyas y sus ropas y se sumerge en el agua como para

143 «Cuando en aquel lecho funerario se arroja el último leño, la locura piadosa de las esposas comienza, sueltas las cabelleras, el combate de la muerte, para ver cuál será la que siga al consorte, porque resulta vergonzoso no haber conseguido el permiso para morir. Las vencedoras se enardecen, se precipitan en las llamas y brindan al esposo sus bocas abrasadas.» Propercio, III, 13, 17.

lavar sus pecados; al salir de ella se envuelve en un lienzo amarillo de catorce brazas de largo, da de nuevo la mano al pariente de su marido y se encaminan juntos al montículo, desde el cual dirige la palabra al pueblo, recomendando que sean atendidos sus hijos, en el caso de tenerlos. Entra en el foso, y en el montículo colocan a veces una cortina para ocultar la vista de la ardiente hornilla, lo cual algunas prohíben para dar prueba de su notable coraje. Cuando acaba de hablar, una mujer le brinda un vaso lleno de aceite para untarse la cabeza y todo el cuerpo, luego lo arroja al fuego cuando la operación acaba, e inmediatamente se lanza ella misma. El pueblo, a continuación, deja caer sobre la víctima gran cantidad de leños para que la muerte sea más rápida y el sufrimiento menor, y toda la alegría se trueca en dolorida tristeza. Cuando las personas son de mediana estofa, el cadáver se conduce al lugar donde va a enterrarse, y allí se coloca; la viuda, de rodillas ante él, lo abraza estrechamente, permaneciendo así mientras a su alrededor levantan un muro; cuando éste llega a los hombros de la mujer, uno de sus parientes, cogiéndole el cuello por la espalda, se lo retuerce, y una vez que ha expirado se termina el muro, en cuyo interior quedan enterrados.

En aquel mismo país practicaban algo parecido los gimnosofistas, pues no por obligación impuesta ni por impetuosidad de su humor repentino, sino que, por expresa profesión de su secta, tenían por costumbre, conforme llegaban a cierta edad, o cuando se veían amenazados por alguna dolencia grave, hacerse preparar una hoguera sobre la cual había un lecho bastante suntuoso, y después de haber festejado alegremente a sus amigos y conocidos se plantaban en el lecho tan resueltamente que, aun cuando el fuego ardía, nunca se vio a ninguno mover los pies ni las manos. Así murió uno de ellos, Calano, en presencia de todo el ejército de Alejandro el Grande.

Nadie era considerado bienaventurado ni santo si no acababa así, enviando su alma purgada y purificada por el fuego después de haber consumido cuanto poseía de mortal y terrestre.

Esta constante premeditación de toda la vida es lo que hace considerar el hecho como un milagro.

Entre las demás disputas filosóficas se ha interpuesto la del *Fatum*, y para sujetar las cosas venideras y nuestra voluntad misma a cierta necesidad

obligada, nos agarramos a este argumento de otro tiempo: «Puesto que Dios prevé que todas las cosas sucedan así, lo cual sin duda ocurre, es preciso que así sucedan». A lo cual nuestros maestros responden: «Que ver que alguna cosa se realiza como nosotros acostumbramos y como Dios lo hace (pues todo para él está presente, y ve más bien que prevé) no es forzarla a que suceda; vemos las cosas porque suceden, no suceden a causa de que nosotros las veamos; el suceso engendra la ciencia y no la ciencia el suceso. Aquello que vemos suceder, sucede, pero igual podría ocurrir de otra manera. En el registro de las causas de los acontecimientos que Dios tiene en su presencia figuran las llamadas fortuitas lo mismo que las voluntarias que procuró a nuestro arbitrio, y sabe que caeremos en falta porque así lo habrá deseado nuestra voluntad».

Ahora bien, yo he visto a bastantes gentes alentar a sus soldados a expensas de esta necesidad fatal, pues si nuestro último momento se encuentra hasta cierto punto predestinado, ni los arcabuzazos enemigos ni nuestro arrojo ni nuestra huida o cobardía lo pueden adelantar o retroceder.

Esto es fácil de decir, pero difícil de llevar a la práctica. Si realmente sucediera que a una viva creencia resistente acompañaran acciones de la misma índole, esta fe con la que tanto nos llenamos la boca es en nuestro tiempo de una ligereza maravillosa, como no sea que el desdén que los actos le inspiran haga que menosprecie su compañía.

Y así debe ser, pues hablando de estas cosas el señor de Joinville, testigo digno de tanto crédito como el que más, refiere de los beduinos (pueblo mezclado con los sarracenos, frente a quienes el rey san Luis tuvo que enfrentarse en Tierra Santa) que, según su religión, creían que los días de cada uno estaban fijados y contados por toda la eternidad con predestinación inevitable, que, salvo una espada turca que llevaban, iban desnudos a la guerra, cubierto solamente el cuerpo por un lienzo blanco. El más grande juramento que salía de sus labios, cuando entre ellos se encolerizaban, era éste: «¡Maldito seas, que te armas por miedo a la muerte!». ¡Cuán diferente de la nuestra es tal creencia y tal fe!

Pertenece también a este rango el ejemplo que dieron dos religiosos florentinos en tiempo de nuestros padres. Controvertiendo sobre un aspecto religioso, decidieron entregarse al fuego juntos, en presencia de todo el pueblo y en la plaza pública, en prueba de la evidencia de principios que cada uno sostenía; dispuestos estaban ya los útiles y el acto en el preciso momento de la ejecución, cuando se vio interrumpido por un accidente imprevisto.

Habiendo realizado un señor turco, bastante joven, un notable hecho de armas a la vista de los dos ejércitos de Amurat y de Hunyadi, dispuesta la batalla, quiso el primero informarse de quién en tan temprana edad lo había llenado de tan generoso aliento, pues se trataba de la primera guerra que veía; el joven contestó que su supremo preceptor de valentía había sido una liebre: «En cierta ocasión, estando de caza, divisé una liebre en su madriguera, y aunque tenía junto a mí dos lebreles excelentes, me pareció que, para no dejar de ganarla, sería mucho mejor emplear mi arco, pues me resultaba más eficaz. Comencé a disparar mis flechas, utilizando una tras otra las cuarenta de mi carcaj, sin acertar a tocarla, ni siquiera a despertarla. Enseguida le solté mis perros, con los que tampoco logré atraparla. De lo cual deduje que a este animal lo había puesto a cubierto su destino, y que ni los dardos ni las espadas alcanzan sino mediante la fatalidad, la cual no está en nuestra mano anticipar ni retrasar». Este cuento puede servir de pasada para mostrarnos cuán flexible es nuestra razón a toda suerte de fantasías.

Un personaje con muchos años, nombradía, dignidad y doctrina, celebraba haber sentido cierta modificación importantísima de su fe por una circunstancia tan extraña y tan poco lógica, que yo la encontraba bastante menos eficaz de lo que él pensaba; él la llamaba milagro, lo mismo que yo, aunque por razones muy diferentes.

Sus historiadores dicen que, hallándose muy popularizada entre los turcos la idea del acabamiento fatal e implacable de sus días, aparentemente ayudaba a procurarles serenidad ante las adversidades. Conozco a un gran príncipe que aprovechó dichosamente la misma idea, no sé si por creer en ella realmente o por tomarla como motivo para arriesgarse de un modo extraordinario: nunca le irá mal si la fortuna le conserva su buena estrella.

Mi memoria no recuerda una actitud más admirable que la mostrada por los dos que conspiraron contra el príncipe de Orange (fundador de la

República de Holanda). Maravilloso es cómo pudo animarse el segundo (que lo ejecutó) a realizar una empresa que no había podido realizar su compañero, quien puso en ella todo su ingenio. Siguiendo sus huellas, y con las mismas armas, atentó contra un señor armado de una clase de desconfianza tan fresca, poderoso en cuanto al concurso de sus amigos lo mismo que en fuerza corporal, en su sala, rodeado de sus guardianes, en una ciudad donde todo el mundo le era leal. En verdad se sirvió de una mano muy dispuesta y de un coraje conmovido por una pasión vigorosa. Un puñal resulta más seguro para herir, pero como requiere mayor movimiento y vigor de brazo que una pistola, su efecto está más dispuesto a desviarse o trastornarse. No dudo, en modo alguno, que este matador corriera a una muerte segura, pues las esperanzas con que hubiera podido alentársele no podían caber en entendimiento equilibrado, y la dirección de su empresa muestra que así era el suyo, y animoso por si fuera poco. Los motivos de una convicción tan avasalladora pueden ser diversos, pues nuestra fantasía hace de ella y de nosotros lo que le divierte.

La ejecución llevada a cabo cerca de Orleáns[144] no fue en nada parecida; se distinguía la misma por la casualidad más que por el vigor; el golpe no era de muerte si la fatalidad no lo hubiera querido, y el trabajo de tirar a un jinete de lejos, moviéndose de acuerdo con su caballo, fue el propósito de un hombre que prefería más bien fallar en sus ansias que perder la vida. Lo que aconteció después lo prueba de sobra, pues el delincuente se trastornó y perturbó con la idea de una ejecución tan elevada, de tal suerte que perdió por completo el ejercicio de sus facultades, sin acertar a huir ni a expresarse ordenadamente en sus respuestas. ¿Qué otra cosa necesitaba sino recurrir a sus amigos después de atravesar un río? Éste es un medio al cual yo me lancé para evitar menores males y que juzgo de poco riesgo, sea cual fuere la anchura de la corriente, siempre y cuando vuestro caballo encuentre la entrada fácil y que en el lado opuesto descubráis un lugar cómodo para salir a tierra,

144 El asesinato del duque de Guisa.

según el curso del agua. El matador del príncipe de Orange, cuando oyó su terrible sentencia, dijo: «Ya estaba preparado para ella; sólo pretendo dejaros sorprendidos con mi tranquilidad».

Los Asesinos, nación dependiente de Fenicia, están considerados entre los mahometanos como gentes de soberana devoción y de costumbres puras. Tienen por cosa cierta que el camino más breve para ganar el paraíso es matar a alguien que profesa una religión contraria a la suya, por lo cual frecuentemente se ha visto a uno o dos, con un coleto por toda arma, atacar a enemigos poderosos, a riesgo de una muerte segura y sin cuidado alguno del propio peligro. Así fue asesinado (esta palabra se tomó del nombre que llevan) nuestro conde Raimundo de Trípoli en medio de su ciudad, durante nuestras expediciones de la guerra santa, y también Conrado, marqués de Montferrato; llevados al suplicio, los matadores se mostraron soberbiamente altivos por tan hermosa obra maestra.

DEL ARTE DE CONVERSAR

Uso corriente en nuestra justicia es el de condenar a los otros.

Condenarlos simplemente porque incurrieron en delito sería torpe, como dice Platón, pues lo que está hecho no puede deshacerse. A fin de que no se incurra en falta análoga, o de rehuir el mal ejemplo, se cultiva la justicia.

No se corrige al que se ahorca, sino a los que contemplan al ahorcado. Yo hago realidad lo mismo. Mis errores son naturales e incorregibles; y como los hombres de bien aleccionan al mundo consiguiendo que los imiten, quizá pueda yo ser provechoso estimulando a los demás para que eviten mi conducta:

> *Nonne vides Albi ut male vivat filius utque*
> *Barrus inops? magnum documentatum, ne patriam rem*
> *Perdere quis velit*[145]

de este modo, publicando y destacando mis imperfecciones, es posible que alguien las tema. Las prendas mías que más estimo alcanzan mayor honor

145 «¿No ves qué mal vive el hijo de Albio y qué pobre es Barro? Gran ejemplo para que nadie trate de disipar su patrimonio.» Horacio, *Sátiras*, I, 4, 109.

acusándome que recomendándome. Por eso recaigo en ellas y me detengo con más frecuencia. Y, considerado todo, nunca habla uno de sí sin pérdida. Las propias condenaciones quedan siempre acrecentadas y las alabanzas descreídas.

Puede haber algún hombre de mi forma de ser, mi naturaleza es tal que mejor me instruye por oposición que por semejanza, y por huida que por continuación. A este género de disciplina se refería probablemente el viejo Catón cuando decía «que los cuerdos tienen más que aprender de los locos, que no los locos de los cuerdos»; y aquel antiguo tañedor de lira, según Pausanias refiere, tenía por costumbre obligar a sus discípulos a oír a un mal tocador del instrumento, que vivía frente a su casa, para que aprendieran a odiar sus desafinaciones y falsas medidas. El horror de la crueldad me hace avanzar más en la clemencia que ningún patrón de esta virtud: no endereza tanto mi talante a caballo un buen escudero como un procurador o un veneciano. Un lenguaje torcido corrige mejor el mío que no el derecho. A diario el torpe continente de un tercero me advierte y aconseja mejor que nada. Lo que contraría, influye y excita mucho más que lo que gusta. Este tiempo que vivimos es propicio para enmendarnos por inconveniencia mejor que por conveniencia; por diferencia mejor que por acuerdo. Estando poco ducho en buenos ejemplos, me sirvo de los malos, cuya lección es frecuente y ordinaria. Yo me esforcé por convertirme en tan agradable como cosas desagradables vi; en tan firme como blandos eran los que me acompañaban; en tan dulce como rudos eran los que trataba; en tan bueno como malos contemplaba. Pero yo me proponía quehaceres invencibles.

El más fructuoso y natural ejercicio de nuestro espíritu es, desde mi punto de vista, la conversación. Encuentro su práctica más dulce que ninguna otra acción de nuestra vida, por lo cual, si yo ahora me viera forzado a elegir, preferiría mejor perder la vista que el oído o el habla. Los atenienses, y aun los romanos, tenían en gran honor este ejercicio en sus academias. En nuestra época, los italianos conservan algunos vestigios, y con indudable provecho, como puede verse al comparar nuestros entendimientos con los suyos. El estudio de los libros es un movimiento lánguido y débil, que apenas vigoriza: la conversación enseña y ejercita al mismo tiempo. Si yo converso con un alma fuerte, con un probado luchador, éste me oprime los flancos, me excita a derecha y a izquierda, sus ideas estimulan las mías. El celo, la gloria, la contención me empujan y realzan por encima de mí mismo. La conformidad es cualidad completamente monótona en la conversación.

Pero de la misma manera que nuestro espíritu se fortalece con la comunicación de los que son vigorosos y ordenados, no se puede decir cuánto pierde y desmerece con el continuo comercio y relación que practicamos con los espíritus bajos y enfermizos. No hay contagio que se propague tanto como éste. Por sobrada experiencia sé lo que vale una vara. Me place argumentar y discurrir, pero con pocos hombres y para mi uso particular, pues servir de espectáculo a los grandes y mostrar en competencia el espíritu y la charla me parece un oficio que no corresponde a un hombre de honor.

La torpeza es una cualidad detestable, pero no poderla soportar, despecharse y consumirse ante ella, como a mí me ocurre, supone otra especie de enfermedad, casi tan inoportuna como aquélla.

Este vicio quiero ahora acusarlo en mí. Yo entro en conversación y en discusión con gran libertad y facilidad, tanto más cuanto que las opiniones encuentran en mí el terreno más propicio para penetrar y ahondar desde luego los principios. Ninguna proposición me pasma, ninguna creencia me ofende, por contrarias que sean a las mías. No hay fantasía, por atrevida que sea, que deje de parecerme natural, si está creada por el espíritu humano. Nosotros los pirronianos, que privamos a nuestro espíritu del derecho de lanzar decretos, consideramos blandamente la diversidad de opiniones, y si a ellas no prestamos nuestro juicio les halagamos el oído fácilmente. Allí donde uno de los platillos de la balanza está completamente vacío, dejo yo oscilar el otro, hasta con las visiones de una vieja. Y me parece excusable si acepto más bien el número impar, y antepongo el jueves al viernes; si prefiero la docena o el número catorce al trece en la mesa; si prefiero ver una liebre costeando que atravesando mi camino cuando viajo, y doy preferencia al pie derecho sobre el izquierdo a la hora de calzarme.

Todas estas quimeras, que gozan de crédito a nuestro alrededor, merecen al menos ser escuchadas. De mí arrastran sólo la inanidad, aunque algo arrastran. Las opiniones vulgares y casuales son cosa distinta de la nada en la naturaleza. Y quien no las considera, cae sin duda en el vicio de la testarudez por evitar el de la superstición.

Así pues, las contradicciones en el juicio ni me ofenden ni me alteran; me despiertan solamente y disponen. Despreciamos la contradicción, en vez de acogerla y ofrecernos a ella, principalmente cuando viene del conversar y no del sermón profesional. En cada oposición no consideramos tanto si es justa como, a tuertas o a derechas, buscar la manera de refutarla. En lugar de abrir los brazos, afilamos las uñas. Yo soportaría ser duramente contradicho por mis amigos y escucharlos decir: «Eres un tonto, estás soñando». Me encanta, entre los hombres bien educados, que cada cual se exprese valientemente y que las palabras se encaminen adonde se dirige el pensamiento. Nos hace falta fortificar el oído y endurecerlo contra esa blandura del son ceremonioso de los vocablos. Me encanta también la sociedad y familiaridad viriles y robustas, una amistad que se alaba del vigor y rudeza de su comercio, como el amor de las mordeduras y sangrientos arañazos.

No es ya debidamente vigorosa y generosa cuando la querella no importa, cuando predominan la civilidad y la exquisitez, cuando se teme el choque y sus maneras no son espontáneas.

Neque enim disputari, sine reprehensione potest.[146]

Cuando se me contraría, se despierta mi atención, no mi cólera; me adelanto hacia quien me contradice, en el caso, claro está, de que me instruya. La causa de la verdad debiera ser la causa común a uno y a otro contrincante. ¿Qué contestará él...? La pasión de la cólera oscureció hasta cierto punto su juicio. El desorden se apoderó de él mismo con anterioridad a la razón. Sería conveniente que se hicieran apuestas sobre el triunfo en nuestras disputas, que hubiera una señal material de nuestras pérdidas, a fin de que las recordáramos, y que mi criado, por ejemplo, pudiera decirme: «El año pasado os costó cien escudos más de veinte veces haber sido ignorante y testarudo».

146 «Puesto que no es posible disputar sin contradecir.» Cicerón, *De Fin.*, I, 8.

Yo festejo y acaricio la verdad cualquiera que sea la mano en que la encuentre, me rindo alegremente a ella y le tiendo mis armas vencidas, por lejos que la vea aparecer. Y en tanto no se actúa conmigo de una manera en exceso imperiosa y magistral, pongo mi espalda para que me reprendan como lo hago en mis escritos, más bien por razones de civilidad que por propósito de enmienda, encantado con abonar y alimentar la libertad de advertirme con la facilidad de ceder, aun a mis propias expensas.

Difícil es persuadir de esta costumbre a los hombres de mi tiempo, que no tienen el coraje de corregir, porque carecen de valor suficiente para que se les corrija; y hablan siempre con disimulo en presencia los unos de los otros. Yo experimento enorme placer al ser juzgado y conocido, pues llego a considerar indiferente la forma en que se haga. Mi fantasía se contradice asimismo de tal manera, que me es igual que cualquier otro la corrija, en primer lugar, porque no doy a su reprensión otra autoridad que la que quiero. Pero me disgusto, eso sí, con quien se mantiene tan poco transigente, como alguno que conozco, que lamenta cualquier advertencia cuando no es creído y toma por injuria si alguien se resiste a seguirlo. Lo de que Sócrates acogiera siempre sonriendo las objeciones que se le hacían, puede decirse que dependía de su propia fuerza, pues, habiendo de caer la ventaja de su lado, las aceptaba como materia de nueva gloria. Pero nosotros vemos, por lo contrario, que nada hay que haga suspicaz nuestro sentimiento como la idea de preeminencia y el desdén del adversario. La razón nos aconseja que más bien corresponde al débil aceptar de buen grado las oposiciones que lo enderezan y mejoran. Más busco yo la amistad de los que me amonestan que la de los que me temen. Es un placer insípido y perjudicial tener que tratar con gentes que nos admiran y asienten. Antístenes ordenó a sus hijos no agradecer jamás las alabanzas de ningún ser humano. Yo me siento mucho más orgulloso de la victoria que sobre mí mismo consigo, cuando en el ardor del combate me doblego a la fuerza racional de mi adversario, que cuando consigo una victoria sobre él en virtud de su flojedad.

En fin, yo recibo y estimo toda serie de objeciones cuando son nobles, por débiles que sean, aunque no pueda soportar las que se hacen en función de la buena crianza. Poco me importa la materia de que se trata, y todas

las opiniones me parecen buenas, debiendo declarar que la idea victoriosa también me resulta casi indiferente. Durante un día disputaré sosegadamente si el clima de debate se mantiene ordenado. No es tanta la sutileza ni la fuerza que yo exija como el orden. El orden que se ve todos los días en los altercados de los gañanes y de los comerciantes, pero jamás entre nosotros. Si se apartan del camino derecho, es por inciviles; nosotros no hacemos lo mismo. Pero el tumulto y la impaciencia no los desvían de su tema, que continúa su curso. Si se previenen unos a otros, si no se esperan, se entienden sin embargo. Para mí se contesta siempre bien si se responde a lo que digo. Pero cuando la disputa se trastorna y alborota, abandono la cosa y me atengo sólo a la forma con indiscreción y con despecho, lanzándome a una manera de debatir testaruda, maliciosa e imperiosa, de la cual posteriormente me avergüenzo.

Es imposible tratar de buena fe con un tonto. No es solamente mi opinión lo que se corrompe en la mano de un dueño tan impetuoso, sino mi conciencia.

Nuestros altercados debieran prohibirse y castigarse como ciertos crímenes verbales. ¿Qué vicio no despiertan y no amontonan, rígidos y gobernados siempre por la cólera? Estamos en contra primeramente con las razones y luego con los hombres.

No aprendemos a disputar sino para contradecir, y, cada cual, contradiciéndose y viéndose contradicho, acontece que el fruto de la disputa no es otro que la pérdida y desaparición de la verdad. Así, Platón, en su *República,* prohíbe este ejercicio a los espíritus ineptos y mal nacidos.

¿A qué viene situarnos en plan de buscar lo que es, con quien no adopta tono ni continente propicios a ello? No se infiere daño alguno al motivo que se discute cuando se lo enfoca para ver el medio como ha de tratarse, y no digo de una manera escolástica y con ayuda del arte, sino por los medios naturales que procura un entendimiento sano. ¿A qué fin podrá llegarse, yendo el uno para oriente y el otro para occidente? Pierden así la mira principal y la marginalizan con el revuelo de los incidentes. Al cabo de una hora de tormenta no saben lo que quieren; el uno está bajo, el otro está alto y el otro está de lado. Hay quien choca con una palabra o con un símil; está el que no puede hacerse cargo de las razones que se le oponen, pues, comprometido con la carrera que emprendió, piensa en continuarla, no en seguiros a vosotros. Existen también los que, reconociéndose flojos de ijares, lo temen todo, todo lo rechazan, confunden y mezclan cualquier cosa desde el principio, o bien en lo más recio del debate se incomodan y se callan por ignorancia despechada, afectando un desdén orgulloso o torpemente una modesta salida de tono. Buscando que su actitud produzca efecto, nada les preocupa lo demás. Otros calculan sus palabras y las pesan como razones. Hay quien sólo se sirve de la resistencia ventajosa de su voz y sus pulmones. Otro se ataca a sí mismo incluso. Alguno que os ensordece con digresiones e inútiles preámbulos; alguien que se vale de puras injurias, buscando una querella, a la alemana, para librarse de la conversación y sociedad de un espíritu que asedia el suyo. Este último nada descubre en la razón, pero os pone cerco, auxiliado por la cerrazón dialéctica de sus cláusulas y con el apoyo de las fórmulas de su oficio.

Ahora bien, ¿quién es capaz de no desconfiar de las ciencias, y quién no duda si de ellas puede sacarse algún fruto sólido para las necesidades de la vida, considerando el empleo que del saber hacemos? *Nihil sanantibus litteris.*[147] ¿Quién ha conseguido un entendimiento con la lógica? ¿Dónde concluyen tantas hermosas promesas? *Nec ad melius vivendum, nec and commodius disserendum.*[148] ¿Acaso se advierte mayor batiburrillo en la charla de las sardincras quc cn las públicas disputas de los hombres científicos? Yo preferiría que mi hijo aprendiera a hablar en las tabernas antes que en las escuelas de la charlatanería. Buscad un pedagogo y conversad con él; ¿cuánto no os hace sentir su dichosa artificialidad, y cuánto no encanta a las mujeres y a los ignorantes como nosotros, por la admiración de la firmeza de sus razones y de la belleza de su orden? ¿Hasta qué punto no nos domina y persuade como se le antoja? Un hombre que de tantas ventajas disfruta debido a su arte, ¿por qué mezcla con su esgrima las injurias, la indiscreción y la rabia? Que se despoje de su birrete, de sus vestiduras y de su latín,

147 «De esas letras que no curan nada.» Séneca, *Epístolas,* 59.

148 «No enseña a vivir mejor ni a razonar más ventajosamente.» Cicerón, *De Finib.*, I, 19.

que no atormente nuestros oídos con Aristóteles puro y crudo, y lo tomaréis por uno de nosotros, si no peor. Considero yo esta complicación y enrevesamiento del lenguaje, empleado para asediarnos, como de jugadores de poca monta. Su flexibilidad fuerza y combate nuestros sentidos, pero no conmueve en lo mínimo nuestras opiniones; aparte del escamoteo nada hace que no sea común y vil. Por ser más sabiondos no resultan menos ineptos.

Honro y estimo el saber tanto como a los que lo encarnan, convencido de que el mismo, empleado en su recto y verdadero sentido, es la más noble y poderosa conquista de los hombres. Pero en los individuos a que me refiero (entre los que existe un número infinito de categorías), que establecen en ello su fundamental suficiencia y valor, que recurren a su memoria en vez de a su entendimiento, *sub aliena umbra latentes,*[149] y que de nada son capaces sin los libros, lo detesto, si se me permite decirlo, casi más que la torpeza. En mi país y en mi tiempo la doctrina mejora bastante la bolsa, pero escasamente las almas. Si aquélla las encuentra embotadas, las empeora y las asfixia como masa cruda e indigesta; caso de encontrarlas agudas, el saber fácilmente las purifica, clarifica y sutiliza hasta la volatilización. La doctrina es cosa de calidad, sobre poco más o menos, indiferente; utilísimo elemento para un alma bien nacida; perniciosa y dañosa para las demás, o más bien objeto de uso preciosísimo, que no se deja poseer a cualquier precio. En unas manos es un cetro; en otras, un muñeco. Pero prosigamos.

¿Qué victoria mayor pretendéis alcanzar sobre vuestro adversario que la de mostrarle la imposibilidad de su combate? Si ganáis la ventaja de vuestra proporción, es la verdad la que triunfa; si procuráis la supremacía del orden y la conducta correcta de los argumentos, vosotros salís gananciosos. Entiendo yo que, en Platón y en Jenofonte, Sócrates discute más en favor de los litigantes que en favor de la disputa, y con el fin de instruir a Eutidemo y Protágoras en el conocimiento de su impertinencia respectiva más bien que en el de la impertinencia de su arte. Apodérase de la primera materia como quien pretende un fin más práctico que el de esclarecerla, puesto que los espíritus es lo que se propone manejar y ejercitar. La agitación y la caza

149 «Que no se ocultan en la sombra ajena.» Séneca, *Epístolas,* 33.

pertenecen a nuestra particular cosecha, en modo alguno debemos sentirnos excusados de conducirnos mal e impertinentemente; llegar a la meta es cosa distinta, si se tiene en cuenta que nacemos para buscar la verdad; a mayor potencia que la nuestra corresponde poseerla. No está la verdad, como Demócrito decía, escondida en el fondo de los abismos, sino más bien elevada a una altura infinita, en el conocimiento divino. El mundo no es más que la escuela de la búsqueda. No se trata de meterse dentro, sino de conseguir las carreras más bellas. Lo mismo puede hacer el tonto cuando dice verdad que quien dice mentira, pues se trata de la manera, no de la condición del decir. Mi intención es considerar igualmente la forma que la sustancia, lo mismo al abogado que a la causa, como Alcibíades recomendaba que se hiciera.

Todos los días me distraigo leyendo diversos autores, sin cuidarme de su ciencia, disfrutando su manera, no el tema de que se ocupan. Igualmente persigo la comunicación de algún espíritu famoso, no con el fin de que me adoctrine, sino para conocerlo y, si es preciso, imitarlo.

Cualquiera puede decir verdad, siempre y cuando la enuncie ordenada, prudente y eficazmente, cosa que pocos hombres pueden. Por tanto, no me contraría el error cuando proviene de la ignorancia; me subleva simplemente la necedad. Me desentendí de diversos negocios bastante provechosos a causa de la impertinencia con que discutían quienes trataban de ellos. No me molestan una vcz al año las faltas de quienes están bajo mis órdenes, pero en lo que se refiere a la torpeza y testarudez de sus alegaciones, excusas y defensas asnales y brutales, andamos todos los días peleándonos. Ni penetra lo que se dice ni el porqué y responden de la misma manera; es como para desesperarse. Mi cabeza no choca bruscamente si no se encuentra con otra; mejor transijo con los vicios de mis gentes que con sus temeridades, inoportunidades y sobre todo con su torpeza. Más vale que hagan menos, siempre y cuando sean capaces de hacerlo. Aunque viváis con la esperanza de estimular su voluntad, de un leño no hay nada que disfrutar y esperar por mucho que se quiera.

Ahora bien, ¿qué decir si yo tomo las cosas de otra manera de como son en realidad? El hecho puede suceder, y por eso denuncio mi impaciencia, considerándola igualmente viciosa en quien tiene razón como en quien no la tiene, pues nunca deja de constituir una acritud tiránica no poder sufrir una manera diferente a la nuestra. Además, bien mirado, no hay simpleza más grande ni más constante tampoco, ni más heteróclita, que la de conmoverse e irritarse por las puerilidades del mundo, pues nos formaliza principalmente contra nosotros. Y aquel filósofo del tiempo pasado (Heráclito), que lloraba por todo, nunca careció de motivo al analizarse. Misón, uno de los siete sabios de Grecia, de talante timoniano y democritiano, interrogado por qué se reía cuando se encontraba solo, dijo: «Río por eso; porque me río solo».

¡Cuántas tonterías digo yo y respondo a diario según mi dictamen y naturalmente, y cuántas según la opinión ajena! Si yo me mordiera los labios, ¿qué no harían los demás?

En suma, es preciso vivir entre los vivos y dejar que el agua corra bajo el puente sin preocuparnos o, por lo menos, alterándonos lo menos posible. Y si no, ¿por qué sin inmutarnos tropezamos con alguien cuyo cuerpo es torcido y contrahecho y no podemos soportar la presencia de un espíritu desordenado sin encolerizarse? Esta dureza viciosa deriva más del juicio que del defecto. Tengamos constantemente en los labios aquellas palabras que pronunció Platón: «Lo que yo juzgo malsano, ¿no será una consecuencia de estar yo enfermo? ¿Yo mismo no caigo también en culpa...? ¿Mi advertencia no puede volverse contra mí?». Sabia y divina sentencia que azota al más universal y ordinario error de los hombres. No solamente los reproches que solemos hacernos los unos a los otros, sino nuestras acciones también, nuestros argumentos y materias controvertibles, pueden ordinariamente volverse contra nosotros. Nos herimos con nuestras almas, según podemos ver en los graves ejemplos que nos dejó la antigüedad. Ingeniosamente se expresó, de manera muy adecuada, aquel que dijo:

Stercus cuique suum bene olet.[150]

150 «A nadie le huele mal su estercolero.» Erasmo, *Chil.*, III, cent. IV, ad. 2.

No van tras ellos nuestros ojos. Cien veces al día nos burlamos de nosotros mismos al burlarnos de nuestro vecino. Detestamos en nuestro prójimo los defectos que encarnamos más plenamente, sorprendiéndonos de ellos, con inadvertencia y cinismo, curiosos. Ayer, sin ir más lejos, tuve ocasión de ver a un hombre sensato, persona agradable, que se burlaba tan ingeniosa como justamente de las torpes maneras de otro, quien a todo el mundo rompe la cabeza con la escrupulosa enumeración de sus analogías y alianzas, casi todas imaginarias (con más frecuencia se enfrascan en estas disquisiciones aquéllos cuyos títulos suelen ser más dudosos y menos seguros) y, sin embargo, él, de haber pensado un poco en sí mismo, se habría considerado no menos intemperante y fastidioso en sembrar y hacer valer la prerrogativa del rango de su mujer. ¡Importuna presunción con la que la mujer se ve armada por las manos de su propio marido! Si supiera latín, tendría que decirle con el poeta:

Age, si haec non insanit satis sua sponte, instiga.[151]

No pretendo que nadie denuncie si no está libre de toda culpa (puesto que nadie censuraría), ni siquiera estando como un crisol en la misma suerte de mancha; pero considero que nuestro juicio, al arremeter contra otro del cual se trata por el momento, no nos libra de una severa jurisdicción interna. Oficio de caridad es que quien no puede librarse de un vicio, procure quitárselo a otro en donde la semilla sea menos maligna y rebelde. Tampoco me parece adecuada respuesta a quien me echa en cara mi culpa decirle que en él reside también. ¿Qué tiene que ver eso? La advertencia siempre es verdadera y útil. Si tuviéramos buen olfato, nuestra suciedad debiera apestarnos más cuando es nuestra. Y Sócrates considera que aquel que se reconociera culpable, y a su hijo, y a un extraño, de alguna violencia e injuria, debería por sí mismo presentarse a la justicia e implorar, con el fin de purgarse, el socorro de la mano del verdugo; en segundo lugar a su hijo, y últimamente al extraño. Si este precepto adquiere un

151 «¡Ánimo! Si no está bastante loca, irrítala.» Terencio, *Andría.*, acto IV, esc. II, v. 3.

tono demasiado elevado, el culpable debe sentir en primer lugar el castigo de su propia conciencia.

Los sentidos son nuestros propios y primeros jueces, los cuales no advierten las cosas sino por los accidentes externos; y no es extraño si en todos los que integran nuestra sociedad se advierte una tan perpetua y general promiscuidad de ceremonias y superficiales apariencias, de tal suerte que la parte mejor y más afectiva de las costumbres consiste precisamente en eso. De ordinario nos encontramos con el hombre de condición exclusivamente corpórea. Por tanto, los que quisieron edificar para nuestro provecho en los pasados años un ejercicio de religión tan contemplativo e inmaterial, no deben sorprenderse por que se encuentre alguien que crea que se escapó y deshizo entre los dedos, si es que ya no se mantuvo entre nosotros como marca, título e instrumento de división y de partido más que por ella misma. De igual suerte acontece en la conversación: la gravedad, la vestimenta y la fortuna de quien habla frecuentemente otorgan crédito a palabras superficiales y tontas; no es presumible que una persona cuyos pareceres son tan compartidos, tan temida, deje de albergar en su interior alguna capacidad superior a la corriente; ni que un hombre a quien se encomiendan tantos cargos y comisiones, tan desdeñoso y ceñudo, no sea más hábil que aquel otro que lo saluda a distancia y que, por consiguiente, nadie emplea. No solamente las palabras, también los gestos de estas gentes se toman en cuenta, se valoran e importan; cada cual intenta darles alguna hermosa y sólida interpretación. Cuando descienden a conversar con cualquiera y se les concede algo más que aprobación y reverencia, os aturden con la autoridad de su experiencia: oyeron, vieron, hicieron; agobian en consecuencia con sus ejemplos. De buena gana les diría que el fruto de la experiencia de un cirujano no reside en la historia de sus operaciones, recordando que curó a cuatro apestados y tres gotosos, si no sabe sacar partido de ellas para formar su juicio y si no acierta a hacernos sentir que su vista puede ser más competente en el ejercicio de su arte. Como en un concierto de diversos instrumentos no se oye un laúd, un clavicordio o una flauta, sino una armonía total, reunión y fruto de todo ese conjunto. Si los viajes y los cargos los instruyeron, demuéstrenlo con la condición de su entendimiento. No basta contar las experiencias, es preciso además sopesarlas y acomodarlas, hay que haberlas digerido y destilado para sacar de ellas las razones y conclusiones que suponen. Jamás hubo tantos historiadores. Siempre es bueno y útil oírlos, pues nos proveen a manos llenas de bellas y laudables instrucciones provenientes del repertorio de su memoria, en gran parte útiles para la solución de la vida; pero no se trata de eso en esta ocasión, sino de saber si esos recitadores y seleccionadores merecen ser alabados por sí mismos.

Yo detesto cualquier tiranía, lo mismo la verbal que la práctica. Me sublevo con facilidad contra esas vanas circunstancias que engañan nuestro juicio por el camino de los sentidos, y manteniéndome siempre en guardia en lo referente a esas grandezas extraordinarias, encontré que se componen en su mayor parte de hombres como todos los demás.

> *Rarus enim ferme sensus communis in illa*
> *Fortuna.*[152]

Acaso se los estima y considera menores de lo que realmente son por cuanto ellos emprenden más y se muestran más a las claras, pero no responde a la carga que sobre sus hombros echaron. Es necesario que haya resistencia y poder mayores en el deseo de llevar que en el hecho de cargarse con algo. Quien no llenó por completo su fuerza, os deja adivinar si le queda todavía resistencia pasado ese límite, y, sobre todo, si fue probado hasta el último término. Quien sucumbe ante la carga descubre su medida y la debilidad de sus espaldas. Por eso se descubren más almas torpes entre los estudiosos que entre los otros hombres. De aquéllos se hubieran logrado hombres excelentes, como padres de familia, buenos comerciantes, cumplidos artesanos; su vigor natural correspondía a tales categorías. La ciencia es cosa que pesa grandemente: ellos sucumben a su peso. Para ostentar y distribuir esta materia rica y poderosa, para emplearla y anidarse, su espíritu carece de la suficiente pericia: sólo dispone de poderío sobre

152 «De ordinario, el sentido común es raro en tal alta fortuna.» Juvenal, VIII, 73.

una naturaleza robusta, realidad más bien rara. Ahora bien, «las débiles —según Sócrates— corrompen la dignidad de la filosofía al tenerla entre manos». Ella parece inútil y viciosa cuando está mal guardada. Así, los hombres se estropean y enloquecen:

Humani qualis simulator simius oris,
Quem puer arridens pretioso stamine serum
Velavit, nudasque nates ac terga reliquit,
Ludibrium mensis.[153]

De la misma manera, los que nos rigen y gobiernan, quienes tienen el mundo en su mano, no están contentos con poseer el entendimiento común ni con poder lo que nosotros podemos; se sienten muy por debajo de nuestro nivel cuando no están por encima. Cuanto más prometen, deben también cumplir más.

Por eso les sirve el silencio, no sólo como continente de respeto y gravedad, sino también como instrumento de provecho y buen gobierno, pues Megabises, en trance de visitar a Apeles en su taller, permaneció largo tiempo sin pronunciar palabra y luego comenzó a discurrir sobre las obras que veía, valiéndole sus discursos una violenta reprimenda: «Mientras guardaste silencio parecías algo grande a causa de las cadenas que te adornan y de tu pompa; pero en cuanto has hablado, te desprecian incluso mis criados». Esos adornos tan opulentos, esa gran posición, no le autorizaban a permanecer ignorante como el vulgo y le empujaron a hablar impertinentemente de lo que no sabía: de la pintura. Debió mantener en silencio esa externa y presuntuosa capacidad. ¡A cuántas almas torpes, en mi tiempo, prestó servicios notabilísimos una actitud fría y taciturna, sirviéndoles como título de prudencia y capacidad!

Las dignidades y los cargos se conceden necesariamente más por casualidad que por mérito, y muchas veces se incurre en gran error al culpar

153 «Tal el mono, imitador del gesto humano, a quien un niño cubre para reírse con una preciosa tela de seda, dejándole el trasero y el lomo al descubierto para regocijo de los invitados.» Claudiano, *In Eutrop.*, I, 303.

de ellos a los reyes. Por el contrario, maravilla que la fortuna los asista casi siempre, desplegando para ello tan poco acierto:

Principis est virtus maxima nosse suos[154]

pues la naturaleza no los favoreció con una mirada tan vasta como para extenderla a tantos pueblos como rigen, para distinguir lo preferible de ellos y penetrar luego nuestros pechos, donde se albergan nuestra voluntad y el más preciado valor. Preciso es, por consiguiente, que nos seleccionen por conjeturas y a tientas, guiados por la raza, la riqueza, el saber y por la voz del pueblo, que constituyen argumentos debilísimos. Quien pudiera encontrar la manera de juzgar en justicia y elegir los hombres por razones importantes, establecería sólo con eso una perfecta forma de gobierno.

«Dígase lo que se quiera, consiguió resolver este gran negocio.» Algo es algo, sin duda, pero eso no es bastante, pues a la sentencia precitada podemos contestar: «No hay que juzgar los consejos por los acontecimientos que resultan». Los cartagineses castigaban los descarriados pareceres de sus capitanes aun cuando fueran rematados por un curioso desenlace. Y el pueblo romano rechazó con frecuencia el triunfo en victorias útiles y grandes porque la dirección del jefe no respondió a su buena estrella. Ordinariamente advertimos en las mundanales acciones que la fortuna, para mostrarnos su importancia sobre todas las cosas, y cómo se gozó en echar por tierra nuestra presunción, no habiendo podido convertir a los necios en sabios, los hace dichosos, en oposición a todo sano principio, favoreciendo las realizaciones cuya trama es puramente suya. Vemos a diario que los más simples de entre nosotros consiguen dar cima a empresas extraordinarias, lo mismo públicas que privadas. Y cómo el persa Sirannes respondió a los que se admiraban de que sus negocios anduvieran tan extrañamente, a pesar de que sus propósitos estaban impregnados de prudencia: «Que él tan sólo era dueño de sus iniciativas, mientras que el éxito de sus negocios dependía de su fortuna». Las gentes de que

154 «El mayor mérito de un príncipe consiste en conocer a sus súbditos.» Marcial, VIII, 15.

hablo pueden responder por idéntico motivo, aunque por razones contrarias. La mayor parte de las cosas de este mundo se resuelven por sí mismas:

Fata viam inveniunt;[155]

el desenlace, por otra parte, denuncia una conducta estúpida. Nuestra intervención apenas supera la rutina, y normalmente obedece más a la consideración del uso y al ejemplo que a la razón. Deslumbrado por la grandeza de una hazaña, supe hace tiempo, por los mismos que la realizaron, los motivos de su logro. Yo no encontré en ellos más que ideas vulgares; y las más ordinarias y usuales son también probablemente las más seguras y las más cómodas en la práctica, si no son las que al exterior aparecen.

¿Qué decir, si las razones ínfimas son las mejor asentadas, y si las más bajas y las más flojas y las más traídas y llevadas son las que mejor se acoplan a la solución de los negocios? Para conservar la autoridad en los consejos de los reyes hay que procurar que los profanos en ellos participen y que no adivinen más allá de la primera barrera. Debe reverenciarse a crédito y en bloque quien desee mantener su reputación. Mi dictamen perfila un tanto la materia, considerándola ligeramente por sus primeros aspectos. El fuerte y principal fin de la tarea acostumbra a dejarlo a la decisión del cielo:

Permite divis cetera.[156]

La dicha y la desdicha son en mi criterio dos potencias soberanas. Resulta imprudente considerar que la humana prudencia pueda desempeñar el papel de la fortuna. Y vana es la empresa de quien se jacta de abarcar las causas y consecuencias y conducir por la mano el proceso de su obra; vana sobre todo en las deliberaciones guerreras. Jamás hubo mayor

155 «Los destinos abren su camino.» Virgilio, *Eneida,* III, 395.

156 «Encomienda el resto a los dioses.» Horacio, *Odas,* I, 9, 9.

circunspección y prudencia militar de las que se ven ahora entre nosotros; ¿será la causa el temor a perderse en el camino, reservándose para la catástrofe de ese juego?

Yo diré más: nuestra prudencia misma y nuestro dictamen siguen la mayoría de las veces el camino de lo imprevisto. Mi voluntad y mi discurso se remueven ya de un lado, ya de otro, y hay muchos de esos movimientos que se gobiernan sin mi ayuda. Mi razón acredita impulsos y agitaciones diarias y casuales:

Vertuntur species animorum, et pectora motus
Nunc alios, alios, dum nubila ventus agebat,
Concipiunt.[157]

Si consideramos quiénes son los más pudientes de las ciudades y quiénes los que mejor cumplen con sus obligaciones, observaremos de ordinario que son los menos hábiles. Sucedió a las mujerzuelas, a los niños y a los tontos mandar grandes Estados igual que los príncipes más capacitados; y acierta mejor, dice Tucídides, la gente grosera que la sutil. Los efectos de la buena fortuna los achacamos a su prudencia.

Ut quisque fortuna utitur,
Ita praecellet; atque exinde sapere illum omnes dicimus.[158]

Por lo que no me equivoco al decir que en todas las cosas los acontecimientos son testimonios insuficientes de nuestro valer y capacidad.

Decía, pues, que basta ver a un hombre rodeado de dignidad; aun cuando tres días antes lo hayamos conocido como criatura de poca monta, por nuestras apreciaciones se desliza inmediatamente una imagen de grandeza y consumada habilidad, y nos persuadimos de que al medrar en posición y

157 «La disposición del alma de las aves que indican cambio de tiempo cambia constantemente, y, por una emoción o por otra, su pecho concibe impulsos diferentes de los que tenía cuando el viento arrastraba las nubes.» Virgilio, *Geórgicas*, I, 420.

158 «Cada cual se destaca según el uso que hace de su fortuna, y su elevación nos hace proclamar a todos su habilidad.» Plauto, *Pseudolus*, II, 3, 13.

en crédito por hombre de mérito se le tiene. Lo juzgamos no de acuerdo con su valor, sino de la manera que consideramos las fichas, según la prerrogativa de su rango. Pero cuando la fortuna cambia, cae y va a mezclarse con la multitud y todos se preguntan asombrados por la causa que lo había elevado a semejante altura. «¿Es el mismo? —se dice—. ¿No era antes otra cosa...? ¿Se contentan los príncipes con tan poco? ¡En buenas manos estábamos!.» Estas cosas he podido observarlas a menudo en mi tiempo. Hasta los personajes grandilocuentes de las comedias nos impresionan de alguna forma y nos engañan. Aquello que yo mismo adoro en los reyes es la cantidad de sus adoradores. Toda reverencia y sumisión les es debida, salvo la del entendimiento. Mi razón no está hecha a doblegarse, son mis rodillas las que lo hacen.

Melancio, interrogado sobre la tragedia de Dionisio, dijo: «Apenas si la he visto; tan recargado es su lenguaje». De la misma manera, casi todos los que juzgan las conversaciones de los grandes debieran decir: «Yo no he entendido su argumento, tan impresionado estaba por la gravedad, majestad y grandeza».

Antístenes persuadió un día a los atenienses para que ordenaran que sus borricos fueran utilizados, lo mismo que sus caballos, para el trabajo de la tierra, a lo cual se le repuso que estos animales no habían nacido para realizar semejante servicio. «Es lo mismo —replicó el filósofo—, todo depende de vuestra forma de ordenarlo; pues los hombres más incapaces e ignorantes a quienes encomendáis la dirección de vuestras guerras se sienten al momento dignísimos cuando en semejante asunto los empleáis.»

De ahí la costumbre de tantos pueblos que canonizan al rey elegido entre ellos y no se contentan con honrarlo, sino que además lo adoran. Los de México, después de terminadas las ceremonias de la proclamación, no se atreven ya a mirar a la cara a su soberano, como si lo hubieran deificado por su realeza; entre los juramentos que le hacen realizar, a fin de que mantenga la religión, leyes y libertades, y de que sea valiente, justo y bondadoso, jura también que hará al sol seguir su curso acostumbrado, que las nubes descargarán en el momento oportuno, que los ríos seguirán por su cauce y que la tierra producirá todas las cosas necesarias para su pueblo.

Yo soy por naturaleza opuesto a esta corriente manera de ser, y nunca desconfío tanto de la capacidad como cuando la veo acompañada de grandeza, de fortuna y de recomendación populares. No importa considerar lo ventajoso que resulta hablar a su hora, escoger el verdadero punt de vista, interrumpir la conversación o cambiarla con autoridad magistral, defenderse contra la oposición ajena con un movimiento de cabeza, con una sonrisa, con el silencio, ante un concurso que se estremece de puro respeto y reverencia.

Un hombre de incalculable fortuna, que aportaba su parecer a una conversación ligera llevada al desgaire en su mesa, comenzaba así sus reparos: «Quien opine lo contrario no puede ser más que un embustero o un ignorante...». Seguid tan aguda filosofía con un puñal en la mano.

He aquí otra advertencia de la que deduzco gran provecho: en las conversaciones y disputas, todas las palabras que nos parecen buenas no deben ser aceptadas *incontinenti*. La mayor parte de los hombres se sienten llenos de una capacidad extraña. Puede ocurrirle a cualquiera, logrados un rasgo feliz, una buena respuesta o una sentencia, el hecho de llevarlas adelante desconociendo su fuerza. Que no se posee todo lo que se recibe prestado es algo que puede comprobarse en mí mismo. No hay que ceder siempre por verdad o belleza que la proposición contenga. Conviene combatirla de intento, o echarse atrás, so pretexto de no entenderla, para tantear por todas partes de qué manera está instalada en su autor. A pesar de todo, puede ocurrir que nos aferremos, ayudando al adversario más de lo debido, y que le demos luz. En alguna ocasión empleé yo réplicas movido por la necesidad y el aprieto del combate, que fueron más allá de mi intención y de mi esperanza: proporcionábalas en número y las acogía en calidad. De la misma manera que cuando yo discuto con un hombre vigoroso me complazco en anticipar sus conclusiones y le facilito la tarea de interpretarse, procurando prevenir su imaginación imperfecta todavía y naciente (el orden y la pertinencia de su entendimiento me advierten y amenazan de lejos), con aquellos otros inconscientes hago todo lo contrario: nada hay que entender sino lo que materialmente nos dicen, ni nada por consiguiente hay que presuponer. Si juzgan en términos generales, diciendo: «Esto es bueno, aquello no lo es», porque los encuentran a la mano, ved si la casualidad fue la que los encontró en vez de ellos.

Deberían circunscribir y restringir un poco su sentencia, tratando de explicar el porqué y el cómo. Esos juicios totales, que tan frecuentemente se emplean, no dicen nada; son propios de gentes que saludan a todo un pueblo en masas y al barullo. Los que de él tienen conocimiento preciso lo saludan y aconsejan con nombres y especificando. Pero esto es empresa muy arriesgada. Por lo cual, yo he visto con mucha frecuencia, a diario, suceder que los espíritus débilmente constituidos, queriendo hacer ingeniosos juicios que les sugiere la lectura de alguna obra, procurando destacar sus partes más bellas, detienen su admiración con tan poco tino, que en lugar de subrayar las excelencias del autor nos muestran su propia ignorancia. Esta exclamación es muy socorrida: «Eso es hermoso», comentario obligado a una página de Virgilio. Así se salvan los hábiles. Pero la empresa de seguirlo por lo menudo y en detalle, con juicio expreso y escogido, querer señalar por dónde un buen autor sobresale, destacando las palabras, las frases, las invenciones y sus distintos méritos, uno después de otro, ¡ya es otra cosa! *Videndum est, non modo quid quisque loquatur, sed etiam quid quisque sentiat, atque etiam qua de causa quisque sentiat.*[159] Diariamente oigo decir a los tontos palabras que no lo son; dicen una buena cosa: sepamos hasta dónde la conocen; veamos por dónde la consiguieron. Nosotros los ayudamos a emplear esa bella expresión y esa razón hermosa, que no poseen, sino que simplemente almacenan: acaso las produjeron por casualidad y a tientas; nosotros se las acreditamos y otorgamos precio.

¿Para qué, sin embargo, les prestamos la mano...? En el fondo, no sólo no nos lo agradecen, sino que por nuestra ayuda se hacen más ineptos. No los secundéis; dejadlos caminar solos; manejarán el principio que soltaron como gentes que tienen miedo de escaldarse; no se atreven a cambiarlo de sitio ni a presentarlos bajo distinto aspecto ni a profundizarlo. Removedlo por poco que sea, y se les escapa; lo abandonarán fuerte y hermoso como es: se trata de armas hermosas, pero torpemente manejadas. ¿Cuántas veces

159 «No sólo hay que escuchar lo que cada cual dice, sino examinar sus opiniones y además su fundamento.» Cicerón, *De Officiis*, I, 41.

he comprobado esta experiencia...? En resumidas cuentas, si llegáis a iluminarlos y a confirmarlos, atrapan y hurtan *incontinenti* la ventaja de vuestra interpretación: «Eso es lo que yo quise decir; he ahí justamente mi concepción; si no la expresé mejor, fue culpa de mi lengua». Soplad y decidme lo que queda. Es necesario incluso emplear la malicia para corregir esa orgullosa tontería. La opinión de Hegesias, según la cual «no hay que odiar ni acusar, sino instruir», es razonable en otros aspectos: aquí es injusto e inhumano socorrer y enderezar a quien nada puede hacer con semejantes beneficios y a quien con ellos vale menos. Yo me complazco dejándoles encenagarse y atascarse más todavía de lo que lo están, y tan profundamente, si ello es posible, que en última instancia lleguen a reconocerse.

La torpeza y el trastorno de los sentidos no son cosas curables con simples advertencias. Podemos propiamente decir de esta enmienda lo que Ciro respondió a quien lo animaba para que alentase a su ejército al comienzo de una batalla: «Que los hombres no se vuelven valerosos ni belicosos de repente, como consecuencia de una arenga; lo mismo que no se convierte nadie en músico por oír una buena canción». Es necesario un aprendizaje, servido por cierta educación dilatada y constante.

Este cuidado lo debemos a los nuestros, y lo mismo la asiduidad en la instrucción y en la corrección, puesto que ir a sermonear al primer transeúnte, o a enderezar la ignorancia o ineptitud del primero con que nos encontramos, es costumbre sencillamente detestable. Casi nunca procedo yo así, ni siquiera a la hora de conversar; prefiero abandonarlo todo antes de caer en esas instrucciones artificiales y magistrales. Mi talante tampoco se aviene a hablar o a escribir para los principiantes. En las cosas que se dicen habitualmente o entre extraños, por falsas y absurdas que yo las considere, jamás me pongo de mediador, ni de palabra ni con ningún signo.

Por lo demás, nada me aburre tanto en la torpeza como verla complacerse cual ninguna razón suele hacerlo razonablemente. Es triste que la prudencia os impida satisfaceros y contentaros con vosotros mismos, y que os devuelva siempre descontento y temores, allí donde la testarudez y la temeridad colmen a sus propios huéspedes de seguridad y regocijo.

Corresponde a los más cínicos mirar a los demás hombres por encima del hombro y retornar siempre del combate plenos de gloria y satisfacción. Y a menudo la temeridad del lenguaje y la alegría del semblante los hacen salir gananciosos ante la concurrencia, que es normalmente débil para juzgar y discernir con corrección las ventajas verdaderas. La obstinación y el ardor de la opinión constituyen la más segura prueba de estupidez. ¿Hay algo tan resuelto, desdeñoso, contemplativo, grave y serio como lo es el asno?

¿Por qué no mezclar en nuestras conversaciones y comunicaciones los rasgos agudos y entrecortados que la alegría y la intimidad siembran entre los amigos, bromeando y chanceándose grata y vivamente los unos con los otros? Se trata de un ejercicio al que mi alegría nativa me hace bastante apto; y si no es tan solemne y serio como el otro al que acabo de referirme, no es menos agudo ni ingenioso, ni menos provechoso tampoco, como Licurgo consideraba. Por lo que a mí respecta, yo llevo a los coloquios más libertad que espíritu, y me auxilia quizá más el azar que la invención; soy perfecto a la hora de sufrir, pues soporto el desquite, no solamente rudo, sino también indiscreto, sin apenas alterarme. Y a la carga que me amenaza, si no tengo con qué responder en el acto bruscamente, tampoco voy entreteniéndome en responder de un modo pesado y desagradable, rayano en la testarudez: la dejo pasar y, agachando alegremente las orejas, espero tener razón a una hora más favorable. No hay mercader que salga siempre ganancioso. La mayor parte de los hombres cambian de voz y de semblante en el momento en que la fuerza les falta, y como consecuencia de la cólera inoportuna, en lugar de vengarse, testimonian su debilidad, al mismo tiempo que su impaciencia. En estas gallardías tocamos a veces las secretas cuerdas de nuestras imperfecciones, las cuales, aun encontrándose en calma, no podemos tocar sin resultados, poniendo de manifiesto al prójimo todos nuestros defectos.

Hay otros juegos de manos, toscos e indiscretos, a la francesa, que yo detesto mortalmente, puesto que mi epidermis es sensible y delicada. A lo largo de mi vida vi enterrar a causa de ellos a dos príncipes de nuestra sangre real. Es de pésimo gusto pelearse cuando se bromea.

Por lo demás, cuando yo quiero juzgar a alguien, le pregunto si está contento de sí; hasta dónde su hablar o su espíritu lo alegran. Suelo evitar esas hermosas excusas que dicen: «Lo hice para distraerme».

Ablatum mediis opus est incudibus istud.[160]

«Me costó apenas una hora; después no volví a ocuparme.» A lo que suelo decir: «Dejemos todas esas fórmulas; brindadme una que os represente por entero, en virtud de la cual pueda mediros». Añadiendo: «¿Qué consideráis mejor de vuestra obra? ¿Esta parte o la otra? ¿La gracia, el tema, la fantasía, el juicio o la ciencia?». Pues frecuentemente suelo advertir que tanto se falla al juzgar la propia labor como al valorizar la ajena, no sólo por el egoísmo que el juicio implica, sino por la carencia de capacidad, conocimiento y costumbre de distinguir. La obra, por su propia virtud y fortuna, puede secundar al creador y conducirlo más allá de su invención y conocimientos. En lo que a mí se refiere, no juzgo el valor de otra tarea con menos precisión que estimo la mía, y sitúo los *Ensayos,* ya altos, ya bajos, como algo dudoso e inconstante.

Hay algunos libros útiles en razón de sus temas, de los cuales el autor no exige gran consideración; y hay buenos libros, como igualmente buenas obras, de las que el creador tiene que avergonzarse. Si yo escribiera sobre la naturaleza de nuestros banquetes y nuestras vestimentas, lo haría de mala gana, así como si publicara los edictos de mi tiempo y las cartas de los príncipes que llegan a manos del público; si hiciera un resumen de un libro (y todo resumen de un libro bueno es un compendio mediocre), el cual se hubiera perdido, o algo semejante, la posteridad conseguiría un particular provecho con tales composiciones, pero en mi caso, ¿qué otro honor iba a lograr sino el de mi buena fortuna? Con buena parte de los libros famosos, que son de esta condición, ocurre esto.

Cuando leí a Philippe de Comines hace algunos años (autor excelente), subrayé esta frase, por considerarla muy poco vulgar: «Hay que guardarse

160 «Esta obra ha sido separada del yunque a medio hacer.» Ovidio, *Tristes,* I, 6, 29.

de prestar a su dueño un servicio tan grande que lo imposibilite para encontrar la debida recompensa»; debí encomiar su invención, pero no a él: la encontré en Tácito hace muy poco: *Beneficia eo usque laeta sunt, dum videntur exsolvi posse; ubi multum antevenere, pro gratia odium redditur;*[161] y en Séneca, vigorosamente: *Nam qui putat esse turpe non reddere, non vult esse cui reddat;*[162] y en Quinto Cicerón, con mayor consistencia: *Qui se non putat satisfacere, amicus esse nullo modo potest.*[163]

El asunto, en vista de su naturaleza, puede hacer a un hombre erudito y de feliz memoria, mas para juzgar en él las partes más propias y dignas, la fuerza y la belleza de su alma, es preciso saber lo que es suyo y lo que no lo es, y en esto último cuánto se le debe en lo tocante a la elección, disposición, ornamento y lenguaje que proveyó. ¡Qué decir, si tomó prestada la materia y estropeó la forma, como frecuentemente ocurre! Los que no tenemos demasiada práctica de libros, encontramos que cuando vemos alguna invención hermosa en un nuevo poeta, o algún importante argumento en un predicador, no nos atrevemos a alabarlos hasta que algún erudito nos instruye sobre si la invención o el argumento son personales o extraños; hasta saberlo, yo me mantengo por lo pronto siempre en guardia.

He recorrido de un tirón la historia de Tácito (cosa poco frecuente, pues hace veinte años apenas si tengo un libro en mis manos una hora seguida), y lo he hecho por el consejo de un gentilhombre que en Francia estimo tanto por su valor como por su capacidad y bondad, común a él y a todos sus hermanos. Yo no conozco a un autor que mezcle en un registro público de las cosas tantas consideraciones de costumbres e inclinaciones particulares. Entiendo lo contrario de lo que él imaginaba, vale decir, que habiendo de seguir especialmente las vidas de los emperadores de su tiempo, tan extremas y diversas en toda clase de formas, tantas notables acciones como principalmente la crueldad de aquéllos ocasionaba en sus súbditos, tenía

161 «Los beneficios son agradables mientras pueden ser remunerados, mas si sobrepasan en mucho los medios de reconocimiento, en lugar de con gratitud suelen pagar con odio.» Tácito, *Anales*, IV, 18.

162 «Aquel que encuentra vergonzoso no devolver, quisiera no encontrar persona para hacerlo.» Séneca, *Epístolas*, 81.

163 «Quien no cree haber cumplido con vuestras atenciones, no podrá ser vuestro amigo.» Quinto Cicerón, *De petitione consulatus*, c. 9.

a su disposición una materia más fuerte y atrayente para considerar y narrar que si fueran batallas o revueltas lo que historiase; de tal manera que a veces lo encuentro demasiado conciso, saltando por encima de hermosas muertes como si temiera fatigarnos con su atención dilatada.

Esta manera de historiar es, sin embargo, y con mucho, la más útil. Los movimientos públicos dependen más de la conducta de la fortuna; los privados, de nosotros. Hay en Tácito mucho más juicio que deducción histórica, y más preceptos que relato. No se trata en este caso tanto de un libro para leer como para estudiar y aprender. Tan lleno está de sentencias, que rebosa de ellas por los cuatro costados. Se trata de un semillero de discursos morales y políticos para ornamento y provisión de aquéllos que adquirieron cierta categoría en el dominio del mundo. Aboga siempre con razones sólidas y vigorosas, de una manera sutil y aguda, a pesar del estilo afectado de su siglo. Gustaban tanto los autores de inflarse en aquel entonces, que donde encontraban cosas desprovistas de sutileza, se la procuraban mediante palabra. Su manera de escribir se parece un poco a la de Séneca; Tácito me resulta más sustancioso y Séneca más agudo. Sus escritos son más apropiados para un pueblo revuelto y enfermo, como el nuestro actualmente; con frecuencia se diría que nos pinta y nos punza.

Los que dudan de su buena fe acusan a su pesar su propia malquerencia. Sus opiniones son sanas y se coloca de parte del buen partido en los negocios romanos. Algo mc contraría, sin embargo, que haya juzgado a Pompeyo con más acritud de la que destaca el parecer de las gentes honradas que lo trataron y con él convivieron: que lo estimara en todo semejante a Mario y Sila, dejando aparte el carácter que consideraba menos abierto. Sus intenciones no lo eximieron de la ambición que lo animaba en el gobierno de los negocios, ni tampoco de la venganza; y hasta sus mismos amigos temieron que la victoria le hubiera arrastrado más allá de los límites de la razón, pero no de manera tan desenfrenada; nada hay en su vida que nos haya amenazado con una tan expresa crueldad y tiranía. No conviene contrapesar la sospecha con la prueba; yo al menos no participo de esa creencia. Que las narraciones de Tácito sean ingenuas y rectas es cosa que puede siempre argumentarse, pues no se aplican siempre con exactitud a

las conclusiones de sus juicios, los cuales sigue según la pendiente que tomara, a veces más allá de la materia que nos muestra, la cual no presenta bajo un solo aspecto. No tiene necesidad de ser excusado por haber admitido la religión de su época, de acuerdo con las leyes existentes, e ignorado la verdadera. Esto constituye su desgracia, pero no su defecto.

Yo he considerado principalmente su juicio, aunque no lo haya esclarecido del todo. Como tampoco comprendo estas palabras de la carta de Tiberio, viejo y enfermo, que envió a los senadores: «¿Qué os escribiré yo, señores, o cómo os escribiré, o qué no os escribiré en este tiempo? Los dioses y las diosas me pierden más que si yo me sintiera diariamente perecer, si se me permite decirlo así». No advierto por qué las aplica con tanta certeza a un punzante remordimiento que atormentaba la conciencia del emperador Tiberio; al menos, cuando tenía su libro en la mano, no lo pude adivinar.

También me resultó bastante cobarde que, necesitando decir que había ejercido cierto honorable cargo en Roma, tratara de excusarse de que no fue por ostentación como lo dice. Este rasgo me parece de escaso valor en un alma de su categoría, pues al no atreverse a hablar por completo de sí mismo, denota falta de ánimo. Un juicio rígido y altivo, que discierne sana y seguramente, usa a manos llenas de los ejemplos personales y de los extraños, y se vale francamente del testimonio de sí mismo como si se tratase de un tercero. Preciso es saltar por encima de estos preceptos vulgares de la civilidad en beneficio de la verdad y la libertad. Yo me atrevo no solamente a hablar de mí, sino a hablar de mí solamente; yo, en el fondo, me pierdo en cuanto hablo de otra cosa, al apartarme de mi propio tema. No me estimo de forma tan indiscreta ni estoy tan mezclado y atado a mí que no pueda distinguirme y considerarme, por mi parte, como un vecino, como un árbol. Lo mismo se incurre en defecto no viendo lo que se vale que diciendo más de lo que se es. Debemos más amor a Dios que a nosotros mismos, conociéndolo menos; a pesar de ello, hablamos de Dios a nuestra total satisfacción.

Si los escritos de Tácito trasuntan en cierta manera sus condiciones, reconoceremos que se trataba de un gran personaje, animoso y lleno de rectitud; no de una virtud supersticiosa, sino filosófica y generosa. Podrá encontrárselo arriesgado en sus testimonios, como cuando asegura que, a un soldado que llevaba un haz de leña, se le pusieron las manos heladas de frío y se le quedaron pegadas y muertas sobre su carga, separándosele de sus brazos. Yo acostumbro, sin embargo, en tales asuntos a inclinarme ante la autoridad de tan grandes testimonios.

Lo que refiere de que Vespasiano, por el favor del dios Serapis, curó en Alejandría a una mujer ciega untándole los ojos con su saliva, y no sé qué otro milagro, lo hace por ejemplo y deber de todos los buenos historiadores, cuando registran los acontecimientos de importancia: entre los acontecimientos públicos figuran también los rumores y opiniones particulares. Está en su papel relatar las creencias comunes, no enderezarlas. Esta parte corresponde a los teólogos y a los filósofos, directores de conciencias. Por eso, prudentísimamente, otro sabio, tan grande como él, dijo: *Equidem plura transcribo, quam credo; nam nec affirmare sustineo, de quibus dubito, nec subducere, quae accepi;*[164] y este otro: *Haec neque afirmare neque refellere operae pretium est... famae rerum standum est.*[165] Escribiendo en un siglo en el que comienza a declinar la creencia en los prodigios, dice, sin embargo, que no quiere dejar de insertarlos en sus anales ni pisotear una cosa recibida por tantas gentes de bien y tan considerada por la antigüedad. ¡Muy bien dicho! Que los historiadores deben suministrarnos la historia según la reciben y no como la consideran. Yo, que soy rey de la materia que trato y que a nadie debo dar cuentas, no me lo creo, sin embargo, del todo; arriesgo a veces caprichos de mi espíritu de los cuales desconfío y ciertas finezas verbales que me hacen sacudir las orejas, aunque las deje marchar a la ventura. Yo veo que algunos se honran con cosas parecidas. No me incumbe solamente a mí juzgarlos. Me presento de pie y acostado, de frente y

164 «En verdad copio de lo que creo, ya que no pretendo afirmar aquello de que dudo, ni suprimir las cosas que provienen de la tradición.» Quinto Curcio, IX, I.

165 «Hay ciertas cosas que no debemos inquietarnos por afirmarlas o negarlas; remitámonos a lo que la fama declara.» Tito Livio, I, pref. y VIII, 6.

de espaldas, a derecha y a izquierda y en todas mis actitudes naturales. Los espíritus, hasta aquéllos que son parecidos en fuerza, no lo son siempre en aplicación y gusto.

Esto es cuanto la memoria me proporciona en conjunto y de una manera bastante insegura. Todos los juicios demasiado generales resultan cobardes e inciertos.

DE LA VANIDAD

Acaso no haya vanidad mayor que la de escribir vanamente. Aquello que la divinidad tan divinamente expresó («Vanidad de vanidades y todo vanidad») debería ser continua y cuidadosamente meditado por las gentes inteligentes.

¿Quién no ve que yo tomé un camino por el cual seguiré sin interrupción ni fatiga hasta que no queden tinta ni papel en el mundo...? Como no puedo hacer la historia de mi vida por mis acciones, colocadas bastante bajas por la fortuna, lo hago con mis fantasías. Un gentilhombre vi, sin embargo, que no contaba su vida sino por las operaciones de su vientre; disponía en su casa, por orden expresa, de una batería de bacines, de siete u ocho días, que constituían el tema principal de su estudio y sus discursos; cualquier otro lo repugnaba. Aquí se muestran un poco más civilmente los excrementos de un viejo espíritu, a veces duro, suelto otras, aunque siempre indigesto. ¿Y cuándo terminaré yo de representar una tan continuada agitación y mutación de mis pensamientos, en cualquier punto que se fijen, teniendo en cuenta que Diomedes llenó seis mil libros con el solo tema de la gramática...? ¿Qué no debe producir la charla, puesto que el tartamudeo y desahogo de la lengua agobiaron al mundo con una tan horrenda carga de volúmenes? ¡Cuántas palabras para no ser otra cosa que palabras! ¿Cómo es posible, Pitágoras, que no conjurases semejante tormenta...?

Acusábase a un Galba del tiempo pasado porque vivía ociosamente, y respondió que cada cual debe dar explicaciones de sus actos, no de su reposo. En mi criterio se equivocaba, pues la justicia debe tener conocimiento y animadversión de aquéllos que huelgan.

Sin embargo, debieran tener las leyes cierto poder coercitivo contra los escritores inútiles e ineptos, como existe contra los vagabundos y holgazanes. Se arrancaría así de las manos de nuestro pueblo a mí y a otros cien. Y no es broma lo que digo. La manía de escribir se ha convertido en el síntoma de un siglo desbordado. ¿Cuándo escribimos más que cuando nos hemos sentido trastornados? ¿Lo hicieron tanto los romanos como en la época de su ruina...? Aparte de que el refinamiento de los espíritus no es lo que constituye la sabiduría de una república, esa ocupación ociosa de que cada cual se dedica superficialmente a los deberes de su cargo y se malea. La corrupción del siglo se pone de manifiesto con la contribución particular de cada uno de nosotros: unos procuran la traición, otros la injusticia, la irreligión, la tiranía, la avaricia, la crueldad, conforme son más poderosos. Los más débiles contribuyen con la torpeza, la vanidad y la ociosidad. Entre éstos me cuento yo. La época en que vivimos resulta propicia a las cosas vanas, cuando las perjudiciales mientras tanto nos acosan. En un tiempo en el que obrar mal es tan común, no proceder sino inútilmente es digno de ser alabado. Yo me consuelo pensando que seré de los últimos de quienes habrá que echar mano. Mientras se atienda a tantos otros, tendré tiempo de enmendarme, pues considero que sería ir contra la razón perseguir los menudos inconvenientes cuando infectan los grandes. El médico Filotino dijo a un enfermo que le mostraba un dedo para que lo curase, y en cuya respiración y mirada reconocía una úlcera pulmonar, lo siguiente: «Amigo mío, no creo que éste sea el momento de cuidarte las uñas».

Vi, sin embargo, hace bastantes años, un personaje cuya memoria se convierte para mí en una recomendación especialísima que, en medio de nuestros grandes males, cuando no había ni ley ni justicia ni magistrado que cumpliera su oficio, lo mismo que ocurre ahora, iba predicando no sé qué raquíticas reformas sobre la cocina, el traje y las chicanas. Éstos son juguetes con los que se apacienta a un pueblo mal gobernado para simular que no se le olvida del todo. Lo mismo hacen los que se detienen a prohibir en todo momento las formas del hablar, las danzas y los juegos, en un país abandonado a toda una serie de vicios execrables. No es razonable lavarse y acicalarse cuando se es víctima de una terrible fiebre. Sólo a los espartanos les era lícito comportarse así en el momento de ejecutar alguna acción arriesgada de su vida.

Por lo que a mí se refiere, practico esta otra costumbre, de peores consecuencias todavía: si tengo un escarpín desajustado, mal colocadas quedan también mi capa y mi camisa; para mí no tiene ningún sentido arreglarme a medias. Cuando me encuentro en mal estado me encarnizo con el mal; por desesperación me abandono, dejándome llevar hacia la caída, y lanzado, como ordinariamente se dice, el mango después del hacha. Me obstino en el empeoramiento y no me juzgo más digno de curarme: o todo o nada.

Supone para mí un tanto favorable el hecho de que la desolación de este estado coincida con la de mi edad: sufro de mejor grado que mis males se vean recargados que mis bienes se vean enturbiados. Las palabras de las que me valgo en la desdicha son palabras de despecho; mi coraje se erizará en lugar de aplacarse. Y, al revés de todo el mundo, me siento más devoto en la buena fortuna que en la mala, según el precepto de Jenofonte, si no según su razón, y miro con dulzura al cielo, más para agradecerle que para suplicarle. Cuido yo más bien aumentar la salud, que reponerla cuando la pierdo. Las prosperidades me sirven de disciplina e instrucción, como a mis semejantes la adversidad y los latigazos. Como si la buena fortuna fuera incompatible con la recta conciencia, los hombres no se truecan en honrados sino en la adversidad. La dicha es para mí un singular aguijón, es lo que me empuja a la moderación y a la modestia; la oración me gana, la amenaza me repugna; el favor me achica y el temor me envenena.

Entre las diversas condiciones humanas es bastante común complacernos más con las cosas extrañas que con las propias y gustar del movimiento y del cambio:

Ipsa dies ideo nos grato perluit haustu,
Quod permutatis hora recurrit equis.[166]

Yo también tengo mi parte correspondiente en tales preferencias. Los que siguen el otro extremo de complacerse a sí mismos, de estimar lo que poseen por encima de todo lo demás y de negarse a reconocer que hay algo más bello que lo que tienen a mano, si no son más avisados que nosotros, son en verdad más dichosos. Yo no envidio su prudencia, mas sí su buena fortuna.

Este permanente deseo de cosas nuevas y desconocidas ayuda en realidad a alimentar en mí el deseo de viajar; sin embargo, bastantes otras circunstancias contribuyen además a él, puesto que complacido me aparto del gobierno de mi casa. Hay algún tipo de placer en mandar, incluso cuando no sea más que en una granja, y en ser obedecido de los suyos, pero es una dicha demasiado lánguida y uniforme, estando además necesariamemte mezclada con diversos pensamientos ingratos; unas veces la indigencia y opresión de vuestro pueblo, en otras ocasiones la querella entre vuestros vecinos, y otras la usurpación de la que sois víctima os afligen:

Aut verberatae grandine vineae,
Fundusque mendax, arbore nunc aquas
Culpante, nunc torrentia agros
Sidera, nunc hiemes iniquas[167]

166 «La luz misma del día nos baña con grato aliento porque a cada hora cambia de corceles.» Petronio, fragmento 42.

167 «Ya las vides que el granizo azota, o la granja falaz, o los árboles faltos de agua, o los campos abrasados por los astros, o un invierno injusto.» Horacio, *Odas*, III, 1, 29.

en seis meses apenas enviará Dios un tiempo con el cual vuestro arrendador se satisfaga cabalmente; y si fue bueno para las vides, no lo será para los prados:

> *Aut nimiis torret fervoribus aetherius sol,*
> *Aut subiti perimunt imbres, gelidaeque pruinae*
> *Flabraque ventorum violento turbine vexant*[168]

añádase a lo dicho el zapato nuevo y bien conformado de aquel hombre de los pasados siglos que os atormenta el pie; y que un extraño no sabe lo que os cuesta, y los sacrificios que a diario realizáis para mantener el buen orden que acredita vuestra familia, que quizá compráis demasiado caros.

Yo me consagré bastante tarde a las cosas del hogar. Los que la naturaleza hizo nacer antes que yo me descargaron de ellas durante largo tiempo. Había tomado ya otro estilo, más armonizado con mi complexión. Sin embargo, por lo que he visto, es un quehacer más molesto que difícil: quienquiera que se sienta capaz de otras tareas, puede serlo de éstas. Si mi propósito en la vida fuera el de enriquecerme, consideraría este camino como demasiado largo, me habría puesto al servicio de los reyes, tráfico más fértil que cualquiera. Puesto que sólo pretendo alcanzar la reputación de no haber adquirido nada ni tampoco disipado nada, de acuerdo con el carácter de mi vida, reacciono al bien y al mal, y puesto que mi idea no es otra que la de ir tirando, puedo hacerlo, a Dios gracias, sin grandes preocupaciones por mi parte.

Poniéndoos en lo peor, procurad hacer economías para espantar la pobreza: es a lo que yo estoy atento y a corregirme, por otra parte, antes de que tal calamidad me fuerce. Yo establezco por lo demás en mi alma muchas gradaciones para poder vivir con lo que tengo y pasarlo lo mejor que pueda: *Non aestimatione census, verum victu adque cultu, terminatur pecuniae modus.*[169] Mis necesidades verdaderas no necesitan exactamente todo mi

168 «Tan pronto un sol demasiado ardiente abrasa las cosechas, como las lluvias súbitas o las rudas heladas las destruyen, o bien los vendavales las arrastran en sus torbellinos.» Lucrecio, V, 216.

169 «No por las rentas de cada uno, sino por el estilo de vida, es como debe estimarse una fortuna.» Cicerón, *Paradojas de los estoicos*, VI, 3.

haber; todavía, en último término, podría presentar alguna resistencia a las desdichas.

Mi presencia, tan ignorante como distraída, se convierte en un gran apoyo para mis asuntos domésticos; en ellos me empleo, aunque de mala gana, además de que en mi vivienda ocurre que, por encender aparte de la candela por un cabo, el otro no deja de consumirse agradablemente.

Los viajes no me afectan más que por los gastos que implican, los cuales son grandes y por encima de mis fuerzas; como en ellos me acostumbré a llevar no sólo lo necesario, sino alguna otra cosa, para mí tienen que ser por necesidad cortos y poco frecuentes, de acuerdo precisamente con lo que cuestan. En ellos no empleo más que el sobrante de mi reserva, contemporizando y demorando según puedo disponer de la misma. No quiero yo que el placer de pasear ciegue el placer del reposo, por entender por el contrario que mutuamente se favorecen. La fortuna no se ha portado conmigo mal al respecto, puesto que mi principal ocupación en esta vida es pasarla amablemente, y más bien desocupada que atareada, ninguna necesidad tuve de multiplicar mis riquezas para atender a la multitud de mis herederos. Uno que Dios me dio, si no tiene bastante con lo que a mí me sobró para vivir a mis anchas, ¡peor para él! Su imprudencia no merece que yo le desee mayores ventajas. Y cada cual, según el ejemplo de Foción, provee suficientemente a las necesidades de sus hijos procurándoles su semejanza. En ningún caso me parecería a Crates, quien entregó sus bienes en manos de un banquero con la siguiente condición: «Si sus hijos eran torpes, había de dárselos; y si hábiles, distribuirlos entre los más negados del pueblo». ¡Como si los tontos, por ser menos capaces de carecer de recursos, fueran más capaces de disfrutar las riquezas!

El despilfarro a que mi ausencia da lugar no me parece cosa digna de merecer que yo me prive de mis distracciones cuando la oportunidad se presenta, alejándome de la molesta existencia doméstica.

En los hogares siempre hay algo que no funciona. Los negocios, bien de una casa, bien de otra, os sacan de quicio. Contempláis todas las cosas muy de cerca; vuestra perspicacia os perjudica en todos los planos. Yo me aparto de las cosas que me procuran malos ratos, y me desvío del conocimiento de las cosas que van mal; y, a pesar de todo, tropiezo a cada momento con cosas que no me alegran. Las bribonadas que más se me ocultan son las cosas que más conozco. Ocurre a veces que, para evitar mayores males, hace falta la ayuda de uno mismo para ocultarlos. Picaduras son éstas a veces insignificantes, pero picaduras al fin. De la misma manera que los más menudos y tenues impedimentos son los más punzantes, y así como la letra que cansa más la vista es la más diminuta, por la misma razón nos molestan los negocios nimios. La turba de males menudos ofende más que la violencia de uno aislado, por descomunal que éste sea. A medida que estas punzadas domésticas son más espesas y sutiles, van mordiéndonos con mayor penetración, aunque sin amenazarnos, pues nos sorprenden fácilmente y de imprevisto.

Yo no soy filósofo; los males me oprimen según su tamaño, y éste va de acuerdo con la forma y la materia, y a veces más allá. Mi perspicacia es mayor que la del vulgo, teniendo mucha más paciencia. Aunque los males no me hieren, me pesan al menos. La vida es cosa delicada y fácil de trastornar. Desde que mi semblante se volvió del lado de los pesares, *nemo enim resistit sibi, quum caeperit impelli,*[170] por irritante que sea la causa que a ellos me haya inclinado, se irrita mi humor al máximo; hay quien se nutre y exaspera con sus propios quebrantos, atrayéndolos y amontonándolos los unos sobre los otros como sustento de que valerse:

Stillicidi casus lapidem cavat.[171]

Estas goteras ordinarias me devoran. Los inconvenientes ordinarios no son ligeros nunca. De hecho, resultan continuos e irreparables, principalmente cuando provienen de los miembros de la familia, perennes e inseparables.

Cuando yo considero mis negocios de lejos y a bulto, reconozco, acaso por no disponer de una precisa memoria, que hasta hoy fueron prosperando

170 «Nadie se resiste si ha cedido al primer impulso.» Séneca, *Epístolas,* I, 13.

171 «El agua que cae gota a gota horada la piedra.» Lucrecio, I, 314.

más allá de mis cálculos y previsiones. En mi criterio, magnifico las cosas y en ellas deposito lo que no hay; la bondad de ellas me traiciona. Sin embargo, cuando me encuentro sumergido en la tarea y veo caminar todas esas parcelas:

Tum vero in curas animum diducimur omnes[172]

mil cosas para mí dejan que desear y temo otras más. Abandonarlas por completo será muy fácil; enderezarlas sin apenarme, dificilísimo. Es fatigante encontrarse en un lugar donde todo cuanto veis os preocupa y concierne. Me parece gozar más alegremente los placeres que una casa extraña me procura y llevar a ellos el gusto más libre y puro. Diógenes contestó más o menos así a quien le preguntaba la clase de vino que prefería: «El de los demás».

Divertía a mi padre edificar el castillo de Montaigne, donde había nacido. En toda esta administración de negocios domésticos, me gusta servirme de su ejemplo e instrucciones, y se los inculcaré a mis sucesores en cuanto me sea posible. Si algo mejor pudiera hacer por su memoria, yo lo haría. Yo me glorifico de que su voluntad se ejerza todavía y obre a través de mí. ¡No permita Dios que deje yo debilitarse entre mis manos ninguna viva imagen que pueda elevar a tan buen padre! Cuando dispongo el remate de algún viejo muro o el arreglo de alguna parte de edificio mal construida, mc preocupo más de su intención que de mi contento. Y echo la culpa de mi dejadez por no haber llegado a poner en práctica los hermosos comienzos que dejó en su casa, con tanta mayor razón cuanto que estoy abocado a ser el último miembro de mi familia que la posea, y a darle la última mano. Por lo que toca a la aplicación particular mía, ni este placer de edificar, que dicen está tan lleno de atractivos, ni la caza, ni los jardines, ni otros placeres de la vida retirada, pueden procurarme grandes distracciones. Y esto es algo de lo que me lamento, como de todas las demás opiniones que me resultan incómodas. No me ocupo tanto de las distracciones vigorosas y doctas como de practicar las que son fáciles y cómodas

172 «Entonces mi alma se ve rodeada de mil cuidados.» Virgilio, *Eneida*, V, 720.

para la práctica de la vida. Me parecen verídicas y sanas cuando me son útiles y agradables.

Los que al oírme confesar mi incapacidad para las cosas domésticas me dicen luego al oído que mis palabras son desdeñosas, y que desconozco los utensilios de labranza, las estaciones, su orden, cómo se elaboran mis vinos, cómo se injerta, cuál es el nombre y la forma de los árboles y de los frutos y el aliño de las carnes de que vivo, el nombre y precio de las telas de que me visto, como profeso hondamente alguna ciencia más elevada y altisonante, me ponen a morir. Eso sería torpeza, y más bien estupidez que gloria. Estimo más ser un buen jinete que un buen lógico:

> *Quin tu aliquid saltem potius, quorum indiget usus,*
> *Viminibus mollique paras detexere junco?*[173]

Estorbamos nuestros pensamientos con lo general y con las causas y conducción del universo, que se las arregla perfectamente sin nuestro concurso; y arrinconamos lo que nos incumbe, y a Michel (a mí mismo), que nos toca todavía más de cerca que el hombre. En conclusión, yo me siento bien en mi casa normalmente, pero quisiera encontrar en ella mayores atractivos.

> *Sit meae sedes utinam senectae,*
> *Sit modus lasso maris, et viarum,*
> *Militiaeque.*[174]

No sé si podré conseguir mi objeto. Quisiera que en vez de cualquier otra cosa de las que mi padre me legó, me hubiera dejado ese apasionado amor que a sus años profesaba a su casa. Considerábase dichosísimo en armonizar sus deseos con su fortuna, conformándose con lo que tenía.

---

173 «¿Por qué no te dispones a hacer algo útil, como entretejer con mimbres o junco blando algunas cestas?» Virgilio, *Églogas*, II, 71.

174 «Después de tantos viajes por mar y tierra, después de tantas fatigas y combates, que pueda yo encontrar al fin el reposo de mi vejez.» Horacio, *Odas*, II, 6, 6.

La filosofía política acusará inútilmente la bajeza y esterilidad de mi ocupación si acierto a alcanzar una vez gusto parecido. Entiendo que entre todos, el más noble oficio consiste en servir al prójimo y en lograr ser útil a muchos. *Fructus enim ingenii et virtutis, omnisque praestantiae, tum maximus capitur, quum in proximum quemque confertur.*[175] Por lo que a mí se refiere, de ello me desvío en parte por conciencia (pues aunque veo el peso de tal designio considero también los escasos medios con que cuento para afrontarlo; y Platón, maestro en toda suerte de gobierno político, no dejó tampoco de abstenerse), en parte por poltronería. Yo me contento con gozar el mundo sin apresurarme; con vivir una vida solamente excusable, y que ni para mí ni para los demás resulte pesada. Jamás hubo nadie que se dejara llevar más plenamente que yo, ni con abandono mayor, al cuidado y dirección de un tercero, si tuviera a quien encomendarme. Uno de mis anhelos por ahora sería dar con un dueño que supiera sustentar cómodamente mis viejos años y adormecerlos; en cuyas manos depositara por completo la dirección y el destino de mis bienes, y que ganara sobre mí lo que yo gano, siempre y cuando mostrara un coraje reconocido y amigo. Mas, ¡por desgracia!, bien sé que vivimos en un mundo en el que hasta la lealtad de los propios hijos se desconoce.

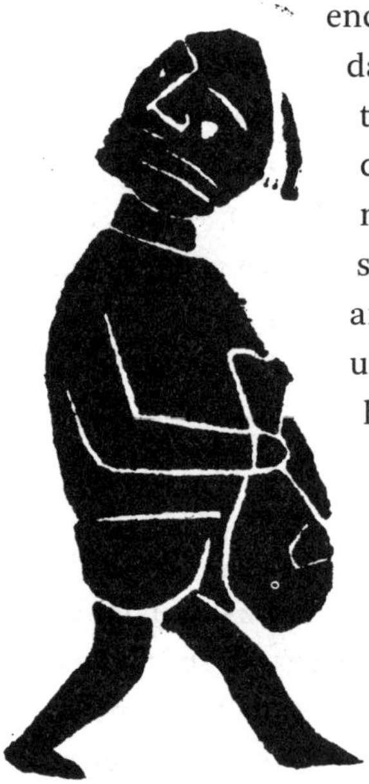

Quien vigila mi bolsa cuando viajo, la lleva libremente y sin control: de cualquier forma me engañaría; y si no es un diablo quien la guarda, procede de la mejor manera en virtud de mi confianza. *Multi fallere docuerunt, dum timent falli; et aliis us peccandi, suspicando, fecerunt.*[176] La seguridad más normal que mis

175 «Nunca gozamos más de los frutos del talento, de la virtud y de toda superioridad que compartiéndolos con el prójimo.» Cicerón, *De amicitia*, c. 9.

176 «Muchas gentes han enseñado a engañar temiendo ser engañadas; y con su sospecha autorizaron a los demás el derecho a sus infidelidades.» Séneca, *Epístolas*, 3.

gentes me inspiran proviene de mi desconocimiento: no creo en los vicios hasta que no los veo, y confío mucho más en los jóvenes, a quienes considero menos gastados por el mal ejemplo. Prefiero que se me diga al cabo de dos meses que se perdieron cuatrocientos escudos, que no el que mis oídos se aturdan todas las noches con la desaparición de tres, cinco o siete, aunque haya sido víctima de estos latrocinios en la misma proporción que otro cualquiera. Verdad es que yo doy mi mano a la ignorancia y mantengo intencionadamente algo turbio y dudoso el conocimiento de mi dinero, y hasta cierto punto me congratula el que así sea. Hay que dejar algún escape a la deslealtad e imprudencia de nuestro servidor. Si nos queda en conjunto con qué satisfacer nuestro propósito, este exceso de la liberalidad de la fortuna dejémoslo correr a su aire, y su parte al que anda en pos de ventajas. Después de todo, yo no encarezco tanto la buena fe de mis gentes, como desprecio los perjuicios que me causan. Triste y fea ocupación es considerar el dinero que se posee, complacerse en manejarlo, pesarlo y recontarlo. Por ahí comienza a hacer la avaricia de las suyas.

Al cabo de dieciocho años de gobernar mis bienes, no he tenido fuerza de voluntad bastante para ver mis escrituras ni mis principales asuntos, los cuales necesariamente han de pasar por mis manos y permanecer bajo mi vigilancia. No es esto un desprecio filosófico por las cosas transitorias y mundanas, pues mi gusto no es una realidad tan depurada, y las considero al menos en lo que valen, sino pereza y negligencia pueril e inexcusable. ¿Que no haría yo con más gusto que leer un contrato, y qué no preferiría yo sino ir sacudiendo esos papelotes polvorientos, como esclavo de mis negocios o, peor aún, de los ajenos, como tantas gentes lo hacen, sencillamente por dinero? Nada para mí es tan caro como los cuidados y preocupaciones; lo que busco sobre todo es la dejadez y la flojedad.

Yo creo que estaría más capacitado para vivir de la fortuna ajena, si esto fuera posible sin obligación ni servidumbre; y, sin embargo, examinando las cosas de cerca, ignoro (teniendo en cuenta mi situación, mi manera de ser y la carga de los negocios, servidores y domésticos) si no hay más abyección, importunidad y amargura en vivir como vivo, de las que tendría que soportar en compañía de un hombre de más elevada posición que la mía y que me consintiera marchar un poco a mi estilo. *Servitus obedientia est fracti animi et abjecti, arbitrio carentis suo.*[177] Crates fue más radical en su proceder, pues se lanzó de lleno a la pobreza para liberarse de las indignidades y cuidados domésticos. Esto yo no lo haría (porque detesto la indigencia tanto como el dolor), pero sí cambiar la suerte de mi vida por otra más elevada y atareada.

Ausente de mi hogar, me despojo por completo de tales pensamientos, y lamentaría menos la caída de una torre que, estando presente, la caída de una teja. Mi alma se tranquiliza fácilmente con la ausencia, pero en los lugares donde acaecen los sucesos sufre como la de un viñador. Una rienda mal colocada a mi caballo o una correa del estribo mal ajustada me tienen todo un día malhumorado. Fortifico mi ánimo contra los inconvenientes, pero no me ocurre lo mismo con la vista.

Sensus! o superi, sensus![178]

En mi casa respondo de todo cuanto no marcha. Pocos amos (hablo de los de mediana condición como la mía, y si los hay son más afortunados) pueden descansar un segundo sin que todavía soporten buena parte de la carga. Esto desluce un tanto mis buenas maneras respecto a los visitantes (y acaso a veces retuve a alguien mejor por mi cocina que por mi atención, como sucede siempre a los huraños) y disminuye bastante el placer que yo debiera disfrutar en mi casa con la visita y reunión de mis amigos. La conducta más torpe de un caballero en su casa es verlo atareado con su administración, de aquí para allá, hablando al oído a un criado o amenazando a otro con los ojos; debe el porte del dueño desenvolverse insensiblemente y producir el efecto de la vida ordinaria. Yo encuentro desastroso que se hable a los huéspedes del tratamiento que reciben, ni para excusarlo ni para ensalzarlo. Nada admiro tanto como el orden y la precisión:

---

177 «La esclavitud es la sujeción de un espíritu cobarde y débil que no es dueño de su propia voluntad.» Cicerón, *Paradojas*, V, 1.

178 «¡Los sentidos, oh dioses, los sentidos...!»

et cantharus el lanx
Ostendunt mihi me;[179]

incluso más que la abundancia. Y prefiero en mi hogar lo necesario más que la ostentación. Si un criado riñe en otra casa, si un plato se vierte, vosotros reís solamente o dormitáis, mientras el dueño arregla las cosas con un maestresala en honor de vuestra presencia el día siguiente.

Hablo de todo esto desde mi punto de vista, sin dejar de considerar en general cuán grato es a ciertas naturalezas una vivienda sosegada y próspera, vigilada con orden esmerado; y no quiero achacar a ello mis propios errores e inconvenientes, ni contradecir a Platón cuando estima la más dichosa labor de cada uno «el manejo de sus propios negocios sin injusticia».

Cuando viajo, no tengo que pensar sino en mí y en el empleo de mi dinero; esto se compone de un solo precepto. Si son menester varios, yo no entiendo nada. En gastar me conozco bastante, lo mismo que en la manera de hacerlo, que es probablemente su principal uso. Pero yo me aplico demasiado ambiciosamente, lo cual lo trueca en deforme y desigual, y además en inmoderado en uno u otro aspecto. Cuando luce y sirve, me dejo llevar sin ningún cuidado, aunque me contraiga con igual indiscreción cuando no luce, y la idea de gastar no me sonríe.

Sea lo que fuere (naturaleza o arte) lo que imprime en nosotros esta condición de vida que se rige por la relación ajena, nos proporciona mayor mal que bien defraudándonos de nuestras propias utilidades para formar las apariencias según la opinión general. No nos importa tanto cuál sea nuestro ser en nosotros y en realidad como lo que de él aparece al público conocimiento. Los bienes mismos del espíritu y de la sabiduría nos parecen estériles cuando sólo son conocidos por nosotros, cuando no se producen ante la vista y aprobación extrañas. Hay individuos cuyo oro discurre a gruesos borbotones por lugares subterráneos, imperceptiblemente; otros lo extienden en láminas y en hojas, de tal manera que en los unos los maravedises valen escudos y en los otros los escudos maravedises, puesto que el

179 «Me alegra que los platos y los cristales devuelvan mi propia imagen.» Horacio, *Epístolas*, I, 5, 23.

mundo estima el empleo y el valor según la apariencia. Todo afán de lucro alrededor de las riquezas huele a avaricia; su distribución misma y la liberalidad demasiado ordenada y artificial no son acreedoras a una vigilancia y solicitud tan penosas. Quien pretende gastar lo justo, anda siempre estrecho y limitado. La guarda o el empleo son en sí mismas cosas diferentes, y no tienen color en bien o en mal sino según la aplicación de nuestra voluntad.

La otra causa que determina estos paseos es mi disconformidad con las costumbres actuales de nuestro Estado. Yo me consolaría fácilmente de esta corrupción considerando lo que se refiere al interés público;

> *pejoraque saecula ferri*
> *Temporibus, quorum sceleri non invenit ipsa*
> *Nomen, et a nullo posuit natura metallo,*[180]

pero no por lo que a mí respecta. A mí en particular me preocupa la urgencia, pues en nuestra vecindad nos veremos pronto veteranos, en una forma de Estado demasiado descarriada por el desenfreno de estas guerras civiles:

> *Quippe ubi fas versum atque nefas,*[181]

pues en verdad maravilla que puedan mantenerse:

> *Armati terram exercent, semperque recentes*
> *Convectare juvat praedas, et vivere rapto.*[182]

En fin, yo veo por nuestro ejemplo que la sociedad humana se sostiene y organiza por cualquier clase de procedimientos. Sea cualquiera la manera

---

180 «Siglos peores que la edad de hierro, tan criminales como para que la naturaleza no encuentre nombre con qué designarlos, ni metal con qué nombrarlos.» Juvenal, *Sátiras,* XIII, 28.

181 «En que lo justo y lo injusto puedan confundirse.» Virgilio, *Geórgicas,* I, 504.

182 «Armados, trabajan la tierra; sólo piensan hacer nueva presa y vivir de sus rapiñas.» Virgilio, *Eneida,* VII, 748.

que se encuentren, los hombres se apilan y se acomodan removiéndose y amontonándose, como los objetos dispersos que acaban en el bolsillo de forma desordenada buscan por sí mismos la forma de juntarse y situarse los unos entre los otros, a veces mejor que cualquier arte lo hubiera logrado. El rey Filipo reunió una cantidad de los más perversos e incorregibles hombres que pudo encontrar, acomodándolos a todos en una ciudad especialmente construida, que de ellos tomó nombre. Yo juzgo que organizaron con los propios vicios una contextura política entre ellos y una sociedad cómoda y justa.

Yo veo, no ya una acción, tres o ciento, sino costumbres de todos recibidas, tan monstruosas, sobre todo en inhumanidad y deslealtad (para mí la peor especie de vicio), que carezco del coraje suficiente para concebirlas sin horror; y las admiro casi tanto como las detesto. El ejercicio de estas maldades insignes lleva la marca del vigor y la fuerza de alma tanto como la del error y el desequilibrio. La necesidad une a los hombres y los asocia. Esta unión fortuita adquiere luego forma de leyes, pues las hubo tan salvajes que ninguna mente humana pudiera concebirlas y que sin embargo mantuvieron el cuerpo a que se aplicaron tan saludable y lleno de vida como las de Platón y Aristóteles pudieron desearlo.

Por otra parte, todas esas descripciones de ciudadanía debidas al arte se convierten en ridículas e inútiles al ponerlas en práctica. Esas grandes y largas divagaciones sobre la sociedad perfecta y sobre los preceptos más cómodos para sujetarnos solamente son propias para el ejercicio de nuestro espíritu, de la misma forma que en las artes hay varios asuntos cuya esencia consiste en la agitación y en la disputa y carecen de vida. Tal pintura de gobierno sería aplicable en un mundo nuevo, y nosotros de lo que disponemos es de uno ya no solamente hecho, sino habituado a ciertas costumbres. Nosotros no lo engendramos como Pirra y como Cadmo. Cualquiera que sea el medio de que dispongamos para enderezarlo y arreglarlo de nuevo, apenas podemos cambiarle su estilo acostumbrado sin que acabemos por romperlo. Alguna vez se preguntó a Solón si había establecido las mejores leyes posibles para los atenienses. Y respondió: «Sí, de las que ellos podían aceptar».

Varrón se excusa de manera semejante cuando dice: «Si tuviera de nuevo que escribir sobre la religión, diría lo que de ella creo; aunque una vez recibida y formada, lo haría teniendo en cuenta el uso más que su naturaleza».

No por la opinión admitida, sino de acuerdo con la verdad, el más excelente y mejor gobierno para cada país es aquel bajo el cual se ha mantenido. Su forma y comodidad esencial dependen del uso. Con frecuencia nos lamentamos de la condición presente, pero yo entiendo, sin embargo, que ambicionar el mando de algunos en un gobierno popular, o en la monarquía o en otra especie de régimen, es vicio y locura.

Ayme l'estat tel que tu le vois estre:
S'il est royal, ayme la royauté;
S'il est de peu, ou bien communauté,
Ayme l'aussi; car Dieu t'y a faict naistre.[183]

Así hablaba de estos temas el buen señor de Fibrac, a quien acabamos de perder, espíritu gentil de sanas ideas y dulces costumbres. Esta muerte, y la que también lloramos del señor de Foix, son pérdidas importantes para nuestra corona. Ignoro si queda en Francia una pareja con la que sustituir a estos dos gascones, iguales en sinceridad y suficiencia para el consejo de nuestros reyes. Eran almas diversamente hermosas, y en verdad, teniendo en cuenta el siglo, bellas y raras, cada una en su aspecto. ¿Quién las había instalado en esta edad, siendo tan esotéricas y desproporcionadas con nuestra corrupción y nuestras tempestades...?

Nada trastorna tanto un Estado como la innovación. El cambio da ocasión a la injusticia y a la tiranía. Cuando alguna parte se desmonta, puede apuntalarse; podemos oponer sencillamente nuestras fuerzas, a fin de que la alteración y corrupción natural de todas las cosas no nos aparte de nuestros comienzos y principios. Pero tratar de refundir una masa tan importante y cambiar los fundamentos de algo tan enorme corresponde a aquéllos que para limpiar despedazan, que quieren enmendar los defectos

183 «Ama al Estado según lo veas; si es monarquía, ama la realeza; si es pequeño, o es una comunidad, ámalo también, porque Dios dispuso que nacieras en él.»

particulares con la confusión general, y curar las enfermedades matando: *non tam commutandarum, quam evertendarum rerum cupidi.*[184] El mundo es inhábil para curarse, y tan impaciente con aquello que le oprime, que no piensa más que sacudirlo, sin preocuparse del precio. Mil ejemplos vemos de que se restablece ordinariamente a sus expensas. No es curación la descarga del mal presente cuando en general no hay propósito de enmienda.

El fin del cirujano no consiste en extirpar la carne dañada, sino en encaminar su cura. Sus miras tienen que ir más lejos, procurando el renacimiento de la natural y conseguir que la parte enferma vuelva a su antiguo estado. Quien propone solamente arrancar lo que le corroe, se queda corto, pues el bien no sucede necesariamente y por desgracia al mal; otro mal distinto puede sucederle, y peor que el que antes había, como les ocurrió a los matadores de César, quienes llevaron a tal extremo la cosa pública que no tardaron de arrepentirse por haberse envuelto en ella. A varios, después y hasta nuestro siglo, les ocurrió algo similar. Los franceses, mis contemporáneos, saben bien lo que digo. Todas las grandes mutaciones conmueven al Estado y lo desordenan.

Quien se encaminara derecho a la curación y reflexionara antes de iniciar su propósito, se enfriaría fácilmente. Pacuvio Calavio corrigió el vicio de este proceder con un ejemplo insigne. Encontrábanse sus conciudadanos insubordinados contra los magistrados. Él, gran personaje en la ciudad de Capua, encontró un día medio de encerrar al Senado en su palacio, y, convocando al pueblo en la plaza pública, afirmó haber llegado el día en que con plena libertad podían vengarse de los tiranos que durante tanto tiempo los habían oprimido, porque él disponía de ellos, solos y desarmados. Convino en que se sorteara a los encerrados uno tras otro y que sobre cada cual se dictaminara particularmente, ejecutándose lo que se decretara, siempre y cuando fuera posible colocar a un hombre de bien en el lugar del condenado a fin de que no quedara vacío su puesto. No habían acabado de oír el nombre de un senador cuando se elevó un grito de descontento general contra él. «Me parece —dijo Pacuvio— que hay que deshacerse de éste; es un malvado; cambiémoslo por

184 «Desean menos el cambio de gobierno que su destrucción.» Cicerón, *De Officiis,* II, 1.

uno bueno.» Se produjo un profundo silencio y nadie encontraba el sustituto. Ante alguien que parecía más resuelto que los otros se levantaron cien voces, encontrándose mil imperfecciones y mil justos motivos para rechazarlo. Todos estos pareceres contradictorios fueron aumentando y resultando peor con el segundo senador y con el tercero. Hubo, en fin, tanta discordia a la hora de la elección como urgencia en la de la dimisión. Lanzados inútilmente a un gran tumulto, comenzaron todos a desaparecer de la asamblea, pensando cada uno para sus adentros: «El mal más viejo y mejor conocido es siempre más soportable que el reciente e inexperimentado».

Porque nos veamos ahora lamentabilísimamente agitados y revueltos (puesto que, en realidad, ¿qué desórdenes no hemos vivido y realizado?):

Eheu cicatricum et sceleris pudet,
Fratrumque: quid nos dura refugimus
Aetas? quid intactum nefasti
Liquimus? unde manus Juventus
Metu deorum continuit? Quibus
Pepercit aris?[185]

no diré con tono resuelto y decisivo

ipsa si velit Salus,
Servare prorsus non potest hanc familiam,[186]

que acaso nos encontremos ante el último periodo. La conservación de los Estados es cosa que verosímilmente sobrepasa nuestra inteligencia; son los pueblos, como Platón dice, fuerzas poderosas y de difícil disolución más que un Estado ordenado. Subsisten, sin embargo, minados por

185 «¡Ay, nuestras cicatrices, nuestro crimen, nuestras guerras fratricidas nos cubren de vergüenza! Nosotros, hijos de un siglo duro, ¿qué atrocidad hemos rehuido? ¿Qué estragos dejamos de cometer? ¿Hay alguna cosa de la que nuestra juventud aparte de la mano por miedo a los dioses, algún altar que no haya profanado...?» Horacio, *Odas*, I, 35, 33.

186 «Aunque la misma salvación lo deseara, sería impotente para salvar a esta familia.» Terencio, *Adelphi*, acto IV, esc. VII, v. 43.

enfermedades mortales e intestinas, por la injuria de leyes injustas, por la tiranía, por el desbordamiento y la ignorancia de los magistrados, por la licencia y sedición de los mismos pueblos.

En todas nuestras aventuras nos comparamos con los que están por encima de nosotros y miramos hacia los que se encuentran en mejor situación. Midámonos con los que están peor, y nadie habrá, por desdichado que sea, que no encuentre suficientes ejemplos para consolarse. Nuestro vicio consiste en ver con peores ojos lo que nos excede que lo que dominamos. Por eso decía Solón: «Si se reunieran en una parte todos los males juntos, cada cual preferiría quedarse con los propios antes de participar del equitativo reparto con los demás hombres, guardándose su cuota pertinente». Nuestro Estado marcha mal, pero hubo muchos otros más enfermos y no sucumbieron. Los dioses se divierten jugando con nosotros a la pelota y sacudiéndonos con sus dos manos:

Enimvero dii nos homines quasi pilas habent.[187]

Los astros destinaron fatalmente al Estado romano como ejemplo de lo que un pueblo puede soportar en este género. Éste guarda en su entraña cuantas aventuras y accidentes pueden ocurrirle a un Estado: orden, desorden, desdicha y dicha. ¿Quién puede desesperar de su condición al ver los movimientos y sacudidas con que Roma se vio agitada, siendo capaz de resistirlos? Si la extensión de sus dominios equivale a la salud de un Estado (enfoque que no comparto, aunque alabe las palabras de Isócrates, el cual instruyó a Nicocles para no envidiar a los príncipes cuyos dominios son más amplios, sino a los que aciertan a conservar los que tienen encomendados), el romano no se vio jamás tan sano como cuando se sentía más enfermo. La peor de las situaciones fue para él la más afortunada. Apenas si se descubre huella de algún gobierno en la época de los primeros reyes; aquélla fue la más horrible y tenebrosa confusión que pueda imaginarse. A pesar de todo, la soportó y persistió, conservando no ya una monarquía encerrada en sus

187 Este verso de Plauto (*Captivi.*, pról., v. 22) queda explicado por la frase precedente.

límites, sino tantas naciones diversas y lejanas, mal queridas, desordenadamente mandadas e injustamente conquistadas:

nec gentibus ullis
Commodat in populum, terrae pelagique potentem,
Invidiam fortuna suam.[188]

No cae todo lo que se bambolea. La contextura de tan gran cuerpo se sostiene por más de un clavo. La antigüedad misma impide su caída, como los viejos edificios a los cuales la edad quitó la base y que se ven, sin revoque y sin argamasa, sostenerse y vivir por su propio peso

nec jam validis radicibus haerens
Pondere tuta suo est.[189]

No basta reconocer solamente el flanco y el foso para juzgar la seguridad de una plaza, hay que ver además por dónde puede llegarse a ella y cuál es el estado en que el sitiador se encuentra; pocos son los navíos que se hunden por su propio peso y sin el concurso de violencia extraña. Volvamos, pues, los ojos aquí y allá, y veremos que todo se hunde en torno nuestro; a todos los grandes Estados, sean cristianos o no, dirigid vuestra mirada, y encontraréis una evidente amenaza de modificación y ruina:

Et sua sunt illis incommoda, parque per omnes
tempestas.[190]

La tarea de los astrólogos es interesante cuando anuncian graves trastornos y cambios inmediatos: sus adivinaciones en semejantes casos son presentes y palpables, no hay que subir al cielo para hacerlas.

---

188 «La suerte no presta a ningún pueblo el apoyo de su envidia cuando éste es poderoso en mar y tierra.» Lucano, I, 82.

189 «Sólo flacas raíces le fijan a la tierra, únicamente le sostiene su propio peso.» Lucano, I, 138.

190 «Todos tienen sus achaques y una misma tempestad los amenaza.» Virgilio, *Eneida*, XI, 422.

Pero no sólo debemos sentir consuelo por esta sociedad universal de mal y de amenaza, sino también alguna esperanza por lo que se refiere a la duración de nuestro Estado, tanto más cuanto que, lógicamente, nada cae allí donde todo se derrumba. La enfermedad universal determina la salud particular; la conformidad es cualidad enemiga de la disolución. Por lo que a mí toca, todavía no me desespero, y me parece descubrir a mi alrededor caminos por donde salvarnos:

Deus haec fortasse benigna
Reducet in sedem vice.[191]

¿Quién sabe si Dios querrá que ocurra con nuestras revueltas como sucede con los cuerpos que se purgan pasando a mejor estado después de enfermedades largas y penosas, las cuales les devuelven una salud más completa y más pura de la que antes disfrutaran?

Lo que más me abruma es que, teniendo en cuenta los síntomas de nuestro mal, veo tantos tan naturales y de aquéllos que el cielo nos envía propiamente suyos, cuantos nuestros desórdenes y humana imprudencia añaden; diríase que los astros mismos nos ordenan que duramos ya bastante y que superamos los términos ordinarios. Y esto también me aflige: el mal inmediato que nos amenaza no consiste en la alteración de la masa entera y sólida, sino en su disipación y separación. Ése es el máximo de nuestros temores.

Aun en estos delirios de que aquí hablo temo me traicione mi memoria, que quizá por inadvertencia me ha hecho registrar dos veces una misma cosa. Detesto encontrarme de nuevo con mis opiniones, y no retoco jamás, sino de mala gana, lo consignado con anterioridad. Además, yo no transcribo aquí ninguna cosa nueva: todas ellas no pueden ser más comunes; habiéndolas acaso cien veces concebido, temo haberlas ya repetido. La repetición es siempre fatigante, hasta en Homero, y particularmente ruinosa en realidades cuyo aspecto es superficial y transitorio. Soy enemigo de insistir, aun en las cosas más útiles, como hace Séneca y es costumbre en su

191 «Quizá un dios, en virtud de un cambio favorable, volverá las cosas a su estado primero.» Horacio, *Epodos*, XIII, 7.

escuela estoica, que van repitiendo sobre cada materia del principio al fin las sentencias y proposiciones generales, y añadiendo siempre, como si lo hicieran de nuevo, los argumentos y razones comunes y universales.

Mi memoria va empeorando cruelmente cada día:

> *Pocula Lethaeos ut si ducentia somnos*
> *Arente fauce traxerim.*[192]

Será preciso de ahora en adelante (pues, gracias a Dios, hasta el momento no me ha faltado) que en lugar de hacer lo de los demás, o sea, buscar tiempo y ocasión oportunos para pensar lo que van a decir, huya yo de toda suerte de preparación, temiendo sujetarme a alguna obligación de la cual deba depender. Verme comprometido y obligado me desconcierta, igualmente que depender de tan débil instrumento como es mi memoria. Jamás leo esta historia sin sentirme al punto dominado por un resentimiento natural. Acusado Lincestes de haber conspirado contra Alejandro, el día que según costumbre se presentó ante el ejército del soberano para defenderse disponía en su cabeza de un discurso cuidado, del cual, todo dudoso y tartamudeando, utilizó algunas palabras. Como se perdiera cada vez más, mientras luchaba con su memoria, aunque procuraba que la misma le ayudase, fue atacado y muerto a lanzadas por los soldados que tenía junto a él, persuadidos de su crimen. El pasmo y el silencio del reo les sirvió de confesión. Como en el calabozo tenía todo el tiempo necesario para prepararse, no fue la memoria, en el criterio de los verdugos, lo que le faltó, sino la conciencia, trabándosele la lengua y desposeyéndolo de todas sus fuerzas. En verdad, dicen bien los que mantienen que el lugar impone, el concurso y la expectación, hasta cuando no se ambiciona otra cosa que decir todo muy bien. ¿Qué no sucederá cuando se trata de una arenga de la cual depende nada menos que la vida?

En lo que a mí respecta, el puro hecho de sentirme atado a lo que tengo que decir me extravía. Cuando me encomiendo tan fuertemente a mi

192 «Como si, con la garganta seca, hubiera bebido a grandes tragos el sueño del Leteo.» Horacio, *Epodos*, XIV, 3.

memoria, me apoyo de una forma tan entera en ella que sucumbe, atormentándose con la carga. Cuanto más confío en ella, más me pongo fuera de mí, hasta demostrar mi capacidad; a veces me ocurrió encontrarme imposibilitado para ocultar la servidumbre en que me había metido, pues mi intención es representar, cuando hablo, una dejadez profunda, a la vez que movimientos fortuitos e impremeditados, como nacidos de ocasiones actuales; prefiero no decir nada que merezca la pena antes que sentirme preparado para expresarme bien, lo cual sienta pésimamente, sobre todo a las personas de mi estado, e impone grandes obligaciones a quien no es capaz de desempeñar grandes cosas. El apresto hace esperar más de lo que se cumple: torpemente vestimos el jubón para no saltar mejor que con hopalandas. *Nihil est his, qui placere volunt, tam adversarium, quam exspectatio?*[193]

Se cuenta del orador Curio que al preparar las distintas partes de su discurso, y al clasificar en tres, cuatro o mayor número sus argumentos, olvidaba con frecuencia alguno, o añadía otros con que no había contado. Yo evité siempre caer en semejante inconveniente, porque odiaba esas trabas y prescripciones, no sólo por desconfianza de mi memoria, sino también porque semejante procedimiento asemejábase al arte en demasía. *Simpliciora militares decent.*[194] Es suficiente haber determinado de aquí en adelante no hablar en sitios solemnes, pues hacerlo leyendo el manuscrito, aparte de resultarme monstruoso, es inconveniente para quienes por naturaleza pueden sacar algún partido de la acción; lanzarme a los caprichos de mi invención todavía puedo hacerlo menos: la mía es pesada y turbia, incapaz, por consiguiente, de satisfacer los repentinos menesteres importantes.

Permíteme todavía, lector, que prosiga con este ensayo y este tercer alargamiento del resto de las partes de mi pintura. Yo añado siempre, pero no corrijo jamás. En primer lugar, porque quien hipotecó al mundo su obra entiendo que ya no tiene derechos en apariencia sobre ella. Que él diga, si puede, algo mejor en otra parte, sin corromper la labor que vendió. De tales

193 «Nada tan desfavorable para quienes tratan de complacer como la expectativa.» Cicerón, *Academ.*, II, 4.

194 «La sencillez se acomoda a los guerreros.» Quintiliano, *Inst. Orat.*, XI, 1.

gentes nada debería comprarse a no ser después de su muerte. Que piensen despacio antes de producirse, porque ¿quién les mete prisa...?

Mi libro es siempre uno, salvo que, a medida que se reimprime, con el fin de que el comprador no se vaya con las manos absolutamente vacías, me permito añadir (como si se tratara de una marquetería mal ensamblada) algún emblema supernumerario. Complementos que en nada corrigen la primera forma, sino que brindan algún valor particular a cada una de las siguientes gracias a cierta pequeña sutilidad ambiciosa. A lo mejor con esto la cronología se trastrueca, pues mis historias encuentran lugar según su oportunidad, no siempre según los años en que acaecieron.

En segundo lugar, como en mi opinión temo perder con el cambio, mi entendimiento no camina siempre adelante, marcha un poco a trompicones. Apenas desconfío menos de mis fantasías por ser segundas o terceras que primeras, o presentes que pasadas, pues a veces nos corregimos tan torpemente como enmendamos a los demás. Desde que aparecieron mis iniciales publicaciones, en el año 1580, me siento envejecido; sin embargo, dudo que mi prudencia haya aumentado siquiera una pulgada. Yo, lo mismo ahora que antes, estoy constituido por dos individuos. ¿Cuál es el mejor...? No podría decirlo. Hermoso sería hacerse viejo si caminásemos hacia la enmienda. Pero no ocurre eso, por desgracia. Nuestro movimiento es ebrio, titubeante, vertiginoso e informe, como el de los cañaverales que el viento agita a su azar.

Antíoco había escrito vigorosamente en defensa de la Academia, pero al llegar a la vejez adoptó otro criterio. Cualquiera de los dos que yo siguiese, ¿no sería siempre seguir las huellas de Antíoco? Después de haber sembrado la duda, querer afirmar la certidumbre de las ideas humanas, ¿no era fijar aquélla en vez de la certeza, y prometer, caso de que sus días se hubieran prolongado, que se encontraba sujeto a una nueva agitación o cambio, no muy distinto del otro?

El favor del público me confirió algún mayor valor del que yo esperaba. Pero lo que más temo es hastiar; antes preferiría, por otra parte, hostigar que cansar, imitando a un hombre sabio de mi tiempo. La alabanza es siempre grata, proceda de donde proceda; sin embargo, hace falta para aceptarla

A
MONTAIGNE

a justo título informarse de su causa originaria. Hasta las imperfecciones mismas son susceptibles de ser alabadas. De la estima vulgar y común no se hace mucho caso, y o mucho me equivoco o en mis días los escritos más detestables son los que provocaron la adhesión de la gente popular. En verdad yo estoy muy reconocido a los hombres honestos que se dignan considerar mis débiles esfuerzos. En ningún lugar los defectos del creador resaltan tanto como en un asunto que de suyo carece por completo de recomendación. No me achaques, lector, los que se deslizan así por el capricho y la inadvertencia ajenos; cada mano, cada obrero aporta los suyos. Yo no corrijo mi ortografía (ordeno simplemente que sigan la antigua) ni mi puntuación, soy poco experto en una y en otra. Donde trastornan el sentido, no me preocupo demasiado, pues me liberan del pecado, pero cuando lo reemplazan por otro falso, como hacen con frecuencia, y desembocan en extrañas conclusiones, me pierden. De todas formas, cuando las sentencias no se adecuan a mi medida, un espíritu claro debe rechazarlas y no admitirlas como mías. Quien conozca cuán escasa es mi laboriosidad, y quien advierta que nunca me desvío de mi manera de ser, creerá fácilmente que dictaría de nuevo de mejor gana otros tantos *Ensayos* como los que llevo escritos mejor que resignarme a repasar éstos para hacer esa corrección pueril.

Decía, pues, hace poco, que hallándome minando en lo más profundo de este metal de una nueva edad, no sólo me encuentro privado de gran familiaridad por el trato con costumbres que difieren dc las mías, y opiniones distintas, en virtud de las cuales ellas se mantienen en apretado nudo, que rige a todos los otros, sino que tampoco me mantengo sin riesgo entre aquéllos para quienes todo es igualmente posible, con quienes no pueden en lo sucesivo empeorar su situación nuestra justicia, de donde nace el extremo grado de licencia actual. Teniendo en cuenta todas las circunstancias particulares que me atañen, ningún hombre de entre los nuestros veo a quien la defensa de las leyes cueste en daño emergente y lucro cesante, según dicen los letrados, más que a mí. Son demasiados los que presumen de bravos por su fogosidad y rudeza que hacen mucho menos que yo, sopesando bien las cosas.

Como vivienda libre en todo tiempo, abierta de par en par y obsequiosa para todos (pues jamás me dejé inducir a hacer de ella un instrumento de guerra, buscándola con mayor alegría cuanto más alejada se encuentra de mi vecindad), mi casa mereció bastante cariño del pueblo, siendo difícil maltratarme por lo que en ella pasa. Considero como algo maravilloso y ejemplar que todavía permanezca virgen de sangre y saqueo, bajo una tan larga tempestad, tantos cambios y agitaciones vecinas. Pues, a decir verdad, era posible a un hombre de mi complexión escapar a una situación constante y continua, cualquiera que ésta fuese, pero las invasiones e incursiones contrarias, y las alternativas y vicisitudes de la fortuna a mi alrededor, exasperaron hasta ahora más que ablandaron el talante del país, rodeándome de peligros y dificultades invencibles.

Me libro de estas asechanzas, pero me molesta que esto suceda por azar y hasta por mi prudencia, en vez de por justicia; y me contraría encontrarme fuera de la protección de las leyes y bajo otra salvaguardia que la suya. Tal como son las cosas, yo vivo más que a medias por la ayuda del favor ajeno, que es dura obligación. No quiero deber mi seguridad ni a la bondad y benignidad de los grandes, a quienes son gratas mi legalidad y libertad, ni a la sencillez de costumbres de mis predecesores y mías. ¿Qué es lo que ocurriría si yo fuese otro? Si mi talante y la franqueza de mi conversación obligan a mis vecinos y parientes, resulta cruel que puedan pagarme dejándome vivir y que puedan decir: «Concedámosle la libre continuación del servicio divino en la capilla de su casa, puesto que todas las iglesias arruinadas de los alrededores están abandonadas por nosotros; y le concedemos el disfrute de sus bienes y el de su vida, porque guarda nuestras mujeres y nuestros bueyes en caso necesario». Hace tiempo que nuestra casa es merecedora en cierto aspecto de la alabanza de Licurgo el ateniense, quien era general depositario y guardián de la bolsa de sus conciudadanos.

Pero yo considero que es preciso vivir por autoridad y derecho propios, más que por recompensa y gracia. ¡Cuántos hombres corteses prefirieron antes perder la vida que deberla! Yo huyo de someterme a toda clase de obligaciones, y, sobre todo, a las que me ligan por deber de honor. Nada encuentro tan caro como lo que se da, pues por ello mi voluntad permanece hipotecada a título de gratitud. Recibo de mejor gana los servicios que se venden, por éstos no doy más que dinero, por los otros tengo que darme yo mismo.

El nudo que me liga por la ley de la honestidad me parece mucho más rígido y opresor que el de la sujeción civil. Se me ata más dulcemente mediante un notario que por mí. ¿No es razonable, pues, que mi conciencia se comprometa mucho más en aquello que sencillamente le confiaron? Por las demás cosas nada debe mi fe, puesto que nada tampoco le prestaron; que se ayuden con el crédito y la seguridad que fuera de mí encontraron. Mucho mejor preferiría romper la prisión de una muralla y de las leyes que mi palabra. Soy fiel cumplidor de mis promesas hasta la superstición, y en todas las cosas las hago voluntarias, inciertas y condicionales. En aquéllas que son poco importantes, el celo de mi régimen las valoriza, aunque me moleste y recargue con su propio interés. Sí, en las empresas libres y completamente mías, cuando las declaro, diría que me las prescribo, y que ponerlas en conocimiento ajeno tiene algo de obligado cumplimiento; y como entiendo que las prometo cuando me confieso, lanzo al viento pocos de mis propósitos personales.

La condenación que de mí mismo hago es más viva y desde luego más rígida que la de los jueces, los cuales no me consideran sino con vistas a la obligación común. La obligación que mi conciencia me dicta es más estrecha y más severa. Yo sigo con escasa convicción los deberes a que me conducen si no camino a mi gusto. *Hoc ipsum ita justum est quod recte fit, si est voluntarium.*[195]

Cuando de la acción no se deriva algún esplendor de libertad, carece de honor y gracia:

Quod me jus cogit, vix voluntate impetrent.[196]

Donde la necesidad me arrastra, trato de liberar mi voluntad, *quia quidquid imperio cogitur, exigenti magis, quam praestanti, acceptum refertur.*[197]

195 «La acción más justa es aquella que resulta más voluntaria.» Cicerón, *De Officiis*, I, 9.

196 «Yo no realizo voluntariamente más que las cosas a que me obliga el deber.» Terencio, *Adelphi*, acto III, esc. V, v. 44.

197 «Porque las cosas impuestas pertenecen más al que las manda que al que las obedece.» Valerio Máximo, II, 2, 6.

Sé de algunos que siguen este punto de vista hasta la injusticia; conceden mejor que devuelven, prestan más bien que pagan, hacen más generosamente el bien a quienes se sienten obligados. Yo no voy por este camino, aunque lo tenga muy en cuenta. Gusto tanto de descargarme y desobligarme, que a veces conté como provechos las ingratitudes, ofensas e indignidades que llegaron a mi conocimiento procedentes de aquéllos con quienes la naturaleza o el azar me vincularon, considerando todas sus culpas como otras tantas cuentas que pagar y como saldo de mi deuda. Aun cuando yo continúe pagándoles los oficios aparentes de la razón pública, encuentro gran economía, sin embargo, realizando justamente lo que hacía por afecto, en aliviarme un poco de la atención y solicitud de mi voluntad íntimamente; *est prudentis sustinere, ut currum, sic impetum benevolentiae,*[198] la cual en mí es urgentísima y opresora allí donde me rindo, al menos para un hombre que quiere verse libre por encima de todo. Tal conducta me sirve de cierto consuelo en lo referente a las imperfecciones de los que me rodean. Me disgusta que valgan menos, pero con ello ahorro alguna cosa de mi aplicación y compromiso con el prójimo. Apruebo al que quiere menos a su hijo por ser tiñoso y jorobado, y no solamente cuando es malicioso, sino también cuando es pobre de espíritu y mal nacido (el mismo Dios rebajó esto de su valor y estimación naturales), siempre y cuando se comporte en semejante enfriamiento con moderación y estricta justicia. En cuanto a mí, el parentesco no aligera los defectos, por lo general suele agravarlos.

Después de todo, supuesta mi capacidad en la ciencia del bien obrar y del reconocimiento, que es ciencia sutil y de uso frecuente, a nadie veo más libre y menos endeudado de lo que yo lo estoy en el momento presente. Lo que debo se lo debo simplemente a las obligaciones comunes y naturales; nada hay, por otra parte, que sea más justamente remunerado:

nec sunt mihi nota potentum
Munera.[199]

198 «Es prudente detener, como en la carrera, los arranques demasiado fogosos de la amistad.» Cicerón, *De Am.*, c. 17.

199 «Desconozco los presentes de los grandes.» Virgilio, *Eneida,* XII, 549.

Los príncipes me dan bastante cuando no me quitan, y me hacen bastante bien cuando no les debo ningún mal; es todo cuanto en realidad les pido. ¡Oh, cuán obligado me siento con Dios por haber decidido que yo recibiera de su gracia todo cuanto poseo! ¡Cuánto estimo que haya retenido particularmente toda mi deuda! ¡Cuán encarecidamente suplico a su santa misericordia que jamás deba yo a nadie un servicio esencial! ¡Franquicia dichosísima que me condujo tan a lo hondo de la vida! ¡Que así acabe!

Yo procuro no tener expresa necesidad de nada. *In me omnis spes est mihi,*[200] y esto es cosa que todo el mundo puede pretender, pero más fácilmente los que Dios puso al abrigo de necesidades naturales y urgentes. Lastimosa y propensa a riesgos es la dependencia ajena. Nosotros mismos, que nos convertimos en el refugio más justo y más seguro, nunca estamos lo suficientemente asegurados. Nada me pertenece mejor que yo mismo; y, sin embargo, esta posesión resulta en parte cosa de préstamo y defectuosa. Yo cultivo mi coraje, lo mismo del lado animoso, que es el más fuerte en mi caso, que del fortuito, a fin de encontrar en ellos con qué satisfacerme cuando lo demás me abandona.

Hipias de Elis no se proveyó solamente de ciencia para poder, en el regazo de las musas, apartarse de todo otro comercio en caso necesario; ni solamente del conocimiento de la filosofía para enseñar a su alma a autocontentarse, prescindiendo virilmente de las ventajas exteriores cuando las circunstancias así lo ordenaran; él puso cl mismo esmero en aprender a guisar su comida, a rasurarse, a prepararse sus vestidos, sus zapatos y sus calzas, para vivir lo más posible sin auxilio extraño, sustraído al socorro ajeno.

Se goza mucho más libre y regocijadamente de los bienes prestados cuando no se trata de un bien obligado al que la necesidad nos lanza y cuando contamos en nosotros mismos, en nuestra voluntad y fortuna, con fuerzas y medios para pasar sin ellos.

Yo me conozco bien. Pero me es difícil imaginar ninguna liberalidad ajena para conmigo por pura que sea, ninguna hospitalidad, que no me

200 «En mí reside toda mi esperanza.» Terencio, *Adelphi,* acto III, escena V, v. 9.

parezca desdichada, tiránica, impregnada de censura, en el caso de que la necesidad me hubiera obligado a aceptarla. Como dar es cualidad ambiciosa y de prerrogativa, aceptar es cualidad de sumisión. Testimonio de ello es el injurioso y pendenciero desdén de Bayaceto por los presentes que Tamerlán le remitía. Los que se ofrecieron de parte del emperador Solimán al emperador de Calcuta abocaron a éste a tal desprecio, que no solamente los rechazó violentamente, diciendo que ni él ni sus predecesores acostumbraron nunca a aceptar dádivas, y que su misión, por el contrario, era la de procurarlos, sino que además encerró en la mazmorra a los embajadores enviados al respecto.

Cuando Tetis, según Aristóteles, adula a Júpiter, cuando los lacedemonios ensalzan a los atenienses, no les refrescan la memoria con los bienes que les otorgaron, cosa siempre odiosa, les recuerdan las acciones buenas a ellos debidas. Aquéllos a quienes veo familiarmente utilizar a sus semejantes y adquirir con ellos compromisos, no harían lo mismo si saboreasen como yo la dulzura de una libertad purísima, y si sopesaran todo lo que un varón prudente debe medir lo que sujeta cualquier obligación. Es posible que ésta se pague algunas veces, pero jamás se logra que desaparezca. ¡Agarrotamiento cruel para quien desea vivir a sus anchas en todos los sentidos! Mis conocidos, lo mismo los superiores a mí que los inferiores, saben bien que jamás vieron a un hombre que menos solicitara, pidiera ni suplicara y que menos dependiera por consiguiente de nadie. Si yo puedo convertirme en un ejemplo moderno, no es gran maravilla, puesto que mis costumbres contribuyen a ello de la manera más natural: un poco de natural altivez, la impaciencia con que soportaría no ser atendido, la exigüidad de mis deseos y propósitos, la incapacidad para toda clase de negocios y mis cualidades más favoritas, que son la ociosidad y la franqueza. Por todo esto siento odio mortal a depender de nadie que no sea yo mismo. Hago cuanto puedo por dispensarme, antes que valerme del beneficio ajeno, ya sea ligero y consistente, y cualesquiera que sean la ocasión y la necesidad.

Mis amigos me importunan sobremanera cuando me obligan a requerir a un tercero, pareciéndome siempre menos costoso librar de compromiso a quien me debe, valiéndome de sus servicios, que comprometerme con quien no me debe nada. Aparte de ambas cualidades, de que no exijan de mí en suma un quehacer meticuloso y cuidado (ya que tengo declarada guerra mortal a las dos cosas), me siento dispuesto siempre y muy propicio a remediar las necesidades de todo el mundo. Hui siempre más recibir que busqué dar, lo cual siempre es más cómodo, el criterio de Aristóteles. Mi fortuna no me permitió hacer bien en abundancia a los demás, y lo poco lo distribuyó desacertadamente. Si ella me hubiera situado en el mundo para cumplir con algún puesto destacado entre los hombres, me hubiera preocupado en extremo por ser querido, no por ser servido ni admirado. ¿Hay que expresarlo aún con mayor insolencia...? Me habría preocupado de dos cosas: de ser grato y de alcanzar provecho. Ciro, prudentísimamente y por boca de un excelente capitán y mejor filósofo todavía, considera su bondad y sus buenas obras muy por encima de su valor y hazañas guerreras. Y el primer Escipión, doquiera pretenda significarse, acredita mucho más su benignidad y humanidad que su arrojo y sus victorias, y tiene siempre en sus labios la frase siguiente: «Que dejó a sus enemigos tantos motivos de amor como a sus amigos».

Quiero, pues, en definitiva, decir que si hay que deber alguna cosa, ha de ser a más legítimo título que el de que vengo hablando, al cual me compromete la ley de esta guerra miserable, y no una deuda tan absoluta como la de mi total conservación, la cual me abruma.

Mil veces me acosté en mi casa imaginando que me traicionarían y asesinarían en la noche misma, pidiendo a la fortuna que fuese sin horror ni desfallecimiento. Y gritaba después de mi Padrenuestro:

Impius haec tam culta novalia miles habebit![201]

¿Qué remedio? Es éste el lugar de mi nacimiento y el de la mayor parte de mis antepasados; aquí acreditaron su nombre y sus afectos. Nos endurecemos por todo lo que convertimos en costumbre, y para tan miserable condición como es la nuestra, el hábito es un presente favorabilísimo de la

201 «¡Tantas campiñas roturadas serán despojo de un impío soldado!» Virgilio, *Églogas*, I, 71.

naturaleza que adormece nuestras sensaciones ante el sufrimiento de muchos males. Las guerras civiles tienen de malo por comparación, entre otras cosas, que obligan a cada cual a estar de centinela ante su propia morada:

Quam miserum, porta vitam muroque tueri,
Vixque suae tutum viribus esse domus![202]

Gran apuro es verse asfixiado hasta en su propio hogar y reposo doméstico. El lugar donde me establezco es siempre el primero y el último en las disensiones de nuestros trastornos, y donde la paz nunca se muestra por entero:

Tum quoque quum pax est, trepidant formidine belli.[203]

quoties pacem fortuna lacessit,
Hac iter est bellis... Melius, fortuna, dedisses
Orbe sub Eoo sedem, gelidaque sub Arcto,
Errantesque domos.[204]

A veces encuentro manera de defenderme de estas consideraciones con la indiferencia y la cobardía, las cuales también nos llevan a la resolución de algún modo. Suelo en ocasiones imaginar con bastante complacencia los peligros mortales y aguardarlos; me abismo en la muerte con el rostro abatido y sin alientos, sin considerarla ni reconocerla, como en una profundidad oscura y muda que me ahoga en un momento y a la que me lanzaría de un salto envuelto en un poderoso sueño desbordante de insipidez e indolencia. Y en esas muertes cortas y violentas, la consecuencia prevista me procura mayor consuelo que el efecto del trastorno. Dicen que así como

202 «¡Qué desdichado resulta proteger la vida con puertas y murallas, para confiar en la solidez de la propia casa!» Ovidio, *Tristes*, IV, 1, 69.

203 «También cuando hay paz se experimentan sobresaltos por el temor de la guerra.» Ovidio, *Tristes*, III, 10, 67.

204 «Cada vez que la fortuna rompió la paz, abrió el camino de la guerra... ¿Por qué no me procuraste, ¡oh, fortuna!, una vivienda errante en oriente o bajo la osa helada?» Lucano, I, 256, v. I, 252 ss.

la vida no es mejor por ser larga, la muerte es mejor cuanto más corta. No me aterra tanto morirme como entrar en confidencia con el morir. Yo me envuelvo y me acurruco en esta tormenta que debe cegarme y arrebatarme furiosamente, con descarga pronta e insensible.

¡Si al menos ocurriera, como dicen algunos jardineros, que las rosas y las violetas naciesen más olorosas cerca de los ajos y las cebollas, tanto más cuanto que estas plantas chupan y atraen el mal olor de la tierra; si de la propia suerte esas naturalezas depravadas absorbieran todo el veneno de mi ambiente y de mi clima, convirtiéndome en tanto mejor y más puro con su vecindad, de modo que yo no lo perdiera todo...! Pero, por desgracia, no acontece semejante cosa; sin embargo, en cierto aspecto, algo puede ocurrir; la bondad es más bella y atrae más cuando es más rara; la contrariedad y diversidad retienen y encierran en sí el bien obrar y lo inflaman juntamente, por el celo de la oposición y por la gloria.

Los ladrones, en primera instancia, no me detestan particularmente. Tampoco yo a ellos; de lo contrario, necesitaría odiar a mucha gente. Semejantes conciencias viven amparadas bajo diversas apariencias, como crueldades, deslealtades y latrocinios, y lo que es peor, de modo más cobarde, más seguro y más oscuro, al amparo de las leyes. Detesto menos la injuria franca que la artera, la guerrera que la pacífica. Nuestra fiebre vino a dar en un cuerpo que apenas empeoró; el fuego ya anidaba en él, aunque la llama sobrevino; el tumulto es más grande, pero el aumento del mal muy poco.

Yo contesto de ordinario a los que me piden razón sobre mis viajes: «Que sé muy bien lo que abandono, pero no lo que busco». Si se me dice que entre los extraños puede también haber salud escasa, y que sus costumbres no valen más que las nuestras, contesto primeramente que es difícil:

Tam multae scelerum facies[205]

y después que siempre se gana al cambiar el mal estado por el incierto, y que los males ajenos no deben mortificarse tanto como los propios.

---

205 «¡Qué diversos los aspectos del crimen!» Virgilio, *Geórgicas*, I, 506.

No quiero olvidar nunca que yo no me sublevo de tal manera contra Francia como para dejar de mirar a París con buenos ojos. Esta ciudad se adueñó de mi corazón desde mi infancia, y con ella me ocurrió lo que con las cosas excelentes: cuantas más ciudades nuevas y hermosas después he visto, más gana la hermosura de aquélla mi cariño. La amo por sí misma, y más en su ser natural que recargada de extraña pompa; la amo tiernamente hasta en sus verrugas y en sus manchas. Yo no soy francés sino por esta gran ciudad, grande en diversidad y variedad de gentes; notable por el lugar donde se asienta, pero sobre todo grande e incomparable en variedad y diversidad de comodidades, gloria de Francia y uno de los más nobles ornamentos del mundo. ¡Que Dios expulse de ella nuestras divisiones! Unida y entera, la encuentro defendida de cualquier otra violencia. Entiendo que entre todos los partidos, el peor será aquel que siembre en ella la discordia. Nada temo por ella a no ser ella misma. Y en verdad me inspira tantos temores como cualquier otra parte de este Estado. Mientras dure París, no me faltará un rincón donde dar rienda suelta a mis suspiros, suficiente para que yo no eche de menos ningún otro lugar de recogimiento.

No porque lo dijera Sócrates, sino porque en realidad es así mi manera de ser —y acaso no sin algún exceso—, yo considero a todos los hombres como mis compatriotas; y abrazo lo mismo a un polaco que a un francés, subordinando esa unión nacional a la común y universal. Apenas me siento absorbido por las dulzuras del país natal; las relaciones novísimas y cabalmente mías me parece que valen como las otras corrientes y fortuitas del vecindario; las amistades puras que logramos adquirir valen más normalmente que aquellas otras que la comunicación del terruño o de la sangre nos procuraron. La naturaleza nos instaló en este suelo libres y desligados; nosotros nos aprisionamos en determinados recintos como los reyes de Persia, que se irrogaban la obligación de no beber otra agua que la del río Coaspes, renunciando por torpeza a su derecho de servirse de todas las demás aguas y secando para sus ojos todo el resto del universo.

En lo que Sócrates hizo, llegado su fin, o sea, considerar peor la orden de su destierro que una sentencia de muerte contra su persona, jamás podría yo imitarlo; jamás me encontré tan unido ni tan estrechamente habituado a mi país. Esas vidas celestiales muestran bastantes aspectos que yo abrazo por reflexión mucho más que por afección; y considero de la misma manera otros tan elevados y extraordinarios, que ni con mucho puedo alcanzarlos, pues tampoco soy capaz de concebirlos. Ese gesto fue demasiado tierno en un hombre que consideraba el mundo como a su ciudad natal. Verdad es que despreciaba las peregrinaciones y que apenas había puesto nunca los pies fuera del territorio del Ática. ¿Qué diré del acto que le impulsó a rechazar el dinero de sus amigos para liberar su vida, y de oponerse a salir de la prisión por gestión ajena para no desobedecer a las leyes, en un tiempo en que se encontraban ya tan extraordinariamente corrompidas? Estos ejemplos figuran para mí en aquella primera categoría; a la segunda pertenecen otros que podría descubrir en el mismo personaje. Muchos de ellos son extraños ejemplos que suponen los límites de mis acciones, y algunos superan además el alcance de mi juicio.

Aparte de las razones aducidas, considero viajar un ejercicio provechoso; el alma adquiere en los viajes una disposición continuada para destacar las cosas desconocidas y nuevas, y yo no conozco mejor escuela, como muchas veces he dicho, para dominar la vida, que proponerle incesantemente la diversidad de tantas otras vidas, espectáculos y costumbres, haciéndole gustar una variedad tan perpetua de las formas de nuestra naturaleza. El cuerpo en los viajes, además, no permanece ocioso, y sin que trabaje demasiado, la moderada agitación le proporciona aliento. Yo me mantengo a caballo sin desmontar, a pesar de mis achaques, y sin molestias, durante ocho o diez horas:

Vires ultra sortemque senectae.[206]

Ninguna estación para los viajes me resulta inconveniente, sino cuando hace ese calor rudo y un sol abrasador, pues las sombrillas que en Italia se usan desde los tiempos de los antiguos romanos fatigan más el brazo que alivian la cabeza. Quisiera conocer la industria de que los persas se servían,

206 «Más de lo que comportan las fuerzas y la condición de la vejez.» Virgilio, *Eneida*, VI, 114.

en los comienzos del lujo, como dijo Jenofonte, para abanicarse y procurarse lugares frescos y con sombra.

Yo gusto de las lluvias y de los charcos como los patos. El cambio de aire y de clima no ejerce sobre mí la menor influencia; todo cielo me parece el mismo. Sólo me cansan las alteraciones internas que en mí produzco, las cuales se manifiestan con menos intensidad cuando viajo.

Soy perezoso para empezar a moverme, pero una vez en marcha voy adonde me llevan. Vacilo tanto en las empresas pequeñas como en las grandes, y el mismo cuidado pongo para hacer una jornada y visitar a un vecino que para realizar un largo viaje. Yo aprendí a realizar mis jornadas a la española, de un tirón, que son caminatas largas y razonables. Cuando el calor aprieta, viajo de noche, desde que el sol se pone hasta que sale. La otra manera de viajar, que consiste en comer durante el camino de manera apresurada y tumultuaria, sobre todo cuando los días son cortos, me resulta incómoda. Mis caballos son muy resistentes. Jamás me falló ninguno que hiciera conmigo la jornada primera. Hago que beban en abundancia, y solamente tengo en cuenta que les quede bastante camino para digerir el agua. La pereza en levantarme deja tiempo a los de mi séquito para almorzar a su gusto antes de partir. Nunca como demasiado tarde; el apetito me viene comiendo, no de otro modo, y jamás me domina sino en la mesa.

Hay quien se queja de que me apetezca continuar este ejercicio casado y viejo. Hace mal, porque es mejor coyuntura abandonar la familia cuando se la dispuso para continuar sin nuestra ayuda que cuando en ella se implantó un orden que no desdice de su economía pasada. Mayor imprudencia supone alejarse dejando en la casa una custodia menos fiel y menos preocupada de proveer vuestras necesidades.

El más útil y honroso saber y la ocupación más digna de una esposa es la ciencia del hogar. Son algunas avaras, pero esmeradas en las cosas domésticas muy pocas. Ésta debe ser la cualidad principal para salvar o arruinar nuestras casas. Que no se me responda a este aserto; conforme a lo que me enseñó la experiencia, yo exijo de una mujer casada, por encima de toda buena virtud, que se distinga por la virtud económica. Para que lo consiga, la dejo yo en mi ausencia todo el gobierno doméstico en las manos. Yo veo con disgusto, en muchos hogares, entrar al señor cariacontecido y mustio a causa del agobio de sus negocios, y hallar a la dama al mediodía peinándose todavía y acicalándose en su alcoba. Puede ocurrir algo semejante en el caso de las reinas, aunque no esté demasiado seguro. Es ridículo e injusto que la ociosidad de las mujeres se alimente con nuestro esfuerzo y trabajo. Cuando la cosa depende de mí, nadie resolverá sus problemas más sanamente, con más quietud y calma. Si el marido proporciona la materia, la naturaleza misma desea que la mujer contribuya con el orden.

En cuanto a que los deberes conyugales sufran con la ausencia, es algo que yo no creo. Por el contrario, el matrimonio es una inteligencia que fácilmente se enfría con la asistencia demasiado continuada, y a la cual la asiduidad perjudica. Toda mujer extraña se nos antoja honesta. Y todo el mundo, por experiencia, sabe que verse sin interrupción no constituye el mismo placer que se disfruta separándose y uniéndose a ratos. Estas interrupciones me llenan de un amor renovado hacia los míos y me convierten en algo más dulce el disfrute de mi casa; la vicisitud aviva mi apetito hacia un partido y luego hacia otro. Yo sé que la amistad tiene los brazos lo suficientemente largos para sustentarse y juntarse de un rincón del mundo al otro, y más particularmente ésta, en la cual priva una comunicación continuada de oficios que despiertan en ella la obligación y el recuerdo. Los estoicos aciertan cuando advierten que hay conexiones y relaciones muy grandes entre los filósofos, que quien almuerza en Francia sustenta a su compañero en Egipto, y que, al extender un dedo en cualquier dirección, todos los sabios de la tierra habitable se sienten ayudados. El regocijo y la posesión pertenecen principalmente a la fantasía. Ésta abraza con ardor y continuidad superiores lo que pretende que lo que toca. Anotad vuestras diarias distracciones y reconoceréis encontraros más ausentes de vuestro amigo cuando lo tenéis delante; su presencia debilita vuestra atención y procura libertad a vuestro espíritu para ausentarse a cualquier hora y a cualquier causa.

Desde Roma y más allá veo yo y gobierno mi casa y las comodidades que dejé en ella. Mis murallas, mis árboles y mis rentas las veo crecer y decrecer, a dos dedos de distancia, como cuando allí me encuentro:

Ante oculos errat domus, errat forma locorum.[207]

Si gozamos solamente de lo que tocamos, adiós nuestros escudos cuando los custodian nuestros cofres, y a nuestros hijos, si están de caza, pues queremos tenerlos más próximos. ¿Están lejos, en el jardín? ¿A media jornada? ¿Y a diez leguas, están lejos o cerca? Si os parece cerca, ¿qué pensáis de once, doce o trece, contando paso a paso...? En verdad entiendo que la que supiere prescribir a su marido: «Cuál de entre ésos es el que limita las cercanías, y cuál inaugura lo lejano», le pararía los pies entre ambos:

excludat jurgia finis...
Utor permisso; caudaeque pilos ut equinae
Paulatim vello, et demo unum demo etiam unum
Dum cadat elusus ratione ruentis acervi,[208]

y que las mujeres llaman apasionadamente a la filosofía en su socorro, a la cual alguien podía hacerle reproches, puesto que no alcanza a ver ni el uno ni el otro extremo de la juntura entre lo mucho y lo poco, lo largo y lo corto, lo pesado y lo ligero, lo cerca y lo lejos, como tampoco reconoce el comienzo ni el fin, que juzga inciertamente del medio: *Rerum natura nullam nobis dedit cognitionem finium.*[209] ¿No son las damas hasta mujeres y amigas de los muertos, quienes no están al fin de éste, sino del otro mundo? Nosotros abrazamos a los que fueron y a los que todavía no son, ¿no hemos de hacer igual con los ausentes? No convenimos, al casarnos, mantenernos constantemente unidos por la cola el uno al otro, a la manera de no sé qué animalillos que vemos, o como los hechizados de Karantia (en la isla de Rugen, en el mar Báltico), de una manera canina. Por lo que una mujer no debe tener los

207 «Ante mis ojos vive mi casa y la forma de sus lugares.» Ovidio, *Tristes,* III, 4, 57.

208 «Un límite evita la discusión... Echo mano de todo lo que se me concede; y así como arrancaría crin a crin toda la cola de un caballo, suprimiré una legua y luego otra hasta que caiga rendido por la fuerza de mi razonamiento.» Horacio, *Epístolas,* II, 1, 38.

209 «La naturaleza no nos permite conocer los límites de las cosas.» Cicerón, *Acad.,* II, 29.

ojos glotonamente clavados en la delantera de su marido, de tal suerte que no pueda ver la trasera, llegado el caso.

Estas palabras de aquel excelente pintor de los caprichos femeninos, ¿no vendrían bien aquí para expresar la causa de sus lamentos?:

> *Uxor, si cesses, aut te amare cogitat,*
> *Aut tete amari, aut potare, aut animo obsequi;*
> *Et tibi bene esse soli, quum sibi sit male.*[210]

¿O será quizá que la oposición y contradicción las alimenta y las nutre y que se acomodan lo suficiente, siempre y cuando os incomoden...?

En la verdadera amistad, en la cual soy experto, yo me consagro a mi amigo mucho más que lo atraigo. No solamente prefiero hacerle bien a que me lo haga, sino que todavía estimo más el bien que se hace que el que a mí me procura. No hay regocijo como el que me proporciona en el segundo caso. Y si la ausencia le es placentera o urgente, se convierte para mí en algo más dulce que su presencia, aunque no debe llamarse ausencia si disponemos de un medio para comunicarnos. Alguna vez me resultó hasta cómoda nuestra separación: cumplíamos mejor y dilatábamos más la posesión de la vida alejándonos. Él vivía, disfrutaba, viviendo para mí, y yo para él, con una plenitud tan plena como si hubiera estado en presencia. Una parte de nosotros permanecía ociosa cuando nos encontrábamos juntos: entonces nos confundíamos. La distancia convertía en algo mucho más rico la conjunción de nuestras voluntades. Ese otro apetito insaciable de la presencia corporal acusa un tanto la debilidad en las delicias del trato de las almas.

Respecto a la creencia de que viajar no es algo pertinente a la vejez, yo no lo creo. Creo quizá todo lo contrario. A la juventud incumbe someterse a las opiniones comunes y renunciar en provecho ajeno; puede incluso satisfacer a los otros y a sí misma. Los ancianos tenemos demasiado que hacer con atender a nuestra propia persona. A medida que las comodidades naturales

---

210 «Si os recogéis un poco tarde, vuestra esposa supone que hacéis con otra el amor, o que por otra sois amado, que os disteis a la bebida o que os divertís; en fin, que los buenos ratos son para vosotros y los malos para ella.» Terencio, *Adelphi*, acto I, escena 1, v. 7.

nos faltan, buscamos el sostén de las artificiales. Es injusto excusar a la juventud de buscar sus placeres y prohibir a la vejez buscarlos. Cuando yo era joven, encubría mis pasiones joviales con la prudencia; ahora, viejo, alivio las pasiones tristes con el placer. También prohíben las leyes platónicas peregrinar antes de los cuarenta o cincuenta años, con el fin de hacer la peregrinación más útil e instructiva. Mejor apruebo yo otro segundo artículo de esas mismas leyes que las suponen inadecuadas después de los sesenta.

«Pero a tal edad —se me dice— nunca volveréis de un camino tan largo...» ¿Y a mí qué me importa? No lo inicio para regresar ni para completarlo, sino tan sólo para ponerme en movimiento; mientras éste dura, me complazco y me paseo por pasearme. Los que corren en busca de un beneficio o de una liebre es lo mismo que si no corrieran; hay quienes solamente lo hacen para cultivar semejante deporte.

Mi propósito es divisible en todos los aspectos, y no se funda en grandes esperanzas; cada jornada cumple su misión, y lo mismo acontece con el viaje de mi vida. He visto, no obstante, multitud de lugares apartados donde habría deseado que me hubieran detenido. ¿Y por qué no, si Crisipo, Cleantes, Diógenes, Zenón, Antípatro y tantos otros hombres que fueron cimas de cordura, que pertenecieron a la más estricta escuela filosófica, abandonaron complacidos su país, sin que de él estuvieran disgustados, exclusivamente para disfrutar de otros aires...? Resulta un hecho que la contrariedad mayor de mis peregrinaciones es verme imposibilitado de establecer mi residencia en el lugar donde se me antoje, que la vuelta me sea siempre necesaria para acomodarme de nuevo a los caprichos comunes.

Si temiera morir lejos del lugar en que nací, si pensara en terminar menos a mi gusto apartado de los míos, apenas pondría los pies fuera de Francia. No saldría sin horror de mi parroquia. Yo siento continuamente que la muerte actúa sobre mi garganta y mis riñones, pero como estoy hecho de otro modo, la aguardo tranquilamente en todas partes. Y si me fuera posible elegir, la recibiría más bien a caballo que en el lecho, fuera de mi casa y lejos de los míos. Hay más desolación que consuelo en el hecho de despedirse de los amigos. Yo olvido muchas veces este deber de nuestro trato por considerarlo el más desagradable de la amistad y de la propia suerte; prescindiría encantado de ese grande y eterno adiós. Si algo práctico tiene la asistencia, son incontables los inconvenientes. Muchos moribundos vi lastimosamente rodeados de todo ese cortejo, que en definitiva los ahogaba. Esto se opone al deber del afecto y prueba que es escaso; pocos se preocupan de dejaros morir tranquilamente: uno atormenta vuestros ojos; otro vuestros oídos; otro vuestra boca, y no hay sentido ni miembro que no os destrocen. El corazón se colma de piedad al oír los lamentos amistosos, y acaso a veces el despecho, de tanto escuchar duelos simulados y falsos. Quien siempre fue de complexión delicada y flaca, lo es más aún en estos casos; en ellos necesita una mano dulce, acomodada a su sentimiento, para que le rasque donde le pica o, en definitiva, para que le deje en paz. Si todos necesitamos una partera para que nos ponga en el mundo, con mayor razón necesitamos de un hombre mucho más competente para que nos saque de él. Incluso siendo amigo, habría que pagarle bien caro su servicio en tales circunstancias.

Yo no he llegado aún a ese vigor desdeñoso que se fortifica en sí mismo, al cual nada ayuda ni turba; me encuentro un poco más abajo, y lo que pretendo es agazaparme y apartarme de este paso no tanto por temor como por arte. A mi ver, no es esta ocasión de un solo personaje. ¿Por qué? Porque en este momento acaba todo el interés que uno siente por la reputación. Yo me conformo con una muerte recogida en sí misma, sosegada y solitaria, cabalmente mía, que concuerda con mi vida retirada y apartada. Lo contrario de lo que pretendía la superstición romana, al considerar desdichado a quien moría sin hablar y sin tener a su lado a parientes y amigos que le cerraran los ojos. Ya tengo bastante con consolarme, sin necesidad de procurar consuelo a los demás; demasiadas ideas asaltan mi cabeza sin que a mi alrededor las encuentre, y demasiadas cosas tengo en qué pensar para pedir otras prestadas. Este tránsito no es cosa de la sociedad; es el acto de un solo personaje. Vivamos y riamos entre los nuestros; vayamos a morir y a rechinar junto a los desconocidos. Pagándolo, encontraréis quien os vuelva la cabeza y quien os frote los pies, quien os apriete como queráis, mostrándoos un semblante indiferente y dejándoos que os gobernéis o quejéis a vuestro modo.

Por reflexión me descargo todos los días de ese humor inhumano y pueril que nos impulsa a conmover a nuestros amigos con los males que padecemos. Divulgamos en exceso nuestros achaques para producir lágrimas, y la firmeza que destacamos en los demás cuando afrontan con suficiente entereza la adversa fortuna la acusamos quejumbrosos ante nuestros parientes cuando a nosotros nos llega la hora. No nos basta con que se resientan de nuestro mal, sino que necesitamos que se aflijan. Es necesario extender, sin embargo, el regocijo y disimular en lo posible la tristeza. Quien suscita la compasión sin una causa seria, se hace acreedor a no ser compadecido cuando le sea necesario. Lamentarse siempre es hacer sordo a todo el mundo, y dárselas constantemente de víctima, no serlo para nadie. Quien se hace el muerto estando vivo está condenado a que lo supongan vivo encontrándose moribundo. Yo he visto a muchos encolerizarse por encontrárseles el semblante fresco y el pulso reposado, contener la risa porque denunciaba su curación, odiar la salud en razón de no ser lamentable. Y, además, los que de esta manera procedían no eran precisamente mujeres.

Yo exteriorizo mis dolencias según su importancia, evitando las palabras de pronóstico grave y las exclamaciones artificiosas. Si no el regocijo, es necesario el continente sosegado de los asistentes al lado de un enfermo apenado. Al verse afligido no detesta la salud, plácele reconocerla en los demás fuerte y sólida y gozar aunque no sea más que de su compañía. Por sentirse deshecho de arriba abajo, no hay por qué despreciar la idea de la vida ni rehusar las conversaciones comunes. Yo quisiera estudiar la enfermedad cuando me encuentro sano; cuando se alberga dentro de nosotros, crea una sensación demasiado real, sin que mi fantasía la ayude. Con anticipación nos preparamos para nuestros viajes, y a ellos nos decidimos; la hora en que debemos montar a caballo la dedicamos a la concurrencia y podemos dilatarla cuanto nos apetezca.

Mediante la publicación de mis costumbres siento el beneficio de que me sirve de precepto. A veces suelo pensar que nunca debo traicionar la historia de mi vida. Esta pública declaración me obliga a mantenerme en mi camino y a no desfigurar la idea de mis condiciones, normalmente menos desfiguradas y contradichas de lo que las juzga la malignidad y enfermedad de los juicios actuales. La uniformidad y sencillez de mis costumbres pueden interpretarse fácilmente; no obstante, como su manera de ser es algo nueva y distinta de lo usual, se convierte en motivo de maledicencia. Así, ocurre que a quien me quiere abiertamente ofender, me parece proporcionarle la suficiente materia para morderme con mis imperfecciones confesadas y reconocidas, y hasta procurar que se harte sin dar ningún golpe en falso. Si por prevenir yo mismo la acusación y el descubrimiento entiendo que trato de desdentar su mordedura, es razonable que encamine su derecho hacia la amplificación y la extensión (la ofensa tiene sus derechos en otra justicia), y que los vicios cuya raíz yo mismo le descubro los abulte hasta convertirlos en árboles, que saque a la superficie no solamente los que me poseen, sino también los que me amenazan, injuriosos todos en calidad y en número, y que escudado en ellos me venza.

Yo abrazaría francamente el ejemplo del filósofo Bión. Cuando Antígono trató de despreciarlo por su origen, éste le cerró el pico, diciéndole: «Soy hijo de un siervo, carnicero de oficio, estigmatizado, y de una prostituta con quien mi padre se casó por la bajeza de su fortuna. Ambos fueron castigados por no sé qué delitos. Un orador me compró de niño por encontrarme hermoso y agradable y me dejó todos sus bienes al morir, los cuales trasladé a esta ciudad de Atenas para dedicarme a la filosofía. Que los historiadores no traten de buscar novedades sobre mí; yo les diré sencillamente lo que soy». La confesión generosa y libre enerva la censura y desarma la injuria.

Después de pensarlo, entiendo que con igual frecuencia se me alaba injustamente que se me da la razón. Y me parece también que desde mi infancia, en rango y en grado honoríficos, se me valorizó más de lo debido.

Me hallaría mejor en un país donde estos valores fueran mejor equiparados, o bien despreciados. Entre hombres, después de que la discusión de la prerrogativa en marchar o en sentarse pasa de la tercera réplica, toca ya con lo incivil. Yo no temo ceder o proceder indebidamente por escapar al planteo de una tan inoportuna discusión, y nunca hubo nadie que deseara la prioridad a quien no se la cediese...

Además de este provecho que yo saco de escribir sobre mí mismo, tengo esperanza de otro: si sucediera que mis humores complacieran y estuviesen en armonía con los de algún hombre honesto, antes de que yo muriese, éste buscaría mi amistad. Con mi relación, como es natural, le doy mucho ganado, pues todo cuanto un dilatado conocimiento y familiaridad pudiera procurarle en varios años lo ha visto en tres días en este registro, y con mayor exactitud y seguridad. ¡Cosa extraña! Muchas cosas que no querría decir a nadie se las digo al público, y para todo lo referente a mi ciencia más oculta y a mis pensamientos más recónditos, envío a la librería a mis más leales amigos:

Excutienda damus praecordia.[211]

Si con tan infalibles señas supiera yo de alguien que se acomodara a mi modo de ser, iría a buscarlo adonde estuviera, por muy lejos que fuese, pues la dulzura de una adecuada y grata compañía no puede pagarse nunca en mi criterio. ¡Ah, un amigo! ¡Cuán verdadera es la sentencia antigua que declara su encuentro «más necesario y más gustoso que el uso de los dos elementos, agua y fuego»! Y volviendo al tema de la muerte, diré, pues, que no es malo morir lejos y apartado de la casa. Consideramos como un deber retirarnos para ejecutar algunas acciones naturales menos desdichadas que aquélla y menos odiosas. Pero aun los que llegan al extremo de arrastrar languideciendo un largo periodo de vida, no debieran acaso complicar con su miseria a una gran familia. Por lo cual los indios, en cierta provincia, consideraban equitativo matar a quien había caído en la proximidad de tal estado, y en otras lo abandonaban dejándolo solo con el fin de que se salvara como pudiese. ¿Para quién no son cargantes e insoportables los achacosos...? Los deberes comunes imponen menos sacrificio. Necesariamente enseñáis a ser crueles a vuestros mejores amigos, endureciendo al mismo tiempo a vuestra mujer y a vuestros hijos con el continuo lamento, hasta que miran con indiferencia vuestros males. Los

211 «Entregamos a su examen los pliegues del alma.» Persio, v. 22.

suspiros debidos a mi cólico, por ejemplo, dejan ya a todo el mundo tan tranquilo. Y aun cuando alcanzáramos algún regocijo con la conversación sobre ellos, lo cual no sucede casi nunca a causa de la disparidad de condiciones que supone de ordinario desprecio y envidia hacia los otros, cualesquiera que sean, ¿no es demasiado abusar del prójimo durante toda la vida? Cuanto más yo los vea compadecerse más sinceramente de mi estado, más lamentaré su pena. Lícito resulta apoyarnos, pero no echarnos descaradamente encima de nuestros semejantes, sumiéndolos en su ruina, como aquel que hacía degollar a los pequeñuelos para con su sangre curarse la enfermedad que padecía, o como aquel otro a quien se procuraban tiernas jóvenes para que por la noche calentaran sus viejos miembros y mezclaran la dulzura de sus alientos con el suyo, acre y fatigado. Yo aconsejo voluntariamente a cualquiera a que no incurra en tal naturaleza y blandura de vida.

La decrepitud es cualidad solitaria. Yo soy sociable al máximo y, sin embargo, considero sensato apartarme poco a poco de la vista del mundo, con objeto de guardar la inoportunidad para mí solo y de incubarla sin testigos; hora es ya que me repliegue y me recoja en mi concha, igual que las tortugas. Aprenderé a ver a los hombres sin vincularme a ellos. Los ultrajaría en un paso tan resbaladizo. Llegó la hora de volverle la espalda a su compañía.

«Pero en tan largo viaje —se me dirá— os veréis obligado a deteneros miserablemente en una perrera, donde os faltará hasta lo más preciso.» Yo llevo conmigo la mayor parte de las cosas necesarias; además, nunca podremos evitar la desdicha cuando corre detrás de nosotros. Nada necesito de extraordinario cuando estoy enfermo; aquello que la naturaleza sola no puede en mí, yo no quiero apuntarlo en el haber de las medicinas. En el comienzo de las fiebres y enfermedades que me abaten, con fuerzas todavía suficientes en estado vecino de la salud, me reconcilio con Dios para cumplir mis últimos cristianos deberes, y así me encuentro más libre y descargado, sintiéndome de este modo tanto más resistente para sufrir el mal. Necesito menos a los notarios y a los testamentarios que a los médicos. Lo que bueno y sano no logre con mis asuntos, no se espere que lo solucione

estando enfermo. Aquello que quiero poner en práctica para la hora de mi muerte está siempre hecho, no sería capaz de retardarlo ni un solo día. Y en lo que nada haya hecho, quiero decir que la duda retardó mi propósito (puesto que a veces beneficia la elección no elegir nada) o que nada quise que se realizara.

Yo escribo mi libro para pocos hombres y para pocos años. Si hubiera tratado de una materia más durable, habría sido preciso emplear para él un lenguaje más firme. Al contar con la variación continua que el nuestro experimentó hasta hoy, ¿quién puede creer que su forma actual esté en uso de aquí a cincuenta años? Todos los días se desliza de nuestras manos, y desde que yo vine al mundo se modificó por lo menos en la mitad. Nosotros aseguramos que ahora es ya algo perfecto, pero otro tanto dijo del suyo cada siglo. Yo no me preocupo de sujetarlo mientras huya y vaya deformándose como lo hace. A los buenos y provechosos escritos corresponde sujetarlo, y su crédito caminará de acuerdo con la fortuna de nuestro Estado.

Sin embargo, no dudo en emplear aquí muchas expresiones que sólo los hombres de hoy emplean, y que incumben a la particular ciencia de algunos, los cuales verán en ellas con mayor intensidad que los de normal inteligencia. Después de todo, yo no quiero, como veo que ocurre cuando se trata de la memoria de los muertos, que se ande con sutilezas, diciendo: «Juzgaba o vivía así; quería esto; si hacia su final hubiera hablado, hubiera dicho, hubiera hecho; yo lo conocía como nadie». Ahora bien, cuando los miramientos me lo permiten, hago yo aquí sentir mis inclinaciones y afecciones, pero más libremente y con más complacencia las expreso de palabra a quien quiera de ellas estar informado. Tanto es así que en estas memorias, si bien se repara, se encontrará que lo dije todo, o todo lo sugerí. Lo que no pude formular lo señalé con el dedo:

Verum animo satis haec vestigia parva sagaci
Sunt, per quae possis cognoscere caetera tute.[212]

212 «A un espíritu sagaz como el tuyo, estos ligeros vestigios bastarán para que descubras solo y sin ayuda todo el resto.» Lucrecio, I, 403.

Yo no dejo nada que desear y sospechar de mí. Si sobre mí ha de hablarse, quiero que se hable verdadera y justamente. Muy gustoso volvería del otro mundo para desmentir al que me haga diferente de como fui, aunque se tratara de honrarme. Hasta de los vivos mismos advierto que se habla siempre distintamente de cómo son; y si a viva fuerza no hubiera yo restablecido a un amigo que perdí, me lo hubieran desfigurado en mil contrarios semblantes.

Para acabar de explicar mis débiles humores, confesaré que cuando viajo, apenas llegado a mi nuevo alojamiento, asaltan mi fantasía las ideas de si podré estar enfermo y morir en él a mis anchas. Me agrada estar alojado en lugar que se acomoda con mis caprichos, sin ruido, apartado, que no sea triste, oscuro o de atmósfera agobiadora. Intento adornar a la muerte con estas frívolas circunstancias o, si se quiere, descargarme de toda preocupación distinta de ella, pues sin duda me pesará de sobra sin el arrimo de otra carga. Quiero que participe en la facilidad y comodidad de su vida: de ella es la muerte un pellizco importante, y espero ahora que no desmentirá toda mi existencia.

La muerte tiene maneras más fáciles las unas que las otras, y adopta cualidades muy diferentes, según la fantasía de cada uno. Entre las naturales, la que proviene de debilidad y amodorramiento me parece dulce y blanda. Entre las violentas, imagino más penoso un precipicio que una ruina que me abrume, y una estocada que un arcabuzazo. Hubiera sorbido mejor el brebaje de Sócrates que soportado el golpe famoso de Catón. Y aun cuando todo sea la misma cosa, mi espíritu, sin embargo, establece diferencias, como de la muerte a la vida, entre lanzarme en un horno candente o en el cauce reposado de un manso río. ¡Muy torpemente nuestro temor se preocupa más del medio que del efecto! La cosa ocurre en un instante, pero éste resulta de tal magnitud, que yo daría de buena gana algunos días de mi vida por que ocurriese a mi gusto.

Puesto que la fantasía de cada cual reconoce la mayor o menor acritud de la muerte según su naturaleza, puesto que cada cual encuentra algún medio de elección entre las distintas maneras de morir, ensayemos un poco más antes de descubrir alguna carente de todo placer. ¿No podríamos convertirla hasta en voluptuosa como ocurre en el caso de los *conmurientes*[213] de Antonio y Cleopatra? Dejo a un lado los alivios que la filosofía y la religión procuran, por demasiado rudos y ejemplares. Pero aun entre los hombres menos notorios, hubo algunos en Roma, cual un Petronio o un Tigelino, que obligados a matarse, diríase que la adormecieron en virtud de la blandura de sus aprestos; hiciéronla discurrir y deslizarse entre el descuido de sus pasatiempos acostumbrados, en medio de muchachas y buenos compañeros; ninguna palabra de consuelo, ninguna mención de testamentos, ninguna afirmación ambiciosa de constancia, ninguna reflexión sobre la condición futura. Acabaron entre juegos, festines, bromas, conversaciones corrientes y ordinarias, música y versos amorosos. ¿No podríamos nosotros imitar solución semejante con más honesta conducta? Pues que hay muertes buenas para los locos y buenas para los cuerdos, sepamos buscarlas adecuadas a los que equidistan de ambos, quedándose en un término medio. Mi fantasía me brinda alguna de semblante simpático —puesto que es preciso morir—, deseable. Los tiranos romanos creían dar la vida al criminal a quien otorgaban la elección de su muerte. Pero Teofrasto, filósofo delicado, modesto y sabio, ¿no se sintió impulsado por la razón al escribir este verso, latinizado por Cicerón?

Vitam regit fortuna, non sapientia.[214]

La fortuna facilita el final de mi vida cuando la dispone de tal manera que, en lo sucesivo, ni mis gentes la necesitan ni tampoco les importa. Es ésta una condición que hubiera yo aceptado en cada uno de los años que viví, pero ahora que el momento de liar los bártulos se acerca, me conforta particularmente no ocasionar a nadie placer ni dolor cuando desaparezca. Mi suerte quiso, gracias a una compensación habilísima, que los que pueden pretender algún fruto material por mi muerte tengan justamente una pérdida. La muerte nos apesadumbra a veces porque ocasiona duelo a los

213 Cofradía creada por Cleopatra y Marco Antonio después de la batalla de Accio, cuyos componentes juraban morir juntos.

214 «La fortuna gobierna nuestra vida, no la sabiduría.» Cicerón, *Tusc. Quaest.*, v. 3.

demás, y nos inquieta por el interés de otros casi tanto como por el nuestro, y más también en ocasiones.

En esa comodidad de alojamiento que deseo no me interesan ni la pompa ni la opulencia (puesto que detesto ambas cosas), sino ese sencillo aspecto que con mayor frecuencia se encuentra en los lugares donde hay menos arte y a los que la naturaleza embellece con alguna gracia absolutamente suya. *Non ampliter, sed munditer convivium. Plus salis quam sumptus.*[215]

Por otra parte, incumbe a quienes arrastran los negocios en pleno invierno hacia los Grisones verse sorprendidos en el camino en estación tan extrema. Yo, que casi siempre viajo por capricho, no me oriento demasiado mal. Si hace mal tiempo a la derecha, me encamino hacia la izquierda; si no estoy dispuesto para montar a caballo, me detengo, y procediendo siempre de este modo con nada tropiezo en verdad que no me sea tan agradable y cómodo como si de mi casa se tratase. Verdad es que yo encuentro la superfluidad siempre superflua, y subrayo las complicaciones que ocasionan la delicadeza misma y la abundancia. Cuando dejo algo que ver detrás de mí, vuelvo atrás; así es siempre mi camino, pues no trazo para seguirlo ninguna línea determinada, ni recta ni curva. Cuando no encontré, donde fui, lo que se me había anunciado (dado que con frecuencia los juicios ajenos no coinciden con los míos, encontrándolos a menudo falsos), no deploré la molestia, aprendí que no había nada de lo que se decía y así todo me va de maravilla.

La complexión de mi cuerpo es liberal y mi gusto común como el de los demás hombres del mundo. La diversidad de formas existente entre una nación y otra no me afecta más que por el placer de la variedad. Cada usanza tiene su razón. Ya sean los platos de estaño, madera o loza, ya sea guisado o asado, manteca o aceite (de nueces o de oliva), caliente o frío, todo me es igual; tanto, que solamente envejeciendo puedo acusar a esta generosa facultad, hasta el extremo de necesitar que la delicadeza o la atención detuvieran la indiscreción de mi apetito y a veces también aliviaran mi

215 «Una comida en que reine la propiedad más que la abundancia; más agradable que fastuosa.» Justo Lipsio, *Saturnalium sermonum libri,* I, 6.

estómago. Al verme agasajado en ocasiones con platos a la francesa, me reí de la oferta, buscando siempre las mesas más repletas de extranjeros.

Me avergüenza ver a nuestros hombres apagados con ese torpe humor de que se llenan cuando ven algo distinto de lo habitual; pareciera que se hallan fuera de su elemento cuando se encuentran fuera de su pueblo. Adondequiera que van, se atienen a sus costumbres y detestan las extrañas. Si tropiezan con un compatriota en Hungría, festejan la aventura uniéndose el uno al otro para condenar todas las costumbres bárbaras que en su criterio desfilan ante sus ojos. ¿Y cómo no han de ser bárbaras, si no son francesas...? Y todavía debemos alabar la habilidad de éstos que las reconocieron para condenarlas. La mayor parte de los franceses no toman el camino de la ida sino para seguirlo a la vuelta; viajan cubiertos y constreñidos de acuerdo con una prudencia taciturna e incomunicable, defendiéndose del contagio de un aire desconocido.

Lo que dije de los primeros me hace recordar un hecho semejante, advertido en alguno de nuestros jóvenes cortesanos, quienes no atienden más que a los hombres de su categoría, suponiendo a los demás gente de otro mundo, piadosa o desdeñosamente. Quitadles sus conversaciones sobre los misterios de la corte, y todo lo demás se encuentra fuera de su alcance, tan nuevos y tan desdichados para nosotros como nosotros para ellos. Con mucha razón se dice que el varón honesto debe ser hombre complejo.

Yo, por el contrario, conocedor del rango de nuestros modales, y no para buscar gascones en Sicilia (que bastantes dejé en mi casa), busco más bien griegos y persas; me acerco a ellos y los considero, a lo cual me dispongo y empleo. Y diré aún más: encuentro que apenas existen costumbres que no valgan lo que las nuestras, aunque no ejerzan demasiada influencia sobre mí, ya que apenas he llegado a perder de vista nuestras veletas.

Por lo demás, la mayor parte de las compañías fortuitas con que tropezáis en el camino os procuran mayor incomodidad que placer; yo no me comprometo con ninguna, y menos en este momento que la vejez me particulariza y desplaza en algún modo de las costumbres comunes. Os imponéis sacrificios por otro, u otro por vosotros; ambas contrariedades son dolorosas, pero la segunda es todavía más dura que la primera. Es una fortuna rara, pero de inestimable alivio, disponer de un hombre honesto, de entendimiento firme y costumbres parecidas a las vuestras a quien le complazca seguiros; es algo que he echado mucho de menos en todos mis viajes. Pero semejante compañía hay que haberla escogido y ganado desde la propia casa.

Ningún placer tiene sabor para mí si no encuentro a quien comunicárselo. Ni un pensamiento alegre acude a mi alma que no me contraríe haberlo producido solo, sin tener a nadie a quien brindarlo. *Si cum hac exceptione detur sapientia, ut illam inclusam teneam, nec anuntiem, rejiciam.*[216] Cicerón hizo subir esta idea un poco más: *Si contingerit ea vita sapienti, ut in omnium rerum affluentibus copiis, quamvis omnia, quae cognitione digna sunt, summo otio secum ipse consideret et contempletur; tamen, si solitudo tanta sit, ut hominem videre non possit, excedat e vita.*[217] La opinión de Arquitas me gusta cuando decía «que aun por el cielo mismo sería desagradable pasearse en medio de aquellos grandes y divinos cuerpos celestes, sin la vecindad de un compañero».

Pero vale más estar solo que mal acompañado por alguien aburrido e inepto. Aristipo, teniendo en cuenta lo dicho, gustaba de vivir en todas partes como un extraño:

> *Me si fata meis paterentur ducere vitam*
> *Auspiciis;*[218]

por mi parte, mejor pasaría la existencia con el trasero en la silla de montar,

> *visere gestiens,*
> *Qua parte debacchentur ignes,*
> *Qua nebulae, pluviique rores.*[219]

---

216 «Si me dieran la sabiduría, a condición de tenerla guardada, sin podérsela comunicar a nadie, la rechazaría.» Séneca, *Epístolas*, 6.

217 «Suponed un sabio en unas condiciones de vida tales que tenga abundancia de todo, dueño de contemplar y estudiar a placer todo lo que sea digno de ser conocido, mas rodeado de una tan enorme soledad que no pueda ver a ningún hombre; abandonaría esta vida.» Cicerón, *De Officiis*, I, 43.

218 «Si el destino me permitiera pasar la vida de acuerdo con mis deseos.» Virgilio, *Eneida*, IV, 340.

219 «Ansiando visitar las regiones que el sol abrasa con sus rayos y los lugares donde se forman las nubes y el rocío.» Horacio, *Epíst.*, III, 3, 54.

Pero se me pregunta: «¿No tenéis pasatiempos más atractivos? ¿Qué echáis de menos? ¿Vuestra casa no está bien situada en cuanto al clima se refiere? ¿No es sana, suficientemente provista y capaz del bienestar necesario? La majestad real se ha hospedado más de una vez en ella con toda su pompa. ¿Vuestra familia no considera más gente por debajo de ella, en la sociedad, que la que la supera en eminencia? ¿Hay aquí algún pensamiento local que os ulcere o alguna cosa que os resulte extraordinaria o indigesta?

Quae te nunc coquat et vexet sub pectore fixa?[220]

»¿Dónde pensáis que podéis vivir sin impedimento ni complicaciones? *Numquam simpliciter fortuna indulget.*[221] Ved, pues, que solamente vos os atormentáis; y como os seguiréis por todas partes, por todas partes os quejaréis, pues no hay satisfacción aquí abajo más que para las almas bestiales o divinas. Quien con tantos medios no alcanza satisfacción, ¿dónde piensa encontrarla? ¿A cuántos millares de hombres no detienen los deseos una condición como la vuestra? Reformaos solamente, pues en este extremo todo lo podéis, mientras que a la fortuna solamente seréis capaz de oponer la paciencia: *Nulla placida quies est, nisi quam ratio composuit*».[222]

Yo acepto la razón de esta advertencia, y la estimo en todo lo que vale. Pero más eficaz y pertinente sería decirme en una palabra: «Sed cuerdo». Esta resolución está más allá de la prudencia, es su obra y su resultado. Hace lo propio el médico que va aturdiendo al pobre enfermo cuya vida se acaba, diciéndole que «se distraiga». Le aconsejaría menos torpemente si le dijera: «Sed sano». Por lo que a mí se refiere, yo no soy sino un hombre como todos los otros. Es un precepto saludable, seguro y de comprensión holgada ése de «contentaos con la vuestra», es decir, con la razón. La

220 «¿Qué existe en vuestro corazón consumiéndoos y corroyéndoos?» Ennio, citado por Cicerón, *De Senectute*, cap. I.

221 «Los favores de la fortuna no benefician nunca totalmente.» Quinto Curcio, IV, 14.

222 «No hay tranquilidad más verdadera que la que se debe a la razón.» Séneca, *Epístolas*, 56.

ejecución, sin embargo, no está a mano siquiera de los que me aventajan en prudencia. Es un decir vulgar, pero de terrible alcance, pues en verdad, ¿qué no comprende? Todas las cosas caen bajo el dominio de la discreción y la medida.

Yo bien sé que, interpretándolo a la letra, este placer de viajar es testimonio de inquietud e irresolución. Sí, lo confieso, yo no veo nada, ni siquiera en sueños ni por deseo fantástico, donde pudiera detenerme. La variedad me satisface, así como la posesión de la diversidad, si alguna cosa me satisface todavía. En el caso de viajar, me alimenta la idea misma de que puedo detenerme sin que tenga interés en hacerlo y el sueño de partir para encaminarme cómodamente a otro lugar. Yo amo la vida privada por ser algo elegido por mí mismo, y no porque se oponga en cierta medida a la pública, que quizá esté tan en armonía como la otra con mi complexión; en ésta sirvo más gratamente a mi príncipe, porque lo hago mediante la libre elección de mi juicio y de mi razón, sin obligación particular que a él me vincule, pues a ello no fui lanzado ni obligado por ser inaceptable para cualquier otro partido, o detestado, y así en todo lo demás. Odio los alimentos que la necesidad me ofrece. Toda comodidad me ahogaría si tuviera que depender de ella solamente:

Alter remus aquas, alter mihi radat arenas[223]

una sola cuerda no me sujeta nunca bastante. Hay vanidad, decís, en esta distracción. Pero ¿en dónde no la hay? ¿Sí o no? Y esos hermosos preceptos, ¿no son vanos? No olvidemos tampoco que vanidad es toda la sabiduría: *Dominus novit cogitationes sapientium, quoniam vanae sunt.*[224] Esas sutilezas exquisitas no son propias sino para sermones... Son discursos que quieren enviarnos completamente albardados al otro mundo. La vida es un movimiento material y corporal, acción desordenada e imperfecta por su propia esencia, yo trato de servirla según su propia naturaleza:

---

223 «Que uno de mis remos roce las olas y el otro la arena.» Propercio, III, 3, 20.

224 «El señor sabe que los pensamientos de los sabios son vanidad.» Salmo XCIII, 11, citado por san Pablo, *Epístola a los Corintios*, I, 3, 20.

Quisque suos patimur manes.[225]

Sic est faciendum, ut contra naturam universam nihil contendamus; ea tamen conservata, propiam sequamur.[226]

¿A qué vienen esos rasgos agudos y elevados de la filosofía, sobre los cuales ningún ser humano puede asentarse, y esos preceptos que superan nuestras costumbres y nuestras fuerzas? Yo veo que con frecuencia se nos presentan ejemplos de vida, los cuales ni el que los propone ni el que los escucha tienen la menor esperanza de seguir, ni deseo tampoco, lo que es más tremendo. De ese mismo papel donde acaba de escribir la sentencia condenando a un adúltero, el juez arranca un trozo para escribir una carta amorosa a la mujer de su compañero; la propia mujer con quien acabáis de refocilaros ilícitamente gritará luego con la mayor violencia en nuestra propia presencia contra delito idéntico en su compañera, y con mayor arrogancia incluso que Porcia. Ella misma condena a muerte a un hombre por crímenes que ni siquiera considera como faltas. En mi juventud vi a un correcto caballero presentar al pueblo con una mano versos excelentes en la invención y el desenfado y, con la otra, en el mismo instante, la más reñida reforma teológica con que el mundo se haya desayunado hace tiempo.

Los hombres marchan así. Se deja que las leyes y preceptos sigan su camino, mientras que nos lanzamos a otras vías, y no sólo por desorden de nuestras costumbres, sino muchas veces por opinión y parecer opuestos. Oíd la lectura de un discurso filosófico: la invención, la elocuencia, la pertinencia sacuden *incontinenti* vuestro espíritu y lo conmueven; nada domina, sin embargo, nuestra conciencia, no es a ella a quien se habla. ¿No es verdad? Por eso decía Aristón que ni un baño ni una lección producen provecho más que cuando limpian o desengrasan. Podemos detenernos

225 «Cada cual sufre su pena.» Virgilio, *Eneida*, VI, 743.

226 «Debemos actuar de tal manera que no contravengamos jamás las leyes universales de la naturaleza, aunque, respetándolas, sigamos de acuerdo con nuestra naturaleza individual.» Cicerón, *De Officiis*, I, 31.

en la corteza, pero después de retirada la médula; de la misma manera que después de beber el buen vino en una bella copa consideramos las labores que la adornan y enaltecen.

En todas las escuelas de la filosofía antigua se verá que un mismo obrero publica reglas de templanza y juntamente escritos de amor y libertinaje; y Jenofonte, en el regazo de Clinias, escribió contra la voluptuosidad tal como Aristipo la entendía. Y esto no ocurre como consecuencia de una conversión milagrosa que los agite con intermitencias, sino que Solón, por ejemplo, se representa unas veces a sí mismo como tal y otras como legislador; bien habla a la multitud, bien para sus adentros, y para su persona acepta las reglas libres y naturales, asegurándose una salud cabal y firme:

Curentur dubii medicis majoribus aegri.[227]

Permite Antístenes el amor al filósofo y además que realice a su modo lo que juzgue más oportuno sin atenerse a las leyes; con tanta más razón cuanto que su inteligencia es superior y conoce más profundamente la esencia de la virtud. Su discípulo Diógenes decía: «Oponed a las perturbaciones la razón, a la fortuna la resolución y a las leyes la naturaleza».

Para los estómagos delicados se precisan regímenes estrechos y artificiales; los buenos estómagos se sirven ampliamente de las prescripciones de su natural apetito. Lo mismo hacen los médicos, que comen melón y beben vino fresco, mientras tienen condenado al paciente al jarabe y al pastelillo.

«Yo no sé —decía Lais la cortesana— cuáles son los efectos de toda esa sapiencia, de todos esos libros y de toda esa sabiduría, pero esas gentes llaman a mi puerta con la misma frecuencia que los demás.» En la misma proporción que nuestra licencia nos empuja siempre más allá de lo que nos es lícito y permitido, se han restringido muchas veces, trasponiendo los límites de la razón universal, los preceptos y las leyes de nuestra vida:

227 «Que los enfermos en peligro sean visitados por los grandes médicos.» Juvenal, XIII, 124.

Nemo satis credit tantum delinquere, quantum
Permittas.[228]

Sería deseable que hubiera habido más proporción entre ordenar y obedecer; el fin parece injusto cuando no puede alcanzarse. Ningún hombre de bien, por mucho que lo sea, puede someter a las leyes todas sus acciones y pensamientos sin que se reconozca digno de ser ahorcado diez veces en el transcurso de su vida; algunos de ellos sería gran lástima e injusticia grave castigarlos y perderlos:

Olle, quid ad te,
De cute quid faciat ille, vel illa sua?[229]

y tal otro, aunque respetase las leyes, no por ello merecería los plácemes del hombre virtuoso, aparte de verse azotado justamente por la filosofía. ¡La relación de ambas cosas no puede ser más desigual y oscura! Como no nos preocupamos de ser gentes de bien conforme a la voluntad de Dios, tampoco podemos serlo conforme a nosotros mismos. La cordura humana no cumple nunca los deberes que ella misma se prescribe; y si alguna vez llegara a practicarlos, prescribiríanse otros más alejados, a los cuales pretendiera y aspirase siempre. ¡Tan enemiga es nuestra naturaleza de toda constancia! El hombre se ordena a sí mismo incurrir necesariamente en falta. No es muy cuerdo al ceñir su obligación a la razón de otro ser distinto del suyo. ¿A quién prescribe lo que espera que nadie cumpla? ¿Es justo a sus ojos no esforzarse por hacer lo imposible? Las leyes que nos condenan a no poder nos castigan por lo mismo que no podemos.

Poniéndonos en lo peor, esta deforme libertad de presentar las cosas bajo dos formas distintas, las acciones de una manera y las razones de otra, debe consentirse solamente a los que hablan, pero no a los que se cuentan a sí mismos, como en mi caso; es necesario que vaya yo con la pluma acordado

228 «Nadie cree pecar más de lo que se le permite.» Juvenal, XIV, 233.

229 «Olo, ¿y a ti qué te importa cómo éste o aquélla disponen de su piel...?» Marcial, VII, 9, I.

con mis pies. La vida común y corriente debe guardar relación con las otras vidas; la virtud de Catón resultaba vigorosa por encima de la razón de su siglo, y para ser hombre que se mezclaba en el gobierno de los demás, destinado al servicio común, podía decirse que era la suya una justicia, si no injusta, por lo menos vana y fuera de lugar. Mis propias costumbres, que apenas discrepan de las que corren en el espesor de una pulgada, me convierten sin embargo en una criatura arisca e insociable. No sé si estoy disgustado, sin razón, de la sociedad que frecuento, pero se me ocurre pensar que no sería cuerdo que me lamentase de que ella lo estuviese de mí, dado mi posible disgusto.

La virtud asignada a los negocios del mundo tiene muchos matices, rincones y recodos para aplicarla y equipararla a la debilidad humana; abigarrada y artificial, ni recta ni constante, ni puramente inocente tampoco. Los anales reprochan hasta ahora a uno de nuestros reyes haberse dejado llevar con sencillez excesiva por las concienzudas persuasiones de su confesor. Los negocios de Estado se gobiernan por preceptos más audaces:

exeat aula,
Qui vult esse pius.[230]

Alguna vez intenté poner al servicio de las negociaciones públicas esas reglas del vivir —tan nuevas, rudas, corrientes e impolutas— como en mí las engendré y de mi educación derivan y de las que me sirvo, si no con comodidad, al menos con seguridad en privado. Se trataba de una virtud escolástica y novicia. Todas me resultaron ineptas y peligrosas. Quien en medio de la multitud se lanza es preciso que se aparte del camino derecho, que apriete los codos, que recule o avance, y hasta que abandone la buena senda según lo que encuentra. Que viva no tanto de acuerdo con su criterio, sino con el ajeno; no de acuerdo con lo que se propone, sino con aquello que le proponen, según el tiempo, los hombres y los negocios.

230 «¡Salga de la corte el que quiera ser prudente!» Lucano, *Farsalia*, VIII, 493.

Platón dice que escapar dichoso del manejo del mundo es puro milagro; y afirma también que hacer del filósofo un jefe de gobierno no quiere decir que éste lo sea de una sociedad corrompida como la de Atenas, y todavía menos como la nuestra, con las cuales la sabiduría misma se descarriaría. Una planta que se siembra en un terreno diverso del que su naturaleza exige, efectuándose el natural trasplante, se adecua a él en vez de modificarlo.

Reconozco que si tuviera que formarme por completo para asumir tales ocupaciones, necesitaría cambiarme bastante. Aunque yo pudiera llevarlos sobre mí (¿y por qué no conseguirlo con tiempo y cuidado?), no los querría. De lo poco que me ejercité en los oficios públicos me disgusté demasiado. Cuando siento aletear en el alma alguna tentativa ambiciosa, me sujeto y me obstino en cumplir todo lo contrario:

At tu, Catulle, obstinatus obdura.[231]

Apenas se me tiene en cuenta para los empleos, pero yo tampoco los pretendo. La libertad y la ociosidad, que son mis cualidades predominantes, resultan algo diametralmente opuesto a estos oficios.

Nosotros no sabemos distinguir las facultades de los hombres, las cuales encierran innumerables divisiones y límites tan difíciles como delicados para ser comprendidas. Deducir de la capacidad de una vida particular la suficiencia posible de ésta en el orden público es algo erróneo; hay quienes se conducen bien y no saben conducir a los demás; hace *Ensayos* quien no puede conseguir efectos; existen los que disponen perfectamente el cerco de una plaza y no dirigirían bien la batalla; y discurre bien en privado quien a lo mejor arengaría desastrosamente a un pueblo o a un príncipe. En tantos casos, poder hacer una cosa es testimonio indudable de no saber hacer otra, mejor que prueba de capacidad. Yo considero que los espíritus elevados son casi tan poco aptos para las cosas bajas como los mediocres para las altas. ¿Podrá creerse que Sócrates fuera la risión de los atenienses a

231 «Pero tú, Catulo, persevera en tu obstinación.» Catulo, *Carmina*, VIII, 19.

expensas propias por no haber acertado nunca a contar los sufragios de su tribu con el fin de comunicarlos al consejo? La veneración que me inspira las perfecciones de este personaje merece que su fortuna provea a la excusa de mis principales imperfecciones con tan magnífico ejemplo.

Nuestra suficiencia está toda compuesta de piezas menudas. La mía carece de extensión y a la vez abarca pocos objetos. A los que echaron sobre sus hombros todo el mando, el tirano Saturnino les decía: «Compañeros, perdisteis un buen capitán al hacer de él un mal general». Quien se alaba en un tiempo enfermizo como éste de emplear al servicio del mundo una virtud nueva y sincera, o la desconoce, puesto que las opiniones se corrompen con las costumbres (y en verdad, oídla pintar, escuchad a la mayor parte glorificarse de sus acciones y establecer sus reglas; en lugar de hablar de la virtud, retratan el vicio y la injusticia puros y los presentan falseados a la enseñanza de los príncipes) o, si la conoce, se ensalza de forma equivocada, y, diga lo que quiera, realiza mil actos de los que su conciencia lo acusa. Yo creería de buen grado a Séneca por la experiencia que de ello hizo en ocasión parecida, en tanto me hablase con absoluta franqueza. El sello más honroso de bondad en coyuntura semejante es reconocer libremente las propias culpas y las ajenas, resistir y retardar con todas las fuerzas de que se es capaz la tendencia hacia el mal, seguir de mala gana esta pendiente, aguardar mejores cosas y desearlas también mejores.

Con frecuencia advierto, en los desmembramientos y divisiones en los que Francia ha caído, que cada cual procura defender su causa, pero hasta los mejores, con el disfraz y la mentira. Quien redondamente sobre aquéllos escribiera, lo haría temeraria y viciosamente. El partido más justo es, sin embargo, el miembro de un cuerpo agusanado y carcomido, pero de semejante cuerpo la parte menos enferma es la que se considera y se llama sana, y con bastante sentido, puesto que nuestras cualidades no se ponen en valor sino por comparación. La inocencia, la virtud civil, se mide según los lugares y las épocas. Me hubiera satisfecho leer en Jenofonte el elogio de la siguiente acción de Agesilao. Solicitado por un príncipe vecino, con el cual había batallado, para que le permitiese pasar por sus tierras, le concedió licencia para que atravesara el Peloponeso, y no sólo no lo aprisionó ni envenenó, disponiendo como es natural de su vida, sino que lo acogió cortésmente, sin ofenderlo lo más mínimo. Esta acción, para la mayoría de las gentes, no quiere decir nada; en otra parte y en época distinta se hablará de la franqueza y magnanimidad de acción tan generosa. Estos dómines se hubieran burlado de ella. ¡Tan poco puede compararse la virtud espartana con la francesa!

No dejamos de disponer de virtuosos varones, pero según nuestro criterio. Quien por sus ordenadas costumbres está por encima de su siglo, que tuerza o debilite ese orden, o que se eche mejor a un lado y no se inmiscuya en nada. Porque, ¿en qué podría beneficiarse?

Egregium sanctumque virum si cerno, bimembri
Hoc monstrum puero, et miranti jam sub aratro
Piscibus inventis, et foetae comparo mulae.[232]

Pueden esperarse tiempos mejores, pero no huir de los presentes; pueden apetecerse también otros magistrados, pero hay que obedecer no obstante a los que se tienen. Y acaso deba recomendarse obedecer a los malos más que a los buenos. Mientras la imagen de las leyes antiguas y heredadas de esta monarquía resplandezca en algún rincón, seguiré en él plantado. Si por desdicha llegaran a contradecirse, a reñir unas con otras y a engendrar dos partidos de elección dudosa y difícil, me placerá escapar, apartándome de esta tormenta; la naturaleza podrá prestarme la mano para ello, o bien los azares de la guerra. Entre César y Pompeyo yo me habría manifestado francamente, pero entre aquellos tres ladrones que después vinieron (Octavio, Marco Antonio y Lépido) hubiera sido necesario esconderse o seguir la corriente, cosa posible en mi opinión cuando la razón naufraga,

Quo diversus abis?[233]

---

232 «Si yo encuentro un hombre exquisito y honorable, debo comparar este monstruo con una criatura con dos cabezas, o a los peces que un labrador encuentra asombrado bajo su reja, o a una mula preñada.» Juvenal, XIII, 64.

233 «¿Por qué este extravío...?» Virgilio, *Eneida*, V, 166.

Esta digresión se aparta un poco de mi tema. Yo me extravío, pero más bien por licencia que por descuido. Mis fantasías se suceden unas a otras, bien que de lejos muchas veces, y se miran, aunque de soslayo.

He repasado algún diálogo de Platón dividido en dos partes de manera fantástica y abigarrada; la primera consagrada al amor, la otra a la retórica. No temían los antiguos estas mutaciones, y poseían una gracia propicia para dejarse así llevar por el viento que soplaba en su fantasía, o para simularlo. Los nombres de mis capítulos no abarcan siempre la materia que anuncian; a veces la denotan solamente por alguna huella, como estos otros: *Andria* y *Eunuco,* o también éstos: *Sila, Cicerón, Torcuato.* Me encanta la inspiración poética, que marcha a saltos y a zancadas. Es éste un arte, como Platón dice, ligero, alado, divino. Obras hay de Plutarco en las cuales olvidé su tema y en las que el asunto de su argumento no se encuentra sino de forma accidental, completamente asfixiado por materia extraña; observad cómo se produce en su tratado *Del demonio de Sócrates.* ¡Oh Dios!, ¡cuánta belleza encierran estas fugas lozanas y esa variación, y todavía más, hasta qué grado imprimen el sello de lo suelto y de lo fortuito! El inteligente lector es quien pierde de vista el asunto de que me ocupo, y no yo; siempre se encontrará en un rincón alguna palabra que no deje de ser adecuada, aunque no sea más que ocultamente. Voy cambiando de tema indiscreta y tumultuariamente. Mi espíritu y mi estilo vagabundean igualmente. A quien quiera sacudirse la torpeza, le hace falta un poco de locura, según los preceptos de nuestros maestros, y todavía más según sus ejemplos.

Mil poetas se arrastran y languidecen prosaicamente, pero la mejor prosa entre los antiguos (yo la siembro aquí indiferentemente como verso) resplandece siempre con el vigor y arrojo poéticos, y representa de alguna manera el furor de la poesía. Tiene que huir del tono magistral y preeminente en la dicción. El poeta, tal como dice Platón, sentado en el trípode de las musas, lanza furiosamente lo que a su boca llega, como la gárgola de una fuente, sin rumiarlo ni pesarlo, dejando escapar cosas de diverso color, de contraria sustancia, con desbordado curso. Él mismo es un sujeto poético, y la teología antigua es poesía igualmente, según afirman los entendidos.

La filosofía primera constituyó también el lenguaje originario de los dioses.

Yo entiendo que la materia se distingue por sí misma; que muestra bastante el lugar donde cambia, donde concluye, donde comienza, donde de nuevo reanuda sin entrelazarla con palabras que la liguen y cosan, introducidas para uso de oídos débiles y sediciosos, y sin glosarme a mí mismo. ¿Quién no prefiere más bien dejar de ser leído que serlo dormitando o deprisa...?

Nihil est tam utile, quod in transitu prosit.[234] Si coger libros en las manos fuera aprenderlos, y si verlos, considerarlos y recorrerlos, penetrarlos, haría yo mal en mostrarme tan ignorante como declaro.

Puesto que no puedo sujetar la atención del lector por el peso de lo que digo, *manco male,*[235] sí lo detengo con mis embrollos. «Pero es posible que se arrepienta cuando haya perdido en ello su tiempo.» Sin duda, pero no habrá dejado de entretenerse. Además, hay temperamentos que desprecian lo que entienden, quienes me estimarán más por no saber lo que digo y decidirán la profundidad de mi sentido admirados de su oscuridad, la cual detesto como a cosa alguna, y la evitaría si supiera hacerme distinto a como soy. Aristóteles se precia en cierto pasaje de afectarla. ¡Viciosa afectación!

Dado que el corte frecuente de los capítulos, que yo mismo al principio utilizaba, me pareció que rompía la atención incluso antes de producirse, y que la disolvía, desdeñando que se fijara por tan breve momento y que se recogiera, los hice luego más largos: éstos requieren aplicación y espacio señalado. En tal ocupación, quien no quiere emplear una sola hora, poco tiempo quiere gastar. Y nada se hace para quien se muestra avaro de tiempo tan breve. Además, entiendo que me asiste algún interés particular en no decir las cosas más que a medias, confusamente y de un modo discordante.

No me es grato el aire de aguafiestas, ni esos extravagantes proyectos que trabajan la vida, ni esas finas opiniones, aun cuando encierren la

234 «Nada hay tan útil que aproveche de pasada.» Séneca, *Epístolas*, 2.

235 Menos mal.

verdad. Lo encuentro demasiado caro y muy incómodo. Por el contrario, me ocupo en hacer valer la insignificancia misma y la estupidez si me procuran placer y me consienten ir tras mis inclinaciones naturales, sin fiscalizarlas demasiado de cerca.

En otras partes he visto ruinas, estatuas, cielo y tierra, pero siempre tropecé con los mismos hombres. Tal es la verdad. Sin embargo, nunca podría yo contemplar de nuevo, por frecuentes que fueran mis viajes, el sepulcro de esta ciudad (Roma) tan grande y tan poderosa sin admirarlo ni reverenciarlo. La memoria de los muertos es una recomendación para nosotros. Y yo, desde mi infancia, alimenté mi espíritu con los muertos. Tuve conocimiento de los negocios de Roma mucho antes que de los de mi casa. Conocía el Capitolio y su plano antes de tener noticias del Louvre, y el Tíber bastante antes que el Sena. Antes supe las condiciones y fortuna de Lúculo, Metelo y Escipión que las de ninguno de nuestros hombres. Muertos están y mi padre como ellos. Éste se alejó de mí y de la vida en el espacio de dieciocho años, como aquéllos en mil seiscientos; y, sin embargo, nunca dejo de evocar y acariciar su memoria, amistad y sociedad, en una unión perfecta y vivísima.

Me siento por inclinación más oficioso con los que fueron, que, por no ayudarse, requieren por eso mismo mi ayuda. La gratitud está aquí en su lugar verdadero. El bien obrar está menos ricamente asignado donde hay retroactividad y reflexión. Visitando Argesilao a Ctesibio, bastante enfermo, y encontrándolo en pobre estado, deslizó bajo la almohada determinada cantidad, y al ocultárselo lo liberó de que se lo agradeciera. Los que de mí merecieron amistad y reconocimiento, ninguna de las dos cosas perdieron al alejarse de mi lado; mejor les pagué entonces, cuando estaban ausentes e ignorantes de mi acción. Yo hablo más afectuosamente de mis amigos cuando no hay medio de que lo sepan.

He sostenido cien querellas para defender a Pompeyo y la causa de Bruto. Esta unión persiste aún entre nosotros. Hasta las mismas cosas presentes sólo por fantasía las poseemos. Considerándome un tanto inútil en este siglo, me lanzo a ese otro, y con él tanto me ensimismo que el estado de esa antigua Roma, libre, justa y floreciente (pues no amo su infancia ni su vejez) me conmueve y apasiona. Por eso nunca podré ver de nuevo, a pesar de que con frecuencia la vea, la situación de sus calles y de sus casas, y sus profundas ruinas, enterradas hasta los antípodas, sin que por todo ello me interese. ¿Es naturaleza o error de la fantasía lo que hace que la vista de los lugares que sabemos que fueron frecuentados y habitados por personas cuya memoria es eximia nos conmueva quizá más que oír la relación de sus hechos o leer sus escritos?

Tanta vis admonitionis inest in locis!... Et id quidem in hac urbe infinitum; quacumque enim ingredimur, in aliquam historiam vestigium ponimus.[236] Me agrada considerar su rostro, su porte y sus vestidos. Yo rumio estos grandes nombres y los hago resonar en mis oídos. *Ego illos veneror, et tantis nominibus semper assurgo.*[237] De las cosas que son en alguna medida grandes y admirables admiro hasta los aspectos comunes. Suelo verlos encantado conversar, pasearse y comer. Supondría ingratitud menospreciar las reliquias e imágenes de tantos hombres eminentes y valerosos a quienes he visto vivir y morir, y que nos procuran tan buenas instrucciones con su ejemplo, cuando sabemos realmente seguirlas.

Y además, esa misma Roma que nosotros vemos merece que se la ame por hallarse confederada desde hace tanto tiempo a nuestra corona; por ser la única ciudad común y universal; el magistrado soberano que en ella manda es reconocido entre todos nosotros; es la ciudad metropolitana de todas las naciones cristianas; el español y el francés se sienten en ella como en su propia casa. Para figurar entre los príncipes de este Estado basta con pertenecer a la cristiandad, dondequiera que se habite. Ningún lugar hay en la Tierra que el cielo haya retribuido con favor tan influyente ni con constancia semejante. Sus mismas ruinas son gloriosas y magníficas:

Laudandis pretiosior ruinis.[238]

236 «¡Tan grande es el poder de evocación de los lugares! Y esta ciudad lo posee en grado inmenso, pues no puede pisarse sin poner el pie sobre la historia.» Cicerón, *De Finibus*, V, 1 y 2.

237 «Yo venero estos grandes hombres y siempre me pongo de pie ante sus nombres.» Séneca, *Epístolas*, 64.

238 «Más preciosa que sus ruinas admirables.» Sidonio Apolinario, *Carm.* XXIII, v. 62.

Aun en su propia tumba tiene aire y carácter de imperio: *Ut palam sit, uno in loco gaudentis opus esse naturae.*[239]

Alguien se quejaría e insubordinaría contra sí mismo, sintiéndose afectado por tan vano placer: nuestros humores no son nunca demasiado vanos cuando son gratos; cualesquiera que sean los que contentan constantemente a un hombre capaz de sentido común, no nos llevarían a compadecerlo.

Debo mucho a la fortuna, porque hasta el momento actual nada hizo contra mí ultrajante, al menos de acuerdo con mis fuerzas. ¿Será que acostumbra a dejar en paz a aquéllos que no la importunan?

> *Quanto quisque sibi plura negaverit,*
> *A diis plura feret: nil cupientium*
> *Nudus castra peto...*
> *Multa petentibus*
> *Desunt multa.*[240]

Si de la misma manera continúa, me despediré contento y satisfecho:

> *Nihil supra*
> *Deos lacesso.*[241]

Pero ¡cuidado con el choque! Miles de barcos naufragan en el puerto.

Me consuelo fácilmente de lo que me haya de ocurrir aquí cuando yo ya no exista; las cosas presentes me preocupan bastante:

> *Fortunae caetera mando.*[242]

---

239 «Para que sea evidente que en un solo lugar se encuentra la obra de la naturaleza en su regocijo.» Plinio, *Hist. Nat.*, III, 5.

240 «Cuanto más nos privamos, más recibimos de los dioses. Desprovisto de todo, pertenezco al rango de los que nada codician... A los que mucho desean les falta mucho.» Horacio, *Odas*, III, 16, versos 16, 21 y 42.

241 «Nada más solicito de los dioses.» Horacio, *Odas*, II, 18, 11.

242 «Lo demás lo dejo en manos de la fortuna.» Ovidio, *Met.*, II, 140.

Además, no estoy atado con esas fuertes ligaduras que según se dice sujetan a los hombres a lo venidero en virtud de los hijos que recibieron su nombre y su honor, y quizá deba desearlos tanto menos cuanto más son deseables. Demasiado estoy sujeto por mí mismo al mundo y a la vida; me conformo con depender de las fortunas por las circunstancias propiamente necesarias a mi ser, sin procurarle por otro lado jurisdicción sobre mí; jamás consideré que la carencia de hijos fuera una falta que convirtiera la vida en menos cabal y perfecta; también tienen sus ventajas los matrimonios estériles. Pertenecen los hijos al número de cosas que no tienen por qué ser deseadas, principalmente en el tiempo actual en que sería difícil hacerlos buenos. *Bona jam nec nasci licet, ita corrupta sunt semina;*[243] y solamente tiene que lamentarlos quien los pierde después de echarlos al mundo.

Aquél de cuyas manos recibí el gobierno de mi casa auguró que había de arruinarla, como consecuencia de mi espíritu errante. Pero se equivocó, pues a la postre la consideré no ya igual, sino bastante mejor; y esto sin oficio ni beneficio.

Por lo demás, si la fortuna no me produjo ninguna ofensa violenta y extraordinaria, tampoco me procuró ventaja alguna. Cuantos dones suyos alberga nuestra casa son anteriores a mí y datan de cien años atrás. Particularmente no poseo ningún bien esencial y sólido de que sea deudor a su liberalidad. Me concedió algunos favores aéreos, honorarios y titulares, desprovistos de sustancia, y más bien me los ofreció que me los acordó. Bien sabe Dios que yo, ser completamente material a quien sólo las realidades pagan, y bien macizas además, si hablase sin cortapisas reconocería que la avaricia es menos excusable que la ambición, el dolor menos evitable que la vergüenza, la salud menos deseable que la filosofía y la riqueza que la nobleza.

Entre estos vanos favores, ninguno creo que satisfaga tanto a este capricho pueril que dentro de mí retoza como una bula auténtica de ciudadanía romana que me fue concedida recientemente cuando estuve allí (en 1581),

243 «No es posible que nazcan cosas buenas porque las simientes están corrompidas.» Tertuliano, *Apologética.*

abundante en sellos y letras doradas, y concedida con liberalidad generosísima. Como se redactan en estilos diversos, que más o menos favorecen, y como antes de haber sabido de ellas me habría sido grato poder ver uno de estos formularios, quiero transcribirla aquí para satisfacción de cualquiera que se encuentre acuciado por una curiosidad parecida a la mía:

QUOD HORATIUS MAXIMUS, MARTIUS CECIUS, ALEXANDER MUTUS, ALMAE URBIS CONSERVATORES, DE ILLUSTRISSIMO VIRO MICHAELE MONTANO, EQUITE SANCTI MICHAELIS, ET A CUBICULO REGIS CHRISTIANISSIMI, ROMANA CIVITATE DONANDO, AD SENATUM RETULERUM, S. P. Q. R. DE EA RE ITA FIERI CENSUIT:

Cum veteri more et instituto, cupide illi semper studioseque suscepti sint, qui virtute ac nobilitate praestantes, magno Reipublicae nostrae usui atque ornamento fuissent, vel esse aliquando possent, Nos, majorum nostrorum exemplo atque auctoritate permoti, praeclaram hanc consuetudinem nobis imitandam ac servandam fore censemus. Quamobrem cum Illustrissimus Michael Montanus, Eques Sancti Michaelis et a cubiculo regis Christianissimi, Romani nominis studiosissimus, et familiae laude atque splendore et propriis virtutum meritis dignissimus sit, qui summo S. P. Q. R. judicio ac studio in Romanam civitatem adsciscatur; placere S. P. Q. R. Illustrissimum Michaelem Montanum, rebus omnibus ornatissimum atque huic inclyto Populo carissimum, ipsum posterosque in Romanam civitatem adscribi, ornarique omnibus et praemiis et honoribus, quibus illi fruuntur qui cives patriciique Romani nati, aut jure optimo facti sunt. In quo censere S. P. Q. R., se non tam illi jus civitatis largiri, quam debitum tribuere, neque magis beneficium dare, quam ab ipso accipere, qui, hoc civitatis munere accipiendo, singulari civitatem ipsam ornamento atque honore affecerit. Quam quidem S. C. auctoritatem iidem Conservatores per S. P. Q. R., scribas in acta referri, atque in Capitolii curia servari, privilegiumque hujusmodi fieri, solitoque urbis sigillo communiri curarunt. Anno ab urbe condita CXD CCC XXXI; post Christum natum MDLXXXI, III, idus martii.

Horatius Fuscus, sacri S. P. Q. R. scriba.
Vincentius, Martholus, sacri S. P. Q. R. scriba.[244]

No siendo ciudadano de ninguna ciudad, me siento satisfecho de serlo de la más noble entre las que serán y fueron. Si los demás se consideraran atentamente como yo, se reconocerían desbordantes de necedad y vanidad. No puedo desprenderme de ellas sin acabar conmigo. Todos estamos repletos de ambas cosas; los que no lo advierten creen hallarse más aligerados, pero de esto no estoy demasiado seguro.

Esta idea corriente de mirar a otra parte y no a nosotros mismos se convierte automáticamente en beneficio, por ser una cosa cuya contemplación no puede menos de llenarnos de descontento. En nosotros no vemos sino vanidad y miseria; con el fin de no desalentarnos la naturaleza proyectó

---

244 Traducción de la cédula de ciudadanía romana que fue concedida a Montaigne:

«Ante el informe presentado al Senado por Orazio Massimi, Marco Ceci y Alessandro Mutti, conservadores de la ciudad de Roma, referente al derecho de ciudadanía romana que ha de otorgarse al Ilustrísimo Michel de Montaigne, caballero de la orden de san Miguel y gentilhombre ordinario de la cámara del rey cristianísimo, el Senado y el pueblo romano decretan lo que sigue:

»Considerando que según una costumbre antigua entre nosotros se adoptó siempre con solicitud y ardor a aquéllos que, sobresaliendo en virtud y nobleza, sirvieron y honraron grandemente nuestra República o que algún día pudieran hacerlo, Nos, respetuoso con el ejemplo y autoridad de nuestros antepasados, nos creemos en el deber de imitar y conservar esta costumbre. Por estas razones, el Ilustrísimo Michel de Montaigne, caballero de la orden de san Miguel y gentilhombre ordinario de cámara del rey cristianísimo, muy celoso del nombre romano, siendo por el rango y por el brillo de su familia, a la par que por sus prendas personales, muy digno de que se le conceda el derecho de ciudadanía romana por el supremo testimonio de los sufragios del Senado y del pueblo romano; el Senado y el pueblo romano han tenido a bien acordar que el Ilustrísimo Michel de Montaigne, a quien distinguen toda suerte de méritos y además persona muy querida de este noble pueblo, sea inscrito como ciudadano romano, así él como su posteridad, y llamado a gozar de todos los honores y privilegios reservados a los que nacieron ciudadanos y patricios de Roma, o llegaron a serlo por mejores títulos. Con lo cual el Senado y el pueblo romano entienden mejor pagar una deuda que otorgar un derecho; y como menor consideran el servicio que procuran que el recibo de quien acogiendo este derecho de ciudadanía ilustra y honra a la ciudad misma. Los conservadores hicieron que los secretarios del Senado y del pueblo romano transcribiesen este senadoconsulto para que fuese depositado en los archivos del Capitolio, levantando además esta acta, rubricada con el sello ordinario de la ciudad. Año 2331 de la fundación de Roma y 1581 del nacimiento de Jesucristo, a 13 de marzo.

»Orazio Fosco, secretario del sacro Senado y del pueblo romano.

»Vincenzo Martoli, secretario del sacro Senado y del pueblo romano.»

(¡cuán sagazmente!) hacia fuera la acción de nuestros ojos. Adelante vamos, adonde la corriente nos lleva, pero replegar en nosotros la carrera es un penoso movimiento: la mar se revuelve y se violenta así cuando de nuevo se siente empujada hacia sus orillas. Considerad, dicen todos, los movimientos celestes; mirad a las gentes, a la querella de éste, al pulso de aquél, al testamento del otro. En conclusión, mirad siempre alto, bajo o al lado vuestro, delante o detrás de vosotros. Era un precepto paradójico el que nos ordenaba antiguamente aquel dios en Delfos, diciendo: «Miraos a vosotros mismos, reconoceos; depended de vosotros mismos; vuestro espíritu y vuestra voluntad, que se consumen fuera, conducidlos a sí mismos; os escurrís y os desparramáis; fortificaos y sosteneos; se os traiciona, se os disipa y se os aparta de vuestro ser. ¿No ves cómo este mundo mantiene sus miradas sujetas hacia dentro, y sus ojos abiertos para contemplarse a sí mismo? Tú no hallarás nunca sino vanidad, dentro y fuera, pero será menos vana cuanto menos extendida. Salvo tú, ¡oh, hombre! —decía aquel dios—, cada cosa se estudia la primera, y posee, conforme a sus necesidades, límites a sus trabajos y deseos. Ni una sola hay tan vacía y necesitada como tú, que abarcas todo el universo; tú eres el escrutador sin conocimiento, el magistrado sin jurisdicción y, a pesar de todo, el bufón de la farsa».